펭귄철도
분실물센터
리턴즈

펭귄철도
분실물센터
리턴즈

나토리 사와코 소설

이윤희 옮김

현대문학

일러두기
원작자의 의도를 존중하여 원서의 결점은 이 책의 본문에서 고딕체로 표시했다.

차례

제1장

반짝반짝 데이지

전철 안에서 발을 밟히는 건 정말 싫다. 하지만— 요모 료카는 시선을 살며시 아래로 내렸다.

—펭귄에게 발을 밟히는 건 기분이 나쁘지 않다.

옆 차량에서 뒤뚱뒤뚱 걸어온 펭귄은 전철 안이 적당히 한산한데도 무슨 일인지 료카 바로 옆에 와서는 딱 멈춰 섰다. 그때 힘이 너무 들어간 나머지 두툼한 발끝이 료카 의 적갈색 단화 위에 톡 걸쳐졌다. 그렇게 두 역 정도 지난 지금도 여전히, 펭귄은 자기 바로 위에서 대롱대롱 흔들리 는 손잡이를 응시한 채 꿈쩍도 하지 않는 데다 발을 치울 기색도 없다. 가끔 전철이 흔들릴 때마다 날개를 펼쳐 균형을 잡거나 한 발을 들기도 하지만 마지막에 가서는 다시 단화 위로 돌아왔다. 덕분에 료카는 태연히 손잡이를 잡고 서 있으면서 펭귄의 발가락을 나란히 잇는 물갈퀴도, 자그마한 검은 발톱도 찬찬히 관찰할 수 있었다.

료카의 집에서 고등학교까지 가는 노선 일부는 살아 있는 진짜 펭귄이 타고 내리기 때문에 '펭귄철도'라고 불린다. 호칭의 유래는 물론 료카도 알고 있었고 남들 따라서 그렇게 부르고도 있었지만, 고등학교 3학년, 2월 15일 오늘을 맞이할 때까지 실제로 펭귄이 전철을 타고 있는 모습은 한 번도 본 적이 없었다. 운이 지지리도 없는 팔자라는 걸 스스로 잘 알고 있다 보니 펭귄도 못 보고 졸업하겠지 하고 내심 체념하기도 했다. 그래서 전철 안을 자기 집 앞마당인 양 걸어오는 펭귄을 봤을 때는 이게 무슨 일인가 싶었고, 발을 밟혔을 때는 감동과도 비슷한 기쁨이 복받쳐 와 몸을 떨었다.

—'행복과 불행은 새끼줄처럼 서로 꼬여 있다는 새옹화복'이라는 거네.

입시 공부를 하다 익힌 고사성어를 떠올리며 료카는 펭귄의 머리를 내려다보았다. 아치형 머리띠 같은 하얀 무늬가 들어간 자그마한 머리는 차창에서 들이치는 한겨울의 햇살 아래에서 반들반들 빛나고 있었다.

'행복'은 펭귄을 만난 것, '불행'은—.

가만히 이런저런 생각에 잠겨 있는데 갑자기 앞으로 돌려 멘 배낭 안에서 스마트폰 벨소리와 진동이 울렸다. 집중되는 주위의 시선에 마음속으로 사과를 하면서 료카는 허둥지둥 배낭 지퍼를 열었다. 한 손을 쑤셔 넣어 찾아봤지만 스마트폰 같은 물건은 전혀 손에 닿지 않았다. 그러는 사이 벨소리가 더 커졌다. 시선이 점점 더 쏠려온다. 조바심이 난 료카가 허겁지겁 손잡이에서 내린 손으로 배낭 입구를 확 벌려 안을 들여다본 순간 전철에 급브레이크가 걸렸다.

비명을 지를 새도 없이 료카는 획 날아갔다. 한산한 전철에는 몸을 막아줄 사람도 없던 터라 료카는 차량 바닥에 화려한 공중제비를 선보이고 말았다. 배낭 안에 든 물건들은 공중에 흩날렸고 게다가 그 물건들 위로 펭귄이 날아가는 게 보였다. 파닥파닥 날갯짓을 했지만 부력이 부족한 건 명백했다.

"위험해!"

료카는 자기 몸이야 어찌 됐든 간에 펭귄을 끌어안아 붙들 요량으로 팔을 내밀었지만, 펭귄이 그리는 포물선에는 도달하지도 못하고 그대로 두 손을 든 채로 철퍼덕 바닥에 드러눕는 꼴이 되고 말았다. 두 박자 뒤에 "오오" 하는 떠들썩한 소리와 함께 드문드문 박수 소리가 일었다. 몸을 일으켜 보니 우연히 포물선 낙하지점에 있다 펭귄을 붙들 수 있었던 회사원이 승객들의 쏟아지는 찬사를 받고 있었다.

료카가 멍하니 회사원과 펭귄을 바라보고 있는데 귓전에 대고 누군가가 말을 건넸다.

"괜찮아요?"

돌아보자 친절해 보이는 중년 여성이 어지럽게 널린 배낭 안 물건들을 주섬주섬 모아주고 있었다. 그녀를 따라 주위 사람들 몇몇도 바닥에 몸을 수그렸다.

"아, 죄송해요. 괜찮아요. 죄송해요."

료카는 허둥지둥 일어나 펭귄과는 정반대 방향으로 날아가버린 배낭을 주워 들었다. 그러고는 친절한 사람들에게 고맙다고 연신 머리를 숙이면서 전철 안 여기저기에 널려 있는 필통이며 노트며 교과서며 참고서며 파일을 배낭에 쑤셔 넣었다. 얼굴이 화끈 달아오른 건 공중제비를 넘었을 때 교복 치마가 들렸을지도 모른다는 생각이 이제야 났기 때문이다. 두꺼운 스타킹을 신고 있었다고는 하나, 열여덟 살 소녀 감성으로는 엄청난 실수를 한 느낌이리라. 아는 사람이 안 탔기를, 료카는 기도하는 마음으로 배낭을 꼭 껴안았다.

전철은 다음 역인 유다라이역에서 대기 및 연결 작업을 위해 조금 길게 정차했다. 료카는 열린 문으로 누구보다도 빨리 내려서는 그대로 화장실로 뛰어 들어갔다. 거울 앞에서 흐트러진 보브컷 머리끝을 매만지고 피코트에 묻은 먼지를 떨어냈다. 여전히 빨간 뺨은 차가운 물로 탁탁 적셔 됐다.

"개망신. 개망신. 이 무슨 날벼락 같은 '불행'이야."

멋쩍은 마음을 숨기려고 혼잣말을 중얼대며 다시 배낭 안을 더듬어보자 얄궂게도 이번에는 바로 스마트폰을 찾았다.

전화를 걸어온 상대는 엄마였다. 보름 전쯤 집 계단에서 발이 미끄러지는 바람에 뼈가 부러져 지금은 일도 재택근무로 돌려 요양 중이다. 이미 부재중 메시지가 들어와 있다. 료카는 인상을 쓰며 부재중 메시지를 재생했다.

"여보세요, 료카? 저기 말이야, 나간 김에 아이스크림 좀 사 와. 어떤 회사하고 뭔가가 컬래버레이션해서 편의점 한정 판매로 나온, 거 있잖아, 그거, 밤이랑 말차로 만든 일본식으로 달달한 아이스크림 말이야. 알겠지?"

부재중 메시지는 뚝 끊어졌고 료카의 어깨가 축 처진다. **나간 김에,** 라고? 자기가 딸한테 **무얼 하러 나간 김에** 아이스크림을 사 오라고 부탁한 건지, 저 사람은 알고 있는 걸까?

아니, 알 리 없다.

료카는 스마트폰 연락처에서 엄마를 선택해 기세 좋게 터치하려던 손가락을, 하마터면 갖다 댈 뻔한 순간에 거둬들였다. 전화기에 대고 아무리 화를 내봤자 분명 저 사람한테는 통하지 않을 거다. 료카는 크게 심호흡을 하고 나서 전화 대신 문자 어플을 열어 '알겠어' 하고 찍었다. 조금 생각을 하다 딱 한 문장 더 덧붙였다.

'이혼 신청서가 무사히 수리되면 나온 김에 사서 갈게요.'

메시지는 곧바로 읽음 표시가 뜨더니 '해냈다!'고 기뻐하며 폴짝폴짝 뛰어다니는 토끼 이모티콘이 전송됐다.

"이건 아니지."

료카는 혀를 차면서 수도꼭지를 틀었다. 배낭에 스마트폰을 거칠게 던져 넣고는 다시 고쳐 멘 뒤 손을 씻었다. 거울에 비친 얼굴은 자기가 봐도 놀랄 정도로 무서웠다.

3년 전 엄마가 '재혼한다'는 말을 꺼냈을 때도 료카는 한창 입시 준비를 하고 있었다. 고등학교 입시를 앞두고 주위 친구들은 가족들에게 온갖 배려를 받고 있는데, 수십 번은 한 것 같은 '좋아하는 사람이 생겼어'라는 선언을 한 뒤, 늘 그랬던 것처럼 들떴다가 우울해졌다가, 하루에 골백 번도 더 바뀌는 엄마의 감정에 료카는 무척이나 휘둘렸다. 제1지망이었던 공립 고등학교에 무사히 합격했을 때는 날아갈 듯 기뻤고 겨우 한시름 놓을 수 있었다.

속옷 회사 팀장으로 온종일 성실히 일하고 머리도 나쁘리 없는 엄마지만, 옛날부터 연애만 하면 바보가 된다. 헛된 만남과 이별이 산더미처럼 쌓여가지만 아무런 결실도 맺지 못한 채 나이만 먹고 있는데도 전혀 질리는 기색이 없다. 혹 엄마가 귀담아 들어준다면 무슨 일이 있어도 해주고 싶은 말이 료카에게는 예전부터 딱 하나 있었다.

"이제 어지간하면 정신 좀 차리고 혼자서도 살 수 있는 사람이 돼."

세상에는 두 종류의 인간이 있다고 료카는 생각했다. 혼자서 살 수 있는 사람과 혼자서는 살 수 없는 사람. 이 기준으로 보면 자신은 전자이고 엄마는 후자다.

—이번에야말로 진짜 사랑이야. 엄마의 마지막 사랑, 따뜻한 눈으로 지켜봐줘.

저렇게 간청한 게 몇 번째일까. 하지만 엄마의 '마지막 사랑'은 대개 료카가 이제 좀 지켜볼까 하는 마음이 들기도 전에 파국을 맞았고, 엄마는 재빨리 **다음 마지막 사랑**을 향해 달려갔다.

그래서 자사 제품 광고를 촬영하는 현장에서 만났다는

'아저씨'를, 전형적인 샐러리맨 우에조노 씨를 소개받았을 때도 '또 시작이야' 싶어 진절머리가 났다. 얼굴에 드러났는지도 모르겠다. 료카가 그러든 말든 엄마는 으스대며 '재혼'이라는 두 글자를 입에 담았다.

―이번 사랑은 진짜 진짜야. 우에조노 씨는 부인이 있는 사람이 아니니까 재혼할 수 있어. 게다가 그 사람, 아이가 있어. 싱글 파더라는 거지. 료카도 기쁘지? 그치?

느닷없이 대답을 하라고 재촉하는 바람에 료카는 그제야 겨우 단어장에서 얼굴을 들었다.

―'기쁘다'고? 내가?

―그래. 왜냐면 남동생이 생기잖아. 아빠, 엄마, 딸, 아들, 4인 가족이 되는 거야.

"하아. 4인 가족 말이지" 하며 수긍은 해줬지만, 솔직히 료카는 조금도 기쁘지 않았다. 혼인신고를 하든 말든 어차피 엄마의 연애는 금방 끝난다. 기간 한정의 남동생 따위 성가실 뿐이지 않은가.

료카는 엄마의 재혼을 반대하지 않는 대신 자신의 성은 지금처럼 '요모'를 쓸 거니까, 우에조노 호적에는 넣지 말아달라고 부탁했다. 엄마는 불만스러운 듯 보였고 우에조노 씨는 섭섭한 듯했지만 료카는 양보하지 않았다. 고등학교 재학 중에 성이 바뀌는 사태만은 무슨 일이 있어도 피하고 싶었다.

　역시 그때 자신의 판단은 옳았다는 게 증명됐다. 증명
되지 않아도 되는데 증명되고 말았다. 지망 대학 수험표나
입시 답안지에 기입하는 성을 바꾸지 않아도 돼서 천만다
행이라고 생각하며 료카는 수도꼭지를 돌려 물을 잠갔다.
　"하다못해 목발 없이 걸을 수 있을 때까지 좀 기다렸다
하지, 이혼."
　거울에 대고 투덜댔다. 굳어 있던 얼굴도 평소처럼 돌아
왔다. 붉은 기도 가셨다. 이러면 이제 다른 사람 눈은 신경
안 써도 되겠지. 료카는 세면대 앞을 떠났다.

*

　환승을 하기 위해 찾아온 플랫폼에는 조금 전까지 탔던
노선보다 승객 수가 약간 더 늘어나 있었고 학생들의 모
습도 간간이 보였다. 통상적인 수업은 벌써 시작했을 시간
이니까 다들 본격적인 대입을 앞두고 자습 시간이 늘어난
고3들일까? 료카는 배낭의 어깨끈을 꽉 움켜쥐었다.
　―나도 수험생이거든. 이런 거 하고 있을 때가 아니야,

정말로.

"저기요."

남자치고는 다소 톤이 높은 목소리가 들려왔다. 설마 나 보고 하는 소리는 아니겠지 싶어 료카는 참고서를 꺼내려고 하는데 이번에는 어깨를 쳤다.

"저기요, 잠시만."

허둥지둥 고개를 들어 위를 쳐다본다. 선글라스를 낀 모히칸 머리의 남자와 눈이 마주쳤다—마주친 느낌이 들었다. 한가운데에 남겨둔 머리카락은 바람에 한들한들 날릴 만큼 부드럽게 위로 뻗쳤지만, 머리를 밀어버린 쪽은 잔뜩 힘이 들어가 있었다. 시퍼런 맨살 위에 검은 해골 마크가 보였다. 문신인가 싶었더니만 뜻밖에도 머리카락을 군데군데 남겨 형상을 만든 거였다.

예술가인지, 펑크족인지, 건달인지, 료카는 도통 판단이 서지 않아 뒷걸음질을 쳤다. 그러자 모히칸 남자는 성큼 한 발을 내디디며 거리를 좁혀왔다. 선글라스에 가려져 표정을 읽을 수 없다. 료카는 다시금 한 발 더 물러났다.

"저기 말이야, 뭐 좀 물을 게 있는데."

"네."

"전철을 타는 펭귄이 있다고 들었는데 본 적 있어요?"

"아."

몽글몽글 피어오르는 료카의 새하얀 입김을 가만히 바라보며 모히칸 남자는 선글라스 테를 잡았다.

"있구나?"

"어어."

"지금 반응, 분명 '본 적 있다'는 느낌이었거든. 아니야?"

모히칸 남자의 톤이 높은 목소리는 커졌고 료카의 멱살이라도 잡을 기세로 몸을 앞으로 쑥 기울였다. 주위의 시선이 집중되는 걸 느꼈지만 말을 걸어주는 사람은 없었다. 료카는 하늘을 우러러봤다.

―오늘은 '불행'이 너무 많아.

"음, 그러니까, 아, 네. 본 적 있어요."

"언제?"

"바로 조금 전에―."

"어디서?"

모히칸 남자의 거친 말투에 료카는 떨리는 손을 들어 선로 건너편에 있는 플랫폼을 손가락으로 가리켰다. 타고 온 전철의 연결 작업은 아직도 계속하고 있는 듯했다.

"미슈쿠 방면으로 가는 저 전철 안에서―."

지금도 계속 타고 있는지 어떤지는 모르겠지만, 이라는 말을 덧붙이기도 전에 모히칸 남자가 팔을 잡았다.

"좋아. 데려다줘, 아니, 주세요."

"아니, 왜?"

"나 혼자 가면 어떤 차량인지 알 수가 없잖아."

"나도 몰라요."

뿌리치려고 밀친 순간, 료카의 손이 모히칸 남자의 뺨에 닿아 선글라스가 획 날아갔다. 그 충격으로 모히칸 남자는 몸의 균형을 잃고 휘청대다 큰 자루처럼 생긴 숄더백 입구가 툭 벌어졌다. 소리를 내며 플랫폼 바닥에 떨어진 물건들을 본 료카는 할 말을 잃었다.

수갑. 검은 눈가리개. 길이가 다른 몇 개나 되는 밧줄.

료카가 쳐다보자 모히칸 남자는 얼굴을 피하더니 허리를 숙여 위험해 보이는 도구들을 재빨리 주워 모았다. 그러고는 플라스틱 재질의 안경다리가 부러져버린 선글라스와 함께 가방 안에 마구 던져 넣었다. 료카의 팔은 여전히 붙들려 있었다. 그의 손에 힘이 조금 더 들어간 느낌이 들었다.

"선글라스까지 부러뜨렸으니까 잠시 같이 가. 그럼 부탁해."

료카의 승낙을 기다리지도 않고 남자는 계단으로 향했다. 팔을 붙들린 채 료카는 질질 끌려가다시피 해서 발이 엉켰다. 맨살이 아니라 피코트 위로 팔이 잡혔을 뿐인데도 간단히는 뿌리칠 수 없었다. 어디 아픈가 싶을 정도로 말라서 무력해 보이는 모히칸 남자라도, 남자라는 생물은 역시 힘이 세다. 힘으로 누르면 여자는 대항할 수 없다. 그리 느낀 순간 본격적인 공포가 엄습해왔다. 몸이 움츠러들었다. 펭귄이 어쩌고저쩌고했던 말은 그냥 수단에 불과했던 게 아닐까 하는 생각이 들어 자신의 멍청함을 저주했다.

─놓아주세요.

그 한 마디가 목구멍에 달라붙어 나오지 않았다. 숨이 가빠졌다. 두꺼운 막이 주위에 쳐진 것처럼 아침의 환한 플랫폼이나 승객들이 멀게 느껴졌다. 이 두꺼운 막을 '고독'이라고 부르는 걸까? 그리 절망하고 있는 료카에게 "요모 씨?"하고 부르는 소리가 들렸다.

단화 발끝에 꽉 힘을 주며 버티고 서서는 소리가 난 방향을 보자, 10미터쯤 떨어진 벤치에 같은 고등학교 교복을 입은 남학생이 참고서를 펼친 채 앉아 있었다. 염색을 안한 엷은 갈색 머리가 햇살에 비쳐 한층 밝게 보였다.

그와 눈이 마주친 순간 료카의 목구멍이 단숨에 트였다.

"우에조노 군, 안녕."

뜻밖에도 큰 소리가 나와 모히칸 남자가 놀란 듯이 돌아보았다. 그 한순간의 틈을 노려 료카는 팔을 빼냈다.

"죄송해요. 저 이제 가야 해요."

"어디로? 너, 이 플랫폼에서 전철 기다렸던 거 아냐?"

모히칸 남자는 잔뜩 치켜뜬 눈에 힘을 주며 료카를 노려보았다. 그 두 사람 사이로 입술을 꽉 다문 남학생이 끼어들었다. 살짝 숨이 가빴다. 뺨이 붉었지만 이건 감정하고는 상관이 없다. 원래 피부가 하얘 추우면 뺨이며 귀며 코끝이 바로 빨개지는 체질이다.

"—너, 뭐야?"

노골적으로 불쾌한 듯한 목소리로 말하는 모히칸 남자를 똑바로 쳐다본 다음, 료카를 내려다보며 남학생은 천천히 입을 열었다.

"죄송해요. 우리는 중요한 볼일이 있어서 그만 가볼게요."

말을 하면서 료카를 등 뒤로 숨겼다. 어깨 위치가 요전에 봤을 때보다 조금 높아져 있다. 고3이 됐는데도 아직 키가 자라는 걸 보면 뭐든 자기 방식대로 하는 그다웠다.

"우리라니. 너, 이 여학생 남친이야?"

모히칸 남자의 무례한 질문에 남학생은 고개를 가로저었다.

"남동생이에요."

"남동생? 근데, 너희들 분명 성이 다른 거—"

잔뜩 치켜뜬 눈을 부라리며 료카와 남학생을 번갈아 보는 모히칸 남자를 남겨둔 채, 남학생은 료카의 등을 밀며 걸어가기 시작했다. 료카는 뒤처지지 않도록 죽을 둥 살둥 보폭을 맞췄다.

모히칸 남자의 모습이 완전히 시야에서 사라진 플랫폼 끄트머리까지 오자, 남학생은 비로소 발을 멈췄다.

"요모 씨, 괜찮아?"

"괜찮아, 괜찮아. 봄은 정말 싫어, 이상한 사람들이 우글우글 기어 나와—."

"아직 겨울이잖아."

"이미 입춘이 지났잖아. 달력과 이상한 사람들 머릿속엔 이미 봄이야."

거기까지 재잘재잘 떠들고 나서 료카는 그제야 남학생과 눈을 맞췄다.

"도와줘서 고마워. 하지만 우에조노 군, 왜 이런 곳에 있어? 학교에 간 거 아니었어?"

그— 우에조노 히지리는 엄마의 재혼 상대인 우에조노의 아들이다. 호적이라는 종잇조각 위에서는 완전히 남이지만 요 3년간 한 지붕 아래서 가족-남매로 살았다. 학년은 같지만 생일이 늦은 히지리가 남동생이 됐다. 알콩달콩 설레었던 신혼 시절에 엄마와 우에조노 아저씨가 의논해그리 정한 것이다.

"자습실 난방이 고장 났는지 무지 춥더라고. 친구가 이런 중요한 시기에 감기 걸리면 어쩌냐며 집에 간다고 하길래 나도 같이 나왔어. 친구들이랑 헤어진 뒤에 전철이 올 때까지 연호를 외우고 있는데 별안간 시끄러워져서 말이야. 보니까 요모 씨가 잡혀 있잖아."

"펭귄이 탄 차량까지 안내하라고 그 이상한 사람이 소란을 피우지 뭐야."

"펭귄?"

이상한 사람이 아니라 펭귄 쪽에 혹해서 달려드는 히지리에게 료카도 장단을 맞춘다.

"맞아. 나, 오늘 드디어 만났어, 펭귄."

"발까지 밟힌 거 있지" 하며 료카는 가슴을 젖혔다. 히지리는 당황한 듯이 눈을 깜빡였지만 이내 환하게 웃었다.

"오호, 잘됐네. 펭귄철도를 타고 통학하는 우리 고등학교 녀석 중에 펭귄을 못 본 건 요모 씨뿐이었잖아."

"……운이 지지리도 없어, 나, 옛날부터."

"설마 그러기야 하겠어."

시원스레 웃어넘기고 나서 이번에는 히지리가 료카에게 왜 여기에 있는지 물었다.

"요모 씨는 엄마가 입시반 자습실 다닌다고 했었는데."

"평소엔 그래. 오늘은 특별하달까. ……그 사람한테 이혼 신청서 내고 오라는 부탁을 받았거든."

순식간에 흐려지는 히지리의 얼굴을 뚫어지게 보면서 료카는 몰래 한숨을 쉰다.

—거봐, 난 운이 지지리도 없잖아.

요모라는 성을 고수하며 삐딱한 태도로 가족이 된 료카와는 달리 히지리는 처음부터 내내 솔직하고 호의적이었다. 료카의 엄마를 처음 만난 날부터 해맑게 '엄마'라고 부르며 뛸 듯이 기뻐했고, 같은 고등학교에 진학한다는 사실을 알게 된 료카가 선수를 치며 '복잡한 가족사는 가능한 한 알리고 싶지 않으니까 서로 성으로 부르며 남인 척하자'고 제안하자 학교에서는 거의 말을 걸지 않았고 집에서도 '요모 씨'라고 계속 불러줬다.

유일하게 히지리가 수용하기 어렵다며 거부반응을 보인건 엄마 주도로 부모님이 '이혼'을 선언했을 때였다.

"오늘? 오늘, 벌써 내는 거야? 요모 씨가 대리로?"

슬퍼 죽겠다는 얼굴로 정신없이 허둥대는 히지리를 보며 료카는 조바심이 났다.

"난 우편으로 보내라고 했고, 직접 담당자한테 제출하고 싶으면 목발 없이 걷게 된 후에 본인이 가서 내라고 했는데…… 거 있잖아, 그 사람, 안 되는 일은 기를 쓰고 용을 써도 안 되는 거야, 불가능한 일은 기를 쓰고 용을 써도 불가능한 거야, 하고 한번 결정해버리면 **이렇게 막무가내잖아.**"

료카가 두 손바닥을 펼쳐 얼굴 앞에 대고 내밀며 두 손을 들 수밖에 없다는 손짓을 해 보이자, 히지리는 입술을 깨물며 고개를 숙였다.

"역시 이혼은 피할 수 없는 건가."

강아지처럼 알기 쉽게 폭 풀이 죽어버린 히지리를 료카는 어색하게 응시한다.

"……아, 이제 슬슬 전철이 오는 것 같으니까 난 여기서."

한 손을 들어 인사를 하고는 사람들이 줄 서 있는 곳으로 가려고 하자, 히지리가 천천히 고개를 들더니 "이혼 신청서, 깜빡하고 집에 두고 온 건 아니지?" 하고 물었다.

"뭐?"

"요모 씨, 중요할 때 중요한 물건 잘 깜빡하잖아."

으흐, 료카는 신음 소리를 내고 말았다. 분하지만 반론할 수 없었다. 중간고사와 기말고사 때 필요한 문구류를 몇 번을 빌렸던가. 집에 깜빡하고 두고 온 마감 당일 리포트를 몇 번을 가져와달라고 했던가. 설렁설렁 대충 사는 것처럼 보이지만 의외로 성실한 히지리에게는 '남인 척'해달라고 요구하면서도 고등학교 생활 중에 보이지 않는 곳에서 도움을 받은 부채가 있다.

"미안해. 잠시 배낭 안 좀 봐줄래? 구겨지지 않게 파일에 넣어서 들고 왔을 텐데."

료카가 어깨에 멘 배낭을 내밀자 히지리는 "그럼, 실례 좀 할게" 하며 지퍼를 열었다. 꼼꼼히 찾아주고 있는 느낌이 등 너머로 전해져온다. 간지러워 몸을 비트는 료카의 얼굴을 히지리가 뒤에서 들여다보았다.

"……파일 같은 건 없는데."

"거짓말."

허둥지둥 배낭을 내려 자신도 살펴본다. 그럴 리가 없다. 분명 식탁 위에 있던 얇은 이혼 신청서 종이를 파일에 끼워 배낭에…… 하며 아침부터 본 광경을 차례차례 돌이켜보고 있던 료카의 움직임이 딱 멈췄다.

"그때야."

의아해하며 고개를 갸웃하는 히지리에게 몸을 돌려 료카는 다시 말했다.

"맞아, 그때야. 전철 안에서 급브레이크가 걸려 펭귄이 공중으로 날아갔고─ 뭐, 그 일은 제쳐두고. 나, 배낭 안에 있던 물건들을 몽땅 쏟아버렸어."

료카는 얼굴을 들어 건너편 플랫폼을 보았다. 아쉽게도 연결 작업을 끝낸 전철은 이미 출발해버렸는지 온데간데 없었다.

"어쩜 좋아? 지금부터 전철을 뒤쫓아간들 무슨 수로 따라잡겠어. 어쩜 좋아?"

료카는 머리를 감싸 쥐고 있었지만, 플랫폼에서 역무원을 발견하자 히지리를 남겨두고 냅다 달려갔다.

사정을 말하자 역무원은 분실물 보관소가 있다는 걸 알려주었다. 뒤쫓아온 히지리가 뒤에 서는 걸 기다렸다가 료카는 몸을 돌려 역무원에게 들은 말을 그대로 전했다.

"전철이나 역에서 떨어뜨린 물건이나 잃어버린 물건은 우미하자마역 유실물 보관소라는 곳에 전부 모인대."

"우미하자마? 그런 역이 근처에 있었어?"

고개를 갸우뚱하는 히지리에게 역무원은 모스그린색 바지 주머니에서 회중시계를 꺼내더니 시간을 확인하면서 말했다.

"지선 종점에 있는 바다에 둘러싸인 역이에요. 그 지선 자체가 선로 인근의 공장에서 일하는 사람밖에는 이용을 안 하니까 모르는 게 당연한지도 몰라요. 우리 역에서 유다라이선이라는 노선을 타시면 돼요. 한 시간에 한두 대밖에 운행을 안 하지만 지금이라면—."

친절한 역무원은 일단 말을 끊더니 회중시계를 손가락으로 가리키며 "12분만 기다리면 되겠네요" 하며 싱긋 웃었다. 료카는 고맙다는 인사를 하고는 유다라이선 플랫폼으로 가기 위해 다시 계단을 올랐다.

　자기 뒤에 히지리도 인사를 한 게 신경이 쓰여 돌아보자 아니나 다를까 뒤를 따라오고 있다. 료카는 계단을 다 오르고 나서 뒤돌아보았다.

　"우에조노 군은 집에 돌아가도 돼. 분명 내일, 대입 시험 치는 날 아니었어?"

　"하지만—."

　"이혼 신청서를 잃어버린 건 나니까 우에조노 군은 집에 돌아가서 마지막 스퍼트를—."

　"부모님 이혼은 내 문제이기도 해서."

　히지리는 좀처럼 들어본 적이 없는 강한 어투로 료카의 말을 막았다. 그러고는 곧바로 씩 평소처럼 환하게 웃어 보였다.

　"게다가 우미하자마, 라고 했던가? 바다에 둘러싸이다니, 왠지 재미있을 것 같은 역이잖아."

　"그런가?"

　의심쩍은 듯 실눈을 뜨는 료카의 어깨를 탁 치더니, "어쨌든 가보자고" 하며 히지리는 앞장서서 유다라이선 플랫폼을 향해 갔다.

*

　차량이 세 개뿐인 덜컹덜컹 흔들리는 전철에 몸을 싣고 겨우 당도한 역은 확실히 바다에 둘러싸여 있었다.

　다만 상쾌한 파란 바다라고 하기에는 좀 멋쩍은 거대한 공업단지에 면해 있는 회색빛 바다였다. 지금이 한겨울인 것과 〈수영 금지〉라 적힌 팻말을 빼더라도 수영을 하고 싶다는 생각은 차마 들지 않는 바다였다.

　료카와 히지리가 내리자 지선만 왕복 운행하는 전철은 곧바로 떠났다. 문이 닫히기 전 플랫폼에 출발을 알리는 벨 대신 달콤한 음악이 흘러나왔다. 노래 제목은 생각이 안 났지만 엄마가 좋아해 콧노래로 즐겨 부르던 몇몇 곡 중의 하나였다. 료카는 귀밑에서 가지런히 자른 보브컷을 초조하게 손으로 털어냈다.

　"춥다!"

　언짢은 기분을 날씨 탓으로 돌리며 플랫폼 끝에 보이는 계단으로 향한다. 바다와 플랫폼 사진을 스마트폰 카메라로 몇 장이나 찍고 있던 히지리가 허둥지둥 따라온다.

　아래층으로 이어진 계단에는 햇빛이 들지 않아 조금 어두웠다. 플랫폼은 2층, 개표구는 1층으로 돼 있는 구조의 역인 듯했다. 단화 발소리를 울리며 계단을 내려가자 외로

이 개표구만 달랑 놓여 있었다. 다른 건 아무것도 눈에 띄지 않았다. 역무원의 모습도 보이지 않았다.

"무인역, 뭐 그런 건가? 유실물 보관소는 어디야?"

"글쎄. 우선 개표구 밖으로 나가볼래?"

히지리는 달래듯 말하며 교통카드를 자동 개표구에 갖다 댄다. 료카도 뒤따라갔다.

바닥도 벽도 목재 패널로 돼 있는 산막 휴게소 같은 대합실이 나왔다. 벤치가 많이 놓여 있었지만 앉아 있는 사람은 없었다. 벽에 걸린 시계의 바늘은 이제 곧 오전 11시를 가리키려고 한다. 예정대로라면 슬슬 관공서에 이혼 신청서를 냈을 시간이다. 료카가 엄마에게 간단히 사정을 알릴까 말까 망설이고 있는데, 큰 공장 정문이 보이는 바깥에서 홀연히 대합실로 들어오는 사람이 있었다.

회색 재킷에 모스그린색 바지를 차려입은 모습은 유다라이역에서 이것저것 알려주던 역무원과 같았다. 즉 저 사람 역시 역무원임에 틀림없다. 그리 짐작은 했지만 유다라이역에서처럼 바로 달려갈 수 없었던 건 이쪽 역무원은 머리를 빨갛게 염색했기 때문이다.

─모히칸에다 빨간 머리에다, 뭐야? 오늘은 펑크족 데이?

당황하는 료카에게 눈길을 멈추더니 빨간 머리 역무원

은 척 입꼬리를 올리며 헤실헤실, 조금 전의 펑크족과는 상당히 거리가 있는 온화한 미소를 보여주었다.

"아, 죄송해요. 잠시 자리를 비웠습니다. 많이 기다리셨어요?"

속삭이는 듯한 가는 목소리가 부드럽게 울렸다. 료카는 뭐라고 대답해야 할지 몰라 히지리를 보았다. 히지리 역시 역무원의 얼굴이 아니라 빨간 머리를 계속 쳐다보면서 거리낌 없이 "얼마 안 기다렸어요"하고 말하며 고개를 끄덕였다.

빨간 머리 역무원은 미안해 몸 둘 바를 모르겠다는 듯 어깨를 움츠렸다. 허리를 낮게 숙이며 료카와 히지리 앞을 지나 개표구 옆에 있는 벽을 향해 선다. 그러자 갑자기 벽이 낮은 소리를 내면서 옆으로 움직였다.

"—아, 미닫이문?"

"네. 알아보기 힘든가요?"

료카와 히지리가 동시에 고개를 끄덕이자 역무원은 어깨를 움츠린 채 머리를 긁적였다.

"비밀의 방 같다는 소리를 자주 들어요. 그럴 의도는 없는데."

어서 들어오라는 역무원의 재촉에 료카와 히지리도 방 안으로 들어간다. 접수대 너머에 컴퓨터를 올려둔 책상 두

개가 나란히 놓여 있었다. 평범한 사무실 같지만 난방은 제대로 안 되는 것 같았다. 코트를 걸쳐야만 딱 춥지 않을 정도로 차가운 공기가 코를 스쳤다.

빨간 머리 역무원은 접수대 끝에 있는 나무 상판을 들어 올려 건너편으로 돌아서 가더니, 정중하게 머리를 숙인다.

"정식으로 인사드립니다. 야마토기타 여객철도 나미하마선 유실물 보관소의 모리야스 소헤이입니다."

"야마토기타 여…… 긱? 객?"

바로 혀가 꼬이기 시작하는 료카의 어깨를 치며 히지리가 천장에 매달린 녹색 표찰을 손가락으로 가리킨다.

"'분실물센터'래."

히지리의 손끝으로 눈을 돌리며 모리야스 소헤이라는 이름의 역무원은 척 입꼬리를 올렸다.

"맞아요. 분실물센터. 이쪽 명칭으로 불러도 상관없어요."

"즉 여기는 전철이나 역에서 떨어뜨린 물건이나 잃어버린 물건이 모이는 장소인 거죠?"

료카의 물음에 소헤이는 고개를 끄덕이며 앞머리가 길게 드리워져 있는 눈에 흐뭇한 미소를 띄운다.

"뭘 잃어버리셨나요?"

"우리 부모님들 이혼 신청서예요. 다 작성된."

대답한 건 히지리였다. 뺨이 살짝 붉어진 히지리의 옆얼굴을 몰래 보며 료카는 히지리가 따라와줘서 다행이다 싶었다. 자기 혼자였다면 아무리 분실물센터라고 해도 주저하지 않고 '부모님 이혼 신청서를 찾고 있어요'라는 말은 못 했을 것 같다.

직업의식인 걸까, 소헤이의 표정에는 변화가 없었다. 변함없이 온화한 말투로 잃어버린 시간, 장소, 탔던 전철과 행선지 등등의 질문을 이어가더니, 어느 틈엔가 꺼낸 검은 표지의 대형 노트에 료카와 히지리의 대답을 메모했다. 정보가 갖춰지자 노트를 감싸 안고 싱긋 웃는다.

"아직 여기엔 연락이 안 왔지만, 어느 역이나 역무원한테 도착해 있는지도 몰라요. 한번 문의해봅시다."

"부탁할게요."

료카의 말에 고개를 끄덕이더니 소헤이는 컴퓨터로 알아보기 위해 접수대에서 떠났다. 컴퓨터 화면을 뚫어지게 바라보며 마우스 소리를 딸각딸각 내더니 어디론가 전화를 건다. 원래 속삭이는 듯한 말투여서 그런지, 등을 돌린 채 말하는 소헤이의 목소리는 거의 알아들을 수가 없었다. 료카는 애가 타 접수대에 손을 짚고는 몸을 쑥 앞으로 내밀었다.

전화를 끊은 소헤이가 돌아보더니 미안해하며 고개를

가로저었다.

"아직 어느 역에도 도착 안 한 모양입니다. 정차했을 때 역무원이 들어가 요모 료카 님이 타셨던 전철 안을 샅샅이 살펴봤습니다만 보이지 않았다고 하네요."

"그렇군요. 성가시게 해서 죄송해요."

료카는 실망한 마음이 목소리나 표정에 드러나지 않도록 주의하면서 머리를 숙였다.

"계속해서 찾아볼 테니까 괜찮으시다면 연락처를 남겨 두고 가세요."

그리 말하며 소헤이는 분실물 접수 용지와 볼펜을 내민다. 료카가 이름, 주소, 집 전화와 휴대전화의 번호를 한창 적고 있는데, 히지리가 "아" 하고 소리를 질렀다. 료카와 소헤이의 시선이 자신에게 쏠린 걸 알고는 허둥지둥 딴 데를 본다.

"왜? 하고 싶은 말이 있으면 해."

"음, 지금 생각났는데, 펭귄—."

"펭귄?" 큰 소리를 낸 건 소헤이였다. 히지리는 고개를 끄덕이고는 료카에게 시선을 돌렸다.

"그러고 보니 나도 오늘 아침, 펭귄을 봤어. 아마도 요모 씨가 전철 안에서 본 뒤인 것 같은데."

"어디서?"

료카와 소헤이의 목소리가 겹쳐졌다. 히지리는 조금 생각한 뒤에 신중하게 대답했다.

"유다라이역. 응, 분명 유다라이역 맞은편에 있는 플랫폼이야. 뒤뚱뒤뚱 걸어가는 펭귄을 연호 외우면서 눈으로 좇고 있었어. 그 펭귄, 주둥이에 뭔가 물고 있었다는 생각이 지금 막 났어. 종잇조각 같은, 뭐 그런 거였어. 어쩌면 그게—."

"이혼 신청서?"

료카는 손으로 입을 막았다. 전철이 급브레이크에 걸리는 통에 휙 날아갔다 회사원 품에 무사히 안긴 뒤, 펭귄은 어떻게 됐지? 아마 바로 바닥에 내려진 게 아닐까? 그 부분의 기억이 없는 건 료카가 배낭 안의 물건을 바닥에 몽땅 쏟아버리는 바람에 정신없이 주워 모으고 있었기 때문이다. 주위를 신경 쓸 여유가 전혀 없었다. 사방으로 흩어진 배낭 속 물건들은 친절한 승객들이 모두 주워줬다고 생각했는데 어쩌면 펭귄도 주웠는지 모른다. 파일에서 삐져나온 종잇조각을 입에 물고 그대로 걸어가버렸다—.

"가능해."

료카가 중얼거리자 이번에는 소헤이가 접수대에서 몸을 앞으로 쑥 내밀었다.

"만에 하나 종이 같은 걸 먹었다면 펭귄 몸엔 독이에요.

이를 어째."

이혼 신청서의 행방보다 펭귄의 몸을 걱정하는 말투다. 그게 약간 마음에 걸렸지만 료카는 히지리를 올려다보며 말했다.

"펭귄이 지금도 입에 물고 걸어 다니는 거면 찾아야 하는 거 아냐?"

"아…… 응. 하지만 펭귄이 가는 데를 쫓아갈 수 있는 거야? GPS가 달려 있는 것도 아닌데."

"GPS는 달려 있지 않지만, 대략적인 산책 코스라면 알 수 있어요."

대화에 끼어든 소헤이는 료카와 히지리가 처다보자 헤실헤실 웃었다.

"펭귄, 이 역에서 살고 있거든요."

"아니, 펭귄철도의 펭귄이 역무원님 펭귄이었어요?"

히지리의 생뚱맞은 소리에 소헤이는 살랑살랑 빨간 머리를 흔든다.

"아니요. 난 돌보고 있을 뿐이에요. 어쨌거나 이 역에 거처는 있습니다만, 그건 어디까지나 일시적인 조치라고 할까요."

소헤이의 길어질 것 같은 설명을 듣고 있을 여유가 료카에게는 없었다. 화제를 되돌려 확인한다.

"아무튼 그 산책 코스를 따라가면 펭귄을 찾을 수 있는 거죠?"

"그도 변칙적인 행동을 할 테니까 단언은 할 수 없습니다. 다만 무턱대고 이 주변 노선을 일일이 전부 찾아가는 것보다는 효율적이지 싶어서."

소헤이는 펭귄을 '그'라고 불렀다. 그러고는 "그랬구나. 두 분은 오늘 아침에 그를 봤군요" 하며 정말 기쁜 듯이 몇 번이고 그 기쁨을 음미했다. 그런 다음 벽을 따라 쭉 놓여 있는 로커 안에서 커다란 직원용 노선도를 끄집어내 왔다. 료카와 히지리에게 잘 보이도록 접수대에 노선도를 펼치더니 펭귄이 타는 전철, 환승하는 역, 자주 내리는 역, 방문하는 시설, 예전에 목격된 적이 있는 장소 등을 잇달아 전하며 포스트잇을 붙여주었다.

마지막에는 노선도를 둘둘 말아서 료카에게 내민다.

"이걸 빌려드릴게요. 같은 노선도가 한 장 더 있었는데 필요한 분께 주고 말았어요. 이제 예비로 놔둔 게 없어서 이걸 줄 수는 없지만 빌려주는 건 언제든 상관없어요."

"감사합니다."

동시에 고맙다고 인사를 하는 료카와 히지리를 눈이 부신 듯 번갈아 보더니, 소헤이는 검은 눈동자가 유달리 큰 눈을 깜박였다.

"두 남매분이 분실물을 꼭 찾으시길 기원합니다."

모든 걸 감싸 안아주는 듯한 그 말에 료카는 마음이 든든해졌다. 반드시 찾을 수 있다는 믿음이 생겼다.

*

우미하자마역에서 다시 오렌지색 전철에 올라탄다. 지선만 왕복 운행하는 노선의 출발역이니까 당연한 일이겠지만 승객은 료카와 히지리뿐이었다.

아침과는 다른 각도에서 내리치는 햇살이 데워놓은 좌석에 나란히 앉는다. 자, 어디부터 찾을까, 료카가 커다란 노선도를 펼치자 옆에서 들여다보던 히지리가 한 군데를 손가락으로 가리켰다.

"하나미오카에 안 가볼래?"

"왜?"

"배고파. 점심 먹자."

"저기! 이런 상황에 용케도 점심밥 같은 소리를—."

불만을 토해내던 료카의 배에서 꼬르륵 소리가 난다. 히지리는 손뼉을 치며 웃어젖히더니 숨도 제대로 못 쉬면서 말했다.

"펭귄, 도, 점심시간일지도, 안 그래?"

"아, 그래. 하지만 왜 하필 하나미오카야? 분명 소헤이 아저씨가 표시해준 펭귄의 산책 코스 범위 안에 있는 역이긴 하지만, 왜 거기로 미리 정한 거야?"

"가고 싶은 가게가 있으니까 그렇지."

히지리는 당연한 거 아니냐는 듯이 쳐다본다. 제대로 눈이 마주쳤다. 3년간 남매로 한 지붕 아래에서 살고는 있었지만, 이렇게 오래 둘이서만 행동을 하거나 말을 한 적은 처음인지도 모르겠다. 료카는 문득 그 사실을 깨닫고는 동급생인 동시에 의붓남동생이라는 복잡한 관계의 남자애와 어떤 얼굴로 마주해야 할지 알 수가 없었다.

"알겠어. 그럼 그, 우에조노 군이 추천하는 가게에서 배를 채워두자고."

말을 하면서 료카는 무심코 차창으로 시선을 옮겼다. 회색빛 바다와 요새 같은 공업단지가 보인다. 뭉게뭉게 뿜어져 나오는 하얀 연기는 적란운 같은 모양을 하고 있어 계절을 알 수 없게 만들었다. 덜커덩덜커덩 전철이 달리는 소리 사이로 바다 건너편에 있는 공장에서 나는 소리가 희미하게 들려온다.

침묵을 견디지 못하고 료카는 다시 입을 연다.

"우에조노 군이 내일 치는 사립대, 분명 제1지망이지?"

"맞아. 국공립은 칠 생각이 없어. 사립대 중 떨어질 걸 대비해 하향 지원한 곳은 현재 전멸. 발표를 아직 안 한 곳도 있긴 하지만. 어때? 나의 이 절체절명의 상황이."

"느긋하게 펭귄 찾고 있을 때가 아니네."

"그치?" 말하면서 깔깔 웃는 히지리를 료카는 믿을 수가 없었다.

료카의 얼굴이 어두워진 걸 보더니 히지리는 긴 다리를 바꿔 꼬며 자세를 고쳤다.

"요모 씨는 국립대가 제1지망이니까 2차 시험까지는 아직 조금 여유가 있겠네."

"그렇긴 하지만 앞으로 열흘 정도밖에 안 남았어."

"뭐, 요모 씨라면 괜찮겠지. 게다가 떨어질 걸 대비해서 하향 지원한 사립대는 붙었잖아."

"붙었지만 갈 생각은 없어."

딱 잘라 말하는 료카에게 히지리는 조금 머쓱한 표정을 지었다.

"죽어도 제1지망 대학을 가야 하는 주의?"

"그런 게 아니라, 그 있잖아, 이혼하면 다시 그 사람에게 금전적인 부담이 생기니까. 내 장학금이나 알바비를 넣어서 생각해봐도 역시 저 돈 많은 집 따님들이 다니는 대학은 무리지 싶어서."

분위기가 가라앉았다. 다시 덜컹덜컹 흔들리는 전철 소리만 들려온다. 두 역쯤 지나고 나서 히지리가 불쑥 말했다.

"그런 얘기, 요모 씨는 엄마랑 했어?"

"안 했어. 하더라도 그 사람의 이혼 의사는 변함이 없을 테고. 게다가 만약 그런 사정 때문에 이혼을 철회한다면 그건 그것대로 우에조노 아저씨한테 너무 실례가 돼."

료카는 말을 너무 많이 한 걸 후회하면서 고개를 떨군다. 히지리의 손이 시야에 들어왔다. 힘줄도 울툭불툭 튀어나와 있지 않고 손가락도 거스러미 하나 없이 깨끗했다. 초등학교 때부터 햇볕 아래에서 축구를 계속해온 것에 비해 히지리의 피부는 여자아이보다 하얗고 매끄러웠다. 방과 후나 휴일에는 마트나 편의점 알바를 죽어라 했던 료카는 물이며 골판지를 다루는 작업을 하느라 거칠어진 자신의 손을 서글프게 바라보았다.

유다라이역에서 본선으로 갈아탄 뒤 하나미오카에 도착하자 이미 낮 1시가 지나 있었다. 전철을 타는 시간보다 전철을 기다리는 시간이 긴 여정은 2월의 추위까지 더해져 료카의 체력과 기력을 사정없이 빼앗아 갔다. 휴식이 필요했다.

"추천하는 가게는 어디야? 역에서 가까워?"

"바로 근처야. 역사 빌딩 안."

"살았다."

추워서 곱은 손으로 저도 모르게 만세를 부르는 료카를 "요모 씨는 의외로 아이처럼 해맑게 기뻐하네" 하며 히지리가 재미있다는 듯 뚫어지게 쳐다보았다. 무심코 속을 내보이고 만 자신이 분했다. 료카는 못 들은 척했다. 하나미오카역의 중앙 광장과 이어지는 연결 통로를 이용해 바깥의 찬 공기를 쐬지 않고 역사 빌딩으로 이동한다. 중앙에 걸려 있는 안내표지판을 료카가 올려다보자 히지리가 뒤에서 태연하게 말했다.

"2층에 '데이지'라는 가게, 입점해 있지?"

"데이지? 설마 패밀리레스토랑 '데이지'?"

"'설마'는 뭐야? 데이지는 그냥 데이지지, 설마가 왜 붙어. '데이지 하나미오카점'."

료카는 눈을 동그랗게 뜬 채 히지리를 돌아보았다.

"우에조노 군이 '가고 싶은 가게'라고 해서, 난 영락없이 개인이 운영하는 숨은 맛집이나, 뭐 그런 곳인가 했거든."

"아니, 패밀리레스토랑을 추천하면 안 돼? 데이지, 맛있거든?"

료카가 할 말을 찾고 있자 히지리는 "게다가" 하며 말을 이었다.

"요모 씨가 기억하고 있을지 어떨지 모르겠지만 이 가게에서 처음 만났어, 우리 가족."

료카는 히지리와 나란히 '데이지'를 바라보면서 분홍 목도리에 턱을 묻었다.

3년 전 겨울, 중3이었던 료카는 학원도 빼먹고 엄마 손에 이끌려 억지로 '데이지 하나미오카점'에 왔다. 아주 화려한 크리스마스트리가 장식된 대기실에서 중년의 남성과 료카 또래로 보이는 남자아이가 기다리고 있었다. 중년 남성은 엄마를 보자 확 얼굴을 빛내며 일어섰고 옆에서 남자아이가 예의 바르게 머리를 숙였다.

—소개할게. 우에조노 씨랑 아들 히지리 군.

혼잡한 패밀리레스토랑 대기실이 순식간에 가족 소개 자리가 돼버리는 바람에 료카는 당황스럽기도 했고 부끄럽기도 했고 부아가 치밀기도 해서 곧바로 말이 나오지 않았다. 사랑에 눈이 멀어버린 우에조노 씨는 제쳐놓고, 자기처럼 부모 일에 휘말린 꼴인 히지리에게 동정의 시선을 보냈다. 하지만 히지리는 전혀 동요하는 기색도 없이 씩 환하게 웃으며 말했다.

—잘 부탁해, 누나.

엄마가 무척 기쁜 듯이 두 사람이 같은 학년인 것, 생일은 히지리 쪽이 늦은 것, 제1지망 고등학교가 '운명적으로'―엄마는 그렇게 표현했다―같다는 걸 정신없이 떠들어대는 가운데 료카는 히지리를 매섭게 노려보았다. 뭐가 '누나'야. 부모들 횡포에 굴복해버리다니 바보처럼 굴고 있어. 난 절대로 굴복하지 않아. 나이로 보면 아직 보호자가 필요한 입장이지만 심적으로는 지금까지도 앞으로도 쭉 혼자야. 혼자라도 괜찮아. 그런 생각을 하고 있었다. 그때 히지리의 키는 아직 료카처럼 160센티미터 안팎이었던 터라 올려다볼 필요도 없이 똑바로 노려봤던 기억이 난다.

오늘은 대기실에 들어서자 크리스마스트리 대신 발포스티롤로 만든 눈사람이 장식돼 있었다. 그날처럼 한참 그곳에서 기다렸다. 등받이가 없는, 비닐 소재의 인조가죽 의자에 나란히 걸터앉아 히지리가 쓴웃음을 지었다.

"그때 요모 씨, 기다릴 때도 그렇고 먹을 때도 그렇고 내내 화가 나 있었지."

"―뭐, 그랬지. 패밀리레스토랑에서 처음 만나다니 경솔해 보여서 싫었어. 그 사람, 그런 부분은 정말 세심하게 신경을 못 쓴다고 할까, 허술해서 말이야."

엄마를 깎아내리는 료카에게 히지리는 "그거 오해야" 하며 천천히 고개를 젓는다.

"이 가게로 하자고 한 건 나야. 내가 '꼭 여기로' 하자고 부탁했어."

"하? 거짓말? 왜?"

"슬픈 기억 위에 행복한 기억을 다시 쓰고 싶었어— 뭐 그런?"

히지리는 어깨를 으쓱하며 가게 천장을 쭉 둘러보더니 숨을 토해냈다.

"여긴 날 낳아준 엄마랑 마지막으로 식사를 한 곳이야."

"돌아가신 엄마랑?"

료카의 말에 히지리는 겸연쩍어하며 코 옆을 긁적였다.

"아, **돌아가셨다고** 요모 씨는 들었구나?"

"아니야?"

"뭐라고 해야 할까. 실종선고가 인정됐으니까 분명 사망한 거지만, 난 아직 어딘가에 살아 있을 것 같아."

료카가 어떻게 맞장구를 쳐야 할지 몰라 가만히 있는 사이에 히지리는 계속 말을 이어나갔다.

"우리 엄마는 말이야, 아버지가 회사에 간 평일 낮에 네 살이던 날 데리고 이 가게에 와서는 식사를 하고, 그러고는 날 놔두고 어디론가 가버렸어. 이후 행방도 생사도 몰라."

"거짓말."

"거짓말 같은 얘기지? 하지만 진짜야. '화장실 갔다 올게' 하고 자리를 뜨더니 내가 어린이 런치세트에 딸려 나온 장난감에 한창 정신이 팔려 있는 사이에 사라져버렸어. 어린아이가 계속 혼자 앉아 있는 걸 이상하게 여긴 가게 사람이 경찰한테 알렸대. 그리고 경찰한테서 연락을 받은 아버지가 데리러 올 때까지 난 눈이 빠지게 기다리다 완전히 기진맥진해버렸어. 야, 그때는 진짜 불안해서 눈물도 안 나오더라고. 그 후로 난 절대로 그게 누구든 혼자 있게 두지 않을 거고, 아무리 싫은 사람이라도 그 앞에서 말없이 사라지는 짓만은 안 하겠다고…… 네 살밖에 안 된 나이에 맹세했고 지금도 그때의 맹세를 지키고 있어."

"……전혀 몰랐어. 그 사람은 알고 있어?"

"엄마? 응. 아무리 그래도 상황상 재혼하기 전에 아버지가 말했을 것 같은데. 요모 씨한테 말하지 않은 건 분명 엄마가 마음이 따뜻한 사람이라서 그래."

엄마가 '마음이 따뜻한 사람'인지에 대해서는 많은 의문부호가 붙지만, 료카는 일단 고개를 끄덕인다. 엄청 충격적인 고백을 들은 기분이었다. 동정심보다 그런 과거가 있는데도 히지리가 비뚤어지지 않고 마음속에 티 없이 맑은 사랑을 가진 아이로 자랐다는 사실에 경외심이 느껴졌다.

여성 종업원이 빈자리로 안내해주려고 왔다. 두 사람은 칸막이가 있는 창가 자리로 안내를 받았다. 4인석 자리에 마주 보며 앉는다. 등받이가 높은 좌석은 노란색과 하얀색 투톤 컬러의 비닐로 만든 인조가죽 의자로, 오른편 상단에는 가게 이름인 데이지꽃이 새겨져 있었다.

이 데이지꽃 마크는 식기며 잔에도 붙어 있었는데, 기계로 대량생산한 요리의 온기가 없는 공장 음식 냄새와 값싼 느낌을 엷게 하는 역할을 해주고 있었다. 음료 코너를 없애고 요리는 전부 여성 종업원이 가져다주는 시스템인 것도 데이지꽃 마크와 같은 역할을 해줄 거라는 기대감 때문이리라.

코팅된 계절 한정 메뉴판을 보고 난 뒤에 히지리는 메뉴판꽂이에 세워놓은 일반 메뉴를 펼쳐본다. 그러고는 평소와 다름없는 밝은 목소리로 료카에게 말을 건넸다.

"저기, 저기. 밸런타인데이가 끝났는데 아직도 초콜릿 특집을 하고 있어."

"왜 달달한 디저트류 페이지를 보고 있어? 밥 종류를 먹어. 배고픈 거 아니었어?"

"그렇긴 하지만 나, 달달한 디저트류도 좋아해서."

그러고 보니 처음 만났을 때도 밥을 먹은 뒤에 히지리만 과일 파르페를 볼이 미어지게 먹고 있었다. 상황에도 체면에도 좌우되지 않고 구김살 없이 자유롭게 행동하는 히지리가 믿기지 않아 부러움을 넘어 짜증이 났었던 것 같은 기억이 떠올라, 료카는 쓴웃음을 짓는다. 분명 난 '내내 화가 나 있었다'. 히지리가 어떤 과거를 가지고, 어떤 맹세를 가슴에 안고 첫 만남 자리에 왔는지 상상도 하지 못한 채.

"그래서, **다시 쓸 수** 있었어?"

"있었어. 이 가게는 내가 엄마한테 버림받은 장소가 아니라 새엄마랑 누나와 처음 만난 장소가 됐어."

히지리는 즉각 대답하고 나서 말을 이었다.

"그리고 누나와 처음으로 느긋하게 수다를 떤 장소도 될 예정. 지금부터 말이야."

료카가 어깨를 으쓱하자 히지리는 씩 환하게 웃더니 테이블에 있는 호출벨을 울렸다.

히지리는 햄버그스테이크 세트(밥 곱빼기)와 진저에일, 료카는 명란 파스타와 우롱차를 주문한다. 종업원이 두 사람의 주문을 단말기에 입력한 뒤 물러나자 히지리는 창문을 바라보았다. 창이라고 해도 바깥은 역사 빌딩의 통로이기 때문에 쇼핑을 하거나 음식을 먹으러 온 사람들이 끊임없이 오가는지라 목제 블라인드가 내려져 있었다.

"여기엔 그래도 데이지꽃은 안 새겨놨네."

히지리가 블라인드를 가리키며 혼잣말처럼 중얼거리더

니 시선을 그대로 고정시킨 채 말을 잇는다.

"요모 씨, 엄마랑 사이좋게 지내."

"하?"

"나랑 아버지가 없어지면 그쪽 두 사람은 통 대화를 안 할 것 같아서."

"아, 없어지는구나. 아마도 틀림없이 그럴 거야."

료카가 고개를 끄덕이자 히지리는 호들갑스럽게 얼굴을 찌푸렸다.

"그거! 요모 씨의 그런 점! 걱정되거든."

"신경 안 쓰셔도 돼요."

료카가 어물쩍 받아넘기며 물을 마신다. 히지리는 미간을 찌푸리며 팔짱을 끼고 있었지만 음료수가 나오자 금세 밝은 얼굴로 돌아왔다.

진저에일 잔을 높다랗게 든 채 기다리고 있다 료카가 우롱차 잔을 들기 무섭게 억지로 잔을 부딪쳐온다.

"남매의 즐거운 수다 타임을 위해 건배— 라니."

짠, 싸구려 잔 같은 소리가 나는 유리잔을 뚫어지게 보며 료카는 투덜댔다.

"입시를 목전에 두고 물건까지 잃어버린 상태에서 '즐거운 수다'를 떨 자신 따위 전혀 없는데."

"자 자, 그 부분은 대화의 달인인 내게 맡겨둬."

"그걸 제 입으로 말하는 사람이 어디 있어."

일단 딴지는 걸었지만 히지리의 자화자찬이 틀린 말이 아니라는 건 집에서나 고등학교 생활 중에 이따금 보고 들어서 잘 알고 있다. 누구에게나 격의 없이 말을 걸고 이야기하는 것뿐 아니라 듣는 역할도 잘하기 때문에 히지리 주변에는 항상 사람이 모여들었고 남녀 불문하고 친구가 많았다.

빨대를 만지작거리며 히지리는 "오늘은 단도직입적으로 묻는데" 하고 말을 꺼낸다.

"요모 씨, 내가 싫었어?"

"……아니, 가끔 부아가 났지만 싫지는 않았어. 거리감이 있었을 뿐."

그 말은 거짓말이 아니었다. 히지리는 자신과는 극과 극인 인간이라 생각한다. 생판 모르는 남이면 그걸로 충분히 납득이 될 텐데 무슨 업보인지 히지리는 가족, 그래서 감정이 술렁일 때도 있었다. 조바심은 마치 질투와 등을 맞대고 있는 것처럼 서로 멀어 보이지만 알고 보면 이웃 간이라는 걸 뼈저리게 느낀 3년이었다.

"아하. 난 줄곧 가깝다고 여겼는데. 요모 씨와 난 닮았다고 생각했거든."

"어디가?" 료카는 저도 모르게 소리를 지르고 말았다. 그녀의 험악한 얼굴을 보고 요리를 들고 온 종업원이 놀라 접시를 고쳐 쥔다.

테이블에 접시와 철판이 나란히 놓여지고, 종업원이 "편하고 좋은 시간 되세요" 하고 기계음처럼 단조롭게 말하고 사라지기를 기다렸다가 료카는 입을 연다.

"학교에서 엄청 인기 있는 여학생을 자기 동아리 매니저로 삼더니, 어느새인가 약삭빠르게 여친으로까지 만든 남자의 어느 구석에서 나와 공통점을 찾으라고?"

햄버그스테이크를 볼이 미어지게 먹고 있던 히지리는 대놓고 눈을 희번덕거렸다. 그 모습을 보며 료카는 웃는다.

─이제 곧 이 아이는 남이, 평범한 전 동급생이, 된다.

그리 생각했더니 조금 마음이 홀가분해졌다. 곧 고등학교도 졸업하고 진로는 각자 다르니까 이제 쌍심지를 켜고 거리를 재거나 유지하지 않아도 되지 싶어 마음이 느긋해진다.

그러자 료카는 히지리를 상대로 마음껏 아무래도 좋은 이야기를 했다. '대화의 달인'이 기분 좋게 맞장구를 쳐주는 바람에 무심코 그만 어릴 적 일화까지 공개해버렸다. 히지리 역시 초등학교 때의 실패담을 익살스럽게 이야기해주었다. 성격은 달라도 부모들 사정으로 가족 수가 늘었다가 줄었다가 하는 스트레스에 노출돼온 동지다. 서로 공감할 수 있는 화제도 많아, 손뼉을 치며 웃어넘겼다가 어깨를 치며 서로 위로했다가 같이 화를 냈다가 햄버그스테이크와 파스타를 한 입씩 바꿔 먹었다가 그러고는 다시 수다를 떨었다.

정신을 차려보니 요리뿐 아니라 음료수 잔까지 비어 있었다.

"음료 코너가 있어도 좋은데 말이야, '데이지'."

료카가 중얼거리자 히지리는 기다렸던 것처럼 메뉴를 펼친다.

"달달한 거, 더 주문 안 할래? 난 과일 파르페로 할 거야."

"결국 먹는 거야? 난 참을래."

"뭐어? 왜? 즐거운 추억을 만들자고."

"시끄러워. 아아, 정말 시끄러워."

긴 다리로 카펫 바닥을 쿵쿵 치는 히지리를 제지하고 나서 료카는 히지리의 과일 파르페에 맞춰 고사리 분말로 빚은 떡에 말차 가루를 묻힌 말차고사리떡을 주문했다.

얼마 안 돼 데이지꽃 마크가 달린 디저트 그릇이 각자 앞에 놓이자 갑자기 침묵에 빠져든다. 료카가 붉은 옻칠을 한 포크를 손에 쥐는 틈을 이용해 히지리가 말을 꺼냈다.

"나, 사실은 더 이상 가족을 잃고 싶지 않아. 엄마랑 요모 씨가 내 앞에서 사라지는 건 견디기 힘들어. 게다가 내가 엄마랑 요모 씨 앞에서 사라지는 건 더 견디기 힘들어."

료카는 말없이 말차고사리떡을 오물오물 먹다 물이 든 잔을 기울여 반쯤 마신 후에 말했다.

"물렁해."

"말차고사리떡이? 아니면 내가?"

"우에조노 군도 그 사람이랑 같은 거야? 혼자서 못 사는 타입? 좀 참아줘. 아이 때문에 간신히 유지하는 부부 사이 같은 건 소름 끼쳐. 그렇게까지 해서 가족이라는 게 필요해?"

"요모 씨는 필요 없어?"

히지리는 곧장 물어왔다. 료카는 침을 삼키고는 천천히 고개를 끄덕였다.

"난 줄곧 혼자라 생각하며 살아왔으니까. 가족이 있든 없든 아무것도 변하지 않아."

다시 침묵의 시간이 흘러간다. 료카는 붉은빛이 도는 포크를 빙글빙글 돌리고 있었지만 곧 손을 멈추며 말했다.

"다 먹었으면 펭귄 찾으러 가자."

"……응."

히지리가 작게 고개를 끄덕인 걸 확인하고 나서 료카는 말차를 묻히는 시늉만 낸 말차고사리떡을 잇달아 입에 욱

여넣었다. 그 모습을 본 히지리도 파르페를 오차즈케 먹듯이 급하게 먹어치웠다. 거의 동시에 그릇을 비우자 누가 먼저라 할 것도 없이 자리에서 일어났다.

계산대 앞까지 오자 그곳에서 대기하고 있던 볼이 통통한 종업원이 말을 걸어왔다. 히지리의 중학교 시절 후배인 듯하다. 히지리가 아이처럼 들떠서 소리를 지른다.

"뭐야? 데이지에서 알바하고 있었어?"

"네. 이제 막 시작했어요. 오늘은 개교기념일이라 아침부터 일이 잡혀서. 히지리 선배가 가게에 들어왔을 때부터 알고는 있었지만 여친이랑 같이 있는데 말 걸면 방해될까 싶어서요."

히지리와 료카를 번갈아 보며 "결국 여기서 말을 걸어버렸지만" 하며 날름 혀를 내민다.

"계산대에서 마주쳤는데도 모른 척했다면 내 마음이 더 쓰라렸겠지."

히지리는 농담인 양 말하면서 아무렇지도 않게 "게다가 여친 아냐" 하고 알려준다.

"아하. 그럼 친구?"

"땡. 아쉽다. 정답을 맞힐 기회는 앞으로 딱 한 번."

돌연 퀴즈 맞히기가 된 대화에 후배는 계산하는 것도 잊은 채 "어? 어?" 하며 골똘히 생각하기 시작한다. 료카가 정답을 가르쳐주려고 앞으로 나온 순간, 후배는 눈을 빛내며 소리 높여 단언했다.

"알겠어요! 뒤에서 활동하는 학생회장과 그 졸개 1!"

"뭐? 내가 학생회장?"

"무슨 소리예요. 당연히 선배는 그 졸개 1이죠. 어때요? 정답?"

"정답일 리 있겠어!"

료카의 웃음소리가 가게 안에 울려 퍼진다. 점장이 노려보는 바람에 허둥지둥 업무로 돌아온 후배에게 히지리가 간략하게 진짜 무슨 관계인지 알려주는 중에도 료카는 계속 웃고 있었다.

거스름돈과 영수증을 히지리에게 건넨 후배는 아직도 허리를 구부린 채 배를 잡고 웃고 있는 료카를 살짝 어이없어하며 말했다.

"같은 고등학교에 다니는 동급생 남녀가 의붓남매가 돼 한 지붕 아래에서 산다니, 반짝반짝 빛나는 청춘 멜로물 같아요."

"설정만 보면 말이야."

"배역이 아쉽지요?"

거의 동시에 히지리와 료카가 무슨 소리냐며 따져 묻자

후배는 목을 움츠렸다.

"죄송해요. 하도 그런 말을 들어서 귀에 못이 박힌 거예요?"

귀에 못은 박히지 않았지만 가정사가 알려질 때마다 그런 말을 들은 건 사실이다. 후배가 누가 봐도 알 수 있게 폭 풀이 죽는 바람에 료카는 허둥지둥 할 말을 찾는다.

"아, 맞다. 너, 오늘 펭귄 못 봤어?"

"펭귄? 펭귄철도의 그 펭귄 말이에요?"

"맞아, 맞아. 사정이 좀 있어서 찾고 있는데."

단지 어색한 분위기를 바꾸기 위해 한 질문이었는데 뜻밖에도 단박에 정보가 들어왔다.

"조금 전에 가게에 들어온 손님이 유다라이역에서 펭귄을 봤다고 했어요."

"뭐, 몇 시쯤에?"

"바로 조금 전이에요. 진짜 아직 5분도 안 지났어요."

"고마워! 도움이 됐어!"

료카는 히지리의 배낭을 탁 치며, "가보자" 하고 말하고는 뛰어나갔다. 히지리는 뭔가 말을 하려 했지만 결국 따라 나갔다. 뒤에서 활기를 되찾은 후배의 밝은 목소리가 들려온다.

"감사합니다. 언제든 다시 데이지를 찾아주세요."

*

같은 노선을 이용해 하나미오카에서 유다라이로 되돌아왔다. 맨 앞 차량에 올라타 플랫폼 전체를 쭉 둘러본 덕분에 펭귄이 있는 곳은 바로 찾을 수 있었다. 상행선 쪽 플랫폼 끝에 서 있는 둥실둥실한 검은 등을 놓칠 리 없었다.

전철에서 내리자마자 달려온 료카와 히지리의 발소리가 들리기는 하는 건지, 펭귄은 등을 돌린 채 미동도 하지 않고 선로를 바라보고 있었다. 료카는 펭귄의 침착하고 여유로운 모습에 홀딱 반해 스마트폰의 소리를 죽이고는 몰래 사진을 찍었다.

"주둥이 확인."

히지리에게서 지시가 날아들었다. 료카는 다급히 스마트폰을 넣은 뒤 발꿈치를 쭉 들어 들여다본다.

"잘 안 보여―."

"좀 더 다가가."

"으음, 놀라면 가여운 데다 도망가버릴 것 같은데?"

"도망가면 쫓아가면 되지. 근데 그것보다 중요한 건 주둥이를 확인하는 거잖아?"

"……그렇긴 하지만."

료카가 한 발 한 발 거리를 좁히고 있는데 왼쪽으로 돌아가는 노선을 꺄우뚱 머리를 기울인 채 바라보던 펭귄이 갑자기 하늘을 향해 주둥이를 벌리더니 "까아아아아, 까" 하고 운다. 료카가 펭귄의 울음소리를 들은 건 이번이 처음이지만 감격에 젖어 있을 여유는 없었다. 눈을 비비며 몸을 앞으로 내민다.

"이혼 신청서가 없어! 어디에 있는 거야?"

쩍 벌린 주둥이에 이혼 신청서 같은 종잇조각은 걸려 있지 않았다. 펭귄의 발아래 부근을 둘러봤지만, 거기에 떨어져 있지도 않았다. 그럼 바람에 날려갔나 싶어 선로 쪽으로 몸을 내민다. 역시 보이지 않았다.

료카는 화들짝 놀라며 손바닥으로 입을 막는다.

"설마 먹었나?"

분명 분실물센터에서 만난 소헤이는 펭귄이 종이를 먹으면 몸에 안 좋다고 했었다. 상식적으로 생각해도 료카 역시 그럴 것 같았다. 펭귄은 염소가 아닌 데다 염소 역시 잉크가 묻어 있는 종이는 먹게 하면 안 된다고 어딘가에서 들은 적이 있다.

"어쩌지? 토해내게 하는 게 좋을까? 하지만 어떻게?"

돌아서서 당황한 채 히지리에게 물어보자 뺨이며 코끝이 빨개진 히지리가 "그건 아니야" 하며 우물거리는 목소리로 말했다.

"하지만 펭귄이 입에 아무것도 물고 있지 않다는 건 먹어버렸든지, 다른 데 떨어뜨렸든지—."

"둘 다 아니야. 불가능해."

히지리가 빠르게 입을 놀리며 다시 료카의 예상을 부정한다. 료카는 부루퉁해져 입을 삐죽 내밀고 있었지만, 펭귄이 발을 지그재그로 비틀어 몸의 방향을 바꾼 후 자기 옆을 뒤뚱뒤뚱 걸어가자 그 모습에 눈을 빼앗기고 만다.

"귀여워." 중얼거리면서 만사 제쳐놓고 펭귄의 뒤를 쫓아간다. 유일한 단서다. 히지리가 불러 세웠지만 멈출 생각은 털끝만치도 없었다.

펭귄은 의외로 발이 빨랐다. 자박자박 평온한 발소리를 내면서 몸을 좌우로 흔들며 일심불란하게 걸어간다. 아니, 펭귄 자신은 뛰고 있는 건지도 모른다. 발걸음이 약간 불안은 했지만, 좌우 어느 한쪽으로 체중이 너무 실려 몸이 뜰 때는 날개를 사뿐히 들어 올려 마치 '아차차' 하고 말하고 싶은 것처럼 균형을 잡았다.

펭귄이 이동을 시작하고 나서 얼마 안 돼 전철이 도착한다는 안내 방송이 흘러나왔다. 아무래도 이걸 예측하고 한 행동이었던 것 같다. 전철이 다가오는 기척을 느낀 건 플랫폼으로 들이치는 바람 냄새를 맡은 걸까? 공기의 떨림을 느낀 걸까? 아니면 설마 시간표를 읽을 수 있나? 료카는 감동에 가까운 경이로움을 느끼며 줄을 서 있는 사람들 쪽으로 가는 펭귄의 동그란 머리를 보았다.

서두른 보람이 있어 미끄러지듯 들어오는 전철보다 먼저 펭귄은 타는 곳이라고 표시가 돼 있는 장소에 당도한다. 줄을 서는 습관은 제아무리 전철을 타는 펭귄이라도 없는 듯하지만, 승객들이 선의로 앞을 양보해주고 있다. 료카는 안절부절 조바심을 내며 줄 맨 끝에 가서 섰다.

다음 순간 누군가가 뒤에서 배낭 어깨끈을 확 잡아당기는 바람에 넘어질 뻔한다. 허둥지둥 돌아보자 히지리의 굳은 얼굴이 바로 코앞에 있었다.

"뭐야. 위험하잖아."

큰 소리로 항의하는 료카에게 히지리 역시 조금 화를 내며 말한다.

"아까부터 몇 번이나 기다리라고 했는데 계속 무시하니까."

"무시 안 했거든. 단지 귀에 안 들어왔어."

"그걸 무시라고 하는 거야."

"까아아, 까, 아아, 까아까아."

펭귄의 울음소리가 갑자기 두 사람 사이에 파고들자 조용히 웃음소리가 일었다. 그제야 겨우 승객들의 시선이 언쟁을 벌이는 자신들에게 쏠리고 있었다는 걸 깨닫는다. 료카는 홱 비켜서며 히지리와 거리를 둔 채 입을 굳게 다물었다.

그때 전철이 들어왔다. 문이 열리고 사람들이 다 내리자 펭귄은 두 발을 가지런히 모으더니 폴짝 전철 안으로 뛰어올랐다. 그 뒤에 승객들이 줄줄이 전철에 올라탄다. 황급히 뛰어들려는 료카의 배낭 어깨끈을 히지리가 다시 잡아 세웠다.

"요모 씨, 내 얘기를 들어."

"그치만 펭귄, 전철을 타고 가버리잖아? 놓치면 다시 처음부터 찾아야 해."

"펭귄, 찾을 필요 없어. 왜냐면 펭귄은 이혼 신청서 안 가지고 있거든."

"그럼, 역시 이미 먹어버렸─."

"먹지도 않았어. 이혼 신청서를 들고 있는 건 나야."

슬로모션이 걸린 것처럼 히지리의 얼굴이 천천히 일그러지는 걸 료카는 소리도 내지 않고 보고 있었다. 시선 끝에 히지리의 입이 작게 움직이는 모습이 잡혔지만, 마침 출발을 알리는 멜로디가 흘러나와 무슨 소리를 하는지 들리지 않았다. 무시하는 게 아니라 정말로 들리지 않았다.

전철이 움직이기 시작한다. 전철 유리문 아래쪽에서 하얀 무늬가 들어간 펭귄 머리가 언뜻 흔들렸지만 곧바로 시야에서 사라졌다.

전철이 떠난 텅 빈 플랫폼에서 료카는 배낭 어깨끈을 꽉 쥐고 서 있었다. 히지리와 똑바로 마주 선 채 얼굴을 들어 그의 눈을 뚫어지게 바라보았다.

"미안해. 유다라이역에서 요모 씨의 배낭 안을 확인했을 때 빼냈어."

히지리는 나직이 사과하며 자신의 배낭을 내리더니 그 안에서 파일에 끼워진 이혼 신청서를 꺼낸다. 히지리가 내민 이혼 신청서를 받아 든 료카는 그걸 품에 안았다. 빈손이 된 히지리는 깊숙이 머리를 숙이며 다시 한번 "미안해" 하고 사과한다.

"요모 씨가 이혼 신청서를 내버리기 전에 아주 잠깐이라도 좋으니까 시간이 필요했어. 데이지에서 점심을 먹을 정도의 시간이라도 좋으니까 필요했어."

"왜?"

"'왜'라니? 왜냐면—." 머뭇거리는 히지리의 눈가가 빨개진다.

"요모 씨와 남매다운 일은 거의 아무것도 한 게 없으니까. 이대로 헤어져버리면 너무 쓸쓸하잖아."

"'쓸쓸하다'니. 딱히 내가 없어도 우에조노 군 주위에는 항상 많은 사람들이—."

"그 사람들 전부 내 '형제자매'가 아니니까. 내 '누나'는 요모 씨뿐이니까. 모르겠어? 나, 진짜로 남매가 돼서 기뻤어. 전혀 말을 해주지 않아도, 같이 지내는 시간은 거의 없어도, 학교에서 마구 무시당해도, 그래도 이 3년간 정말 기뻤어. 집 안에 '자식'이라는 입장에 놓인 사람이 나 이외에도 있다는 게 얼마나 든든했는지, 정말 몰라? 저기, 요모 씨! 난 다시 혼자가 되고 싶지 않아. 그리고 요모 씨를 혼자가 되게 하고 싶지도 않아."

료카는 정직한 히지리의 시선을 피할 수 없었다. 시선뿐만이 아니었다. 히지리는 감정도 사는 방식도 모두 정직했다. 꼬이고 비뚤어진 자신은 감히 견줄 수도 없어 불쌍하게 여겨질 정도로.

"미안해. 난 몰라. 말했잖아? 난 줄곧 혼자라고 생각하며 살고 있으니까. 우에조노 군하고는 달라."

료카의 잠긴 목소리를 들은 히지리의 눈에 휙 어두운 그림자가 드리워진다. 주변의 공기가 쫙 밀려든다. 이 감각은 아침에도 느꼈다. 두꺼운 막이 쳐져 주변 사람들과 멀어졌을 때의 감각이다.

문득 히지리의 어깨가 떨리기 시작한다. 의아하게 쳐다보고 있는 료카 앞에서 히지리는 점점 소리를 내 웃기 시작했다. 싱글벙글, 반짝반짝 빛나는 햇빛에 투영돼 갈색으로 보이는 머리카락을 쓸어 올리며 웃고 있었다.

결코 료카와 눈을 마주치려고 하지 않은 채.

"그렇구나. 그래. 혼자라고. 알겠어. 중요한 시기에 시간 뺏어서 정말 미안해."

겨우 웃음을 멈추고 그렇게 말하자 히지리는 눈꼬리에 맺힌 눈물을 엄지손가락으로 훔치고는 확 등을 돌렸다.

"이혼 신청서, 관청에 내러 가자."

료카는 "응" 하고 작은 소리로 대답하고는 이혼 신청서가 든 파일을 배낭에 넣었다. 하지만 지퍼를 잠그는 손이 생각대로 움직여주지 않았다. 등을 돌린 히지리가 척척 앞을 걸어가버리는데 손이 전혀 빨리 움직일 생각을 안 한다. 몸이 행동을 거절했다. 입 밖에 내고 만 말이, 천 개의 바늘이 돼 마음을 푹푹 찔렀다. "아아, 정말 왜 이래." 조바심이 난 소리를 치며 배낭을 흔들자 안에 든 물건들이 이리저리 섞이면서 완전히 까먹고 있던 물건 하나가 시야에 들어왔다.

"우에조노 군, 기다려. 관청에 가기 전에 분실물센터에 들렀다 안 갈래? 소헤이 아저씨한테 사정도 설명하고 싶고 노선도도 돌려줘야 해."

히지리가 발걸음을 멈추고 천천히 돌아본다. 겨우 눈이

마주쳤다.

료카는 손에 치켜 든 커다란 노선도를 안간힘을 다해 흔들었다.

*

환승을 하느라 시간이 걸리는 바람에 료카와 히지리가 우미하자마역에 돌아온 건 겨울 해가 기울 무렵이었다.

목재 벽과 하나가 돼 구분조차 되지 않았던 분실물센터의 미닫이문을 이번에는 제대로 찾아 노크한다. 곧바로 문은 옆으로 스르르 열렸고 소헤이가 얼굴을 내밀었다. 눈앞에 있는 료카, 바로 그 뒤에서 대기하고 있는 히지리를 보더니 한층 더 발꿈치를 높이 들어 히지리 뒤쪽을 본다. 한참을 그 자세로 있었지만 료카와 히지리가 쳐다보고 있다는 걸 알고는 헤실헤실 웃으며 발꿈치를 바닥에 내렸다.

"잃어버린 물건은 찾았나요?"

"네." 료카는 고개를 끄덕이며 히지리가 입을 열기 전에 재빨리 말했다.

"나중에 보니까 제 배낭에 들어 있는 거 있죠. 죄송해요."

소헤이는 의아해하며 료카와 히지리의 얼굴을 번갈아

보았지만, 아무것도 묻지 않은 채 다시 미소를 짓는다.

"다행이네요."

"네."

료카는 배낭을 내려 커다란 노선도를 꺼내더니 공손하게 내밀었다.

"그래서 이쪽 노선도를 돌려드려요. 감사했습니다."

소헤이는 료카에게서 받아 든 노선도를 일단 펼쳐 물끄러미 바라본 뒤 둘둘 말면서 혼자 중얼거렸다.

"펭귄을 쫓아갈 필요도 없었네."

"아, 펭귄은 쫓아갔어요. 찾기도 했고."

료카는 스마트폰 영상 데이터에서 조금 전 역에서 몰래 촬영했던 펭귄을 선택해 내보인다.

"머리에 하얀 줄무늬가 들어간 이 펭귄 맞죠?"

소헤이가 몸을 쑥 내밀어 료카의 스마트폰을 들여다보더니 "맞아요. 맞아요" 하며 몇 번이고 고개를 끄덕였다. 그다지 키가 크지 않은 소헤이와는 얼굴 높이가 얼추 비슷해 두 사람의 얼굴은 아주 가까운 위치에 있었다. 료카는 당황하면서도 계속 그 거리를 유지한 채 상황을 설명했다.

"유다라이역 플랫폼에서 만났어요. 전철을 타고 다시 어디론가 가버렸지만."

"흐음. 그랬군요."

소헤이는 천천히 스마트폰에서 얼굴을 뗐다. 긴 앞머리가 살랑살랑 흔들리면서 눈동자에 온화한 빛이 깃든다. 넋을 잃고 보는 료카를 보며 고개를 갸웃했다.

　"자, 이제 어떻게 할까요?"

　"어떻게, 라니?"

　료카가 그리 물으려고 입을 떼자마자 지금까지 잠자코 있던 히지리도 같은 질문을 하는 바람에 두 사람의 목소리가 겹친다.

　"분실물은 돌려드릴까요? 아니면 맡아둘까요?"

　"그거야 당연히―."

　"여기에 맡겨둘 수 있나요?"

　히지리가 어이없다는 듯 내지르는 소리를 가로막으며 료카는 발아래에 놓아둔 배낭과 소헤이의 얼굴을 번갈아 보면서 생각에 잠겼다. 소헤이는 분명하게 고개를 끄덕여 준다.

　"네. 필요하시면."

　그 온화한 미소를 보고 있었더니 료카는 코안이 찡해졌다. 배낭 안에서 커다란 노선도를 발견했을 때 분실물센터에 들를 구실을 찾았다 싶어 겨우 마음이 놓였다. 이대로 히지리와 남남이 되기 전에 무슨 일이 있어도 다시 한번 빨간 머리의 상냥한 역무원과 만나고 싶었다. 만나야 한다는 생각이 들었다.

료카는 정신없이 배낭 옆에 웅크리고 앉아 파일에 끼워 둔 이혼 신청서를 꺼내 들고는 히지리에게 몸을 돌린다.

"맡겨버릴까?"

"하? 무슨 소리야?" 히지리의 목소리에 노여움이 서려 있다.

"이제 와서 왜 '맡긴다'고 하는 거야? 설령 그 이혼 신청서를 안 내더라도 우리 부모님들이 이혼한다는 미래는 없어지지 않잖아?"

"하지만 우에조노 군은 생각하고 있잖아? 이혼 안 했으면 좋겠다고."

"**생각했던** 거야. 바로 조금 전에 마음의 정리가 됐어. 요모 씨처럼 나도 '혼자서' 살아갈 거야."

료카는 할 말을 잃은 채 히지리의 얼굴을 뚫어지게 본다. 히지리의 엷은 갈색빛을 띤 눈동자에 덕지덕지 상처 입은 자신의 얼굴이 비치고 있었다. 이건 히지리의 얼굴이다. 내가 몇 번이나 상처 입혔던 히지리의 얼굴이다. 하지만 동시에 내 얼굴이기도 했다.

─세상에는 두 종류의 인간이 있다. 혼자서 살 수 있는 사람과 혼자서는 살 수 없는 사람.

자신이 늘 의지해왔던 선별 방법. 료카는 줄곧 자신을

전자라고 생각했다. 엄마나 우에조노 아저씨나 히지리는 후자라고 멋대로 선을 긋고 있었다.

"안 돼, 그건."

입에서 새어 나온 목소리는 너무 작은 데다 쉬어 있어서 히지리에게는 전해지지 않은 듯했다.

얇은 입술을 굳게 다문 채 후련한 표정을 짓고 있는 히지리를 보니 그가 이미 마음을 정한 걸 알 수 있었다. 순수하고 정직한 히지리는 한번 마음을 정하면 완고하기도 했다. 료카는 동요했다.

자신이 입에 침이 마르도록 말해왔던 '혼자라도 괜찮아' '혼자서 살아갈 거야'라는 말이 이렇게나 허울 좋은 말이었나 싶어 무릎에서 힘이 빠졌다. 누군가에게 '같이 있어 줘'라고 부탁하는 것보다 훨씬 마음 편하게 말할 수 있었기에 그리 선언함으로써 외톨이의 자존심을 겉으로는 지킬 수 있었다. 어쩜 이리도 품위가 없는 말인가 싶어 료카는 입술을 꽉 깨물었다. 그리고 그런 말을 하면 주위 사람을 얼마나 거부하는 일이 되는지, 거부당한 사람은 얼마나 상처 입는지, 게다가 그 말을 한 자기 자신이 얼마나 막다른 곳으로 몰리는지, 히지리의 말을 듣고 비로소 알게 됐다.

짓궂은 미소가 봉인돼버린 히지리의 얼굴을 뚫어지게

보면서 료카는 거세게 고개를 가로젓는다. 소헤이에게 몸을 돌려 파일째로 이혼 신청서를 쑥 내밀었다.

"맡아주세요."

"요모 씨, 안 된다니까. 관청에 가야만—."

"싫어."

자신의 입에서 너무 강경하게 말이 나와버려 료카는 마음이 조급해졌다. 너무 조급한 나머지, 신청서를 받아주려고 내민 소헤이의 손에서 다시 파일을 획 빼앗고 만다.

쏟아지는 히지리와 소헤이의 시선을 한 몸에 받으며 료카는 이혼 신청서를 꽉 껴안은 채 한 발 한 발 뒷걸음질을 쳤다.

"뭐 하는 거야? 의미를 모르겠어."

스트레스로 분노가 폭발해버린 히지리를 향해 료카는 고개를 끄덕인다.

"그렇지. 나도 내가 왜 이러는지 정말 모르겠어. 지지리 운이 없는 것도 정도가 있지. 하지만…… 이대로 이혼 신청서를 내면 안 될 것 같아. 우에조노 군을 보면서 그렇게 마음먹었어."

"하? 날?"

"우에조노 군을 나처럼 만들면 안 돼. 나도 이대로는 안 돼. 그러니까—."

할 말을 찾지 못해 료카는 이혼 신청서를 꽉 껴안은 채 분실물센터를 뛰쳐나갔다. 히지리가 뭔가 소리를 질렀지만 발은 멈추지 않았다. 전철이 도착할 때까지 아직 시간이 있다는 걸 알고 있었던 터라 플랫폼으로는 올라가지 않고 대합실을 빠져나와 밖으로 나갔다.

그대로 곧장 달려가려고 하는데, 앞에 있는 공장 정문에서 사자머리를 한 경비원이 무서운 얼굴을 한 채 팔을 교차시키며 가위표를 지어 보였다. 진입 금지인 모양이다.

료카는 하는 수 없이 발을 멈춘다. 경비원은 움찔하며 눈을 부릅떴다. 아무래도 당장에라도 울음을 터뜨릴 것 같은 얼굴을 하고 있었던 모양이다. 경비원은 잠깐 생각을 하다 팔을 빙 돌렸다. 그 몸짓이 가리키는 방향을 따라 료카도 왼쪽으로 얼굴을 돌린다. 바다로 이어지는 좁은 길이 보였다. 료카가 그 길을 손가락으로 가리키자 경비원이 크게 고개를 끄덕였다. '거기로 가'라는 뜻인 모양이다. 료카도 고개를 끄덕이고는 다시 달리기 시작했다.

한참을 달려가자 아스팔트였던 길이 빨간 우레탄 재질로 된 산책로로 변했다. 길 양옆으로 잘 다듬어진 키 낮은 관목이 심어져 있다. 아마도 공원과 산책로를 겸한 휴식 공간으로 들어온 듯하다. 길 중간중간 꽃밭도 있고 벤치도 있고 통나무며 밧줄로 만들어놓은 체력단련 시설도 있는

걸 보니, 료카처럼 부득이하게 우미하자마역에서 시간을
때워야 하는 사람들을 위한 배려가 엿보였다.

딱 화단을 조성해놓은 휴식 공간까지 왔을 때 숨이 턱
밑까지 차올라, 료카는 발을 멈춘다. 발을 멈춘 이유는 다
른 데도 있었다. 빨갛게, 하얗게, 노랗게, 입에 익은 동요
노랫말처럼 피어 있는 둥근 꽃을 봤기 때문이다.

"데이지."

꽃 이름을 말하며 료카는 화단 정면에 놓인 벤치에 힘없
이 털썩 걸터앉는다. 운동이라고는 숨쉬기 운동밖에 한 적
이 없는 몸에 곧바로 전력 질주의 대가가 돌아왔다.

새삼스레 계속 손에 들고 있던 이혼 신청서를 본다. 싫
은 건 싫다고 주장하며 그걸 행동으로 옮겨봤지만, 역시
그렇게 할 주제가 못 됐다. 남겨두고 온 히지리도 이제 신
경이 쓰였다. 집에서 이혼 신청서가 수리됐다는 소식과 아
이스크림을 기다리는 엄마와 우에조노 아저씨도, 근무 중
인 소헤이에게 폐를 끼친 일도, 전부 머릿속에서 되살아나
는 바람에 료카는 자신이 혐오스러워져 머리를 감쌌다.

발소리가 다가왔다. 요 3년간 집에서, 학교에서, 플랫폼
에서 몇 번이고 들었던 발소리였다. 필요 이상으로 다가가
지 않으려고 적당히 거리를 두고 있지만, 집에 있는 동안
귀에 익어버린 발소리였다.

"우에조노 군—."

료카가 머리에서 손을 내리자, 히지리가 여전히 부루퉁한 얼굴로 딴 데를 보며 말했다.

"우미하자마역 밖엔 후지사키 전기 공장이나 임해 공원밖에 없대. 즉 공장에 못 들어가는 요모 씨가 택하는 길은 이쪽밖에 없는 거지. 이런 막다른 역에서 대체 어디로 도망치려 한 거야? 그렇게나 혼자 있고 싶었어?"

료카는 다급히 고개를 가로젓는다. 몇 번이나 거세게 저었다. 입에서 말이 밀려 나오듯 튀어나왔다.

"혼자는 이제 싫어."

히지리는 당황한 얼굴로 료카를 내려다봤지만 곧 입가를 가리듯 넥워머 안에 턱을 묻었다. 그러고는 우물대는 목소리로 말한다.

"알아. 그래서 쫓아온 거야."

히지리는 화단에 핀 데이지를 빙 둘러보면서 료카 옆에 턱 걸터앉았다. 옆을 보니 겨울바람 때문에 빨개진 히지리의 귀와 뺨이 보인다. 차가운 바람을 타고 공기 속에 히지리의 냄새가 실려온다. 료카는 그 속에서 자신과 같은 냄새를 맡는다. 그리고 그게 우리 집 냄새라는 걸 깨닫는다.

"말했잖아? 난 절대로 그게 누구든 혼자 있게 두지 않을 거고 아무리 싫은 사람이라도 그 앞에서 말없이 사라지는 짓은 안 해. 엄마가 날 놔두고 가버렸던 네 살 때 그리 맹세했다고."

바람에 실려 파도 소리가 들려왔다. 그대로 노출돼 있는 머리와 뺨과 눈이 얼얼해질 정도로 추웠다. 세상 한구석에 둘만 있는 것 같은 기분이 들었다.

"혼자는 외로워. 특히 집에서 혼자 있으면."

료카의 말에 히지리는 머리 뒤로 깍지를 낀 채 하늘을 올려다본다. 넥워머 사이로 보이는 입은 웃고 있었다.

"미안해. '혼자라도 괜찮다'고 우기지 않으면 내가 견디지 못할 거라고 생각했어."

"……그랬구나? 난 반대야. 소중한 사람한테 '당신이 필요하다'고 전하지 않으면, 내가 견디지 못할 것 같은 기분이 들었어."

료카는 히지리의 옆얼굴을 뚫어지게 본다. 그 구김살 없는 정직한 눈빛에 기가 죽을 것 같은 자신을 질타한다.

"우에조노 군은 강하구나. 난 분명 그런 강한 면을 나도 가지길 원했던 거야. 하지만 눈이 부셔서, 너무 멀리 있어서, 난 도저히 안 될 거라는 생각에 포기해버렸어. 그게 분하고 부끄러워서 심술을 부리고 있었다고 생각해. 미안해. 역시 나와 우에조노 군은 달라. 전혀 안 닮았어."

히지리가 옆을 쳐다본 채 두 손을 머리에서 내려 무릎에 올려놓는다.

"진짜 그럴까? 마치 등을 맞대고 있는 관계처럼 서로 멀어 보이지만 알고 보면 가깝다고 할까, 역시 닮았다고 난 생각하는데— 어쨌든 뭐, 잘됐어. 요모 씨가 날 싫어하지 않아서."

"또 그 말이야? 그게 그렇게 신경 쓰였어?"

료카가 눈을 동그랗게 뜨자 히지리는 입을 삐죽 내민다.

"당연하잖아? '형제'가 날 싫어하면 최악이잖아. 난 못 살지 싶어."

"아—." 이번에는 료카가 머리 뒤로 깍지를 낀 채 하늘을 본다. 하늘은 자줏빛으로 물들어 있었다.

"이제 곧 헤어질 판에 이만치나 서로를 알게 돼서 어떡해? 이럴 바엔 가족으로 사는 동안 우에조노 군이랑 좀 더 대화를 해둘 걸 그랬어. 다 같이 외출도 하고 식사도 하고, 진짜 가족처럼 자연스럽게 같이 지낼 걸 그랬어. 설령 학교 친구들한테 '반짝반짝 빛나는 청춘 멜로물 같다'는 소리를 듣더라도 말이야."

"반짝반짝 빛나는 청춘 멜로물 찍어서 미안하게 됐어, 하면서 말이지."

히지리가 웃으면서 장단을 맞춰준다. 료카도 왈칵 웃음을 터뜨리며 하늘을 향해 외쳤다.

"이게 우리 남매의 현실이거든, 하면서 말이야."

"남매라고." 히지리가 마음속 깊이 그 말을 새기듯 말한다.

"응. 남매였어. 전혀 교류는 없었지만, 꽤 차갑게 대했지만, 어엿한 남매였어, 우리."

두 사람은 서로의 얼굴을 쳐다보지 못한 채 각자 화단에 핀 데이지를 내려다보았다.

그때 느긋한 목소리가 들려왔다.

"동감이에요."

산책로를 보니 소헤이가 료카의 배낭을 품에 안은 채 천천히 다가오고 있었다. 료카와 히지리가 쳐다보자 소헤이는 추운 듯 목을 움츠렸다.

"아, 지금 한 말, 데이지의 꽃말이에요. '순진'이나 '행복' 같은 여러 가지 꽃말이 있는 모양이지만, 난 이 '동감이에요'라는 꽃말을 제일 좋아해요."

"동감이에요—."

료카와 히지리가 한목소리로 말하자 소헤이는 빨간 머리를 흔들며 헤실헤실 웃었다.

료카가 일어나서 배낭을 받으려고 소헤이에게 달려간다. 배낭을 등에 메고 눈앞에 있는 역무원의 온화한 얼굴을 뚫어지게 보았다. 긴 앞머리가 바람에 팔랑 들려 올라가 동그란 눈동자가 엿보였다. 펭귄의 눈동자와 조금 닮은 것 같다는 생각이 들었다. 술렁이던 료카의 기분이 진정되면서 마음속에서 망설임이 점점 사라졌다.

솔직하게 말하자고 료카는 결심했다. 설령 그럴 주제가 못 되더라도, 운이 지지리도 없더라도, 히지리를 본받아 정직하게 말해보자. 마지막에 이 말만은 '누나'인 내가 하자.

"저기 말이야, 부모님이 이혼하든 말든 떨어져 살든 말든, 우리는 남매로 지내도 되잖아? 난 그렇게 생각해. 앞으로도 줄곧 우에조노 군과 남매로 지내고 싶어. 더 이상 혼자가 되는 건 싫으니까 우에조노 군은 앞으로도 내 남동생으로 있어줬으면 해. 어때?"

료카는 배낭 어깨끈을 쥔 채 대답을 기다렸다. 떡 입을 벌리고 료카를 보던 히지리가 천천히 시선을 돌려 데이지가 피어 있는 화단을 보았다.

"……데이지."

"하?"

"그러니까 데이지 꽃말이라고. 몰라?"

"'동감이에요'?"

갑자기 끼어든 소헤이를 살았다는 듯이 보더니 히지리는 "그거!" 하고 말하며 힘차게 고개를 끄덕였다. 료카는 부루퉁해져 입을 내밀었다.

"그 정도는 나도 이해했거든. 모르는 게 아니라 왜 '데이지'라고 하면서 얼버무리나 싶어서 열받은 끝에 나온 '하?'였거든."

"아하. '나도 요모 씨랑 동감이야', 뭐 그런 말을 하면 뭔가 멋있는 척하는 것 같잖아."

"어디가? 꽃말을 빙자하는 게 훨씬 멋있는 척하는 거거든. 대개 이런 때 정도는 멋있는 척해도 되잖아. 멋있는 척해. 별 시답잖을 일엔 엄청 멋있는 척하는 주제에."

"아이, 왜 자꾸 멋있는 척하라는 거야. 나, 내일 시험 치거든."

"뭔 상관이야?"

히지리와 하는 시시한 말싸움이라면 언제까지고 계속할 수 있다. 남친하고도 남사친하고도 다른 남동생이라는 이성. 아무런 꾸밈도 없이, 아무런 억측도 없이 마음 편하게 말할 수 있는 상대. 료카는 어느새인가 웃고 있었다. 히지리도 어깨를 들썩이며 웃기 시작한다.

기척도 없이 지켜보던 소헤이가 큼지막한 손목시계를 확인하며 속삭였다.

"다음 전철 출발 시간까지 앞으로 13분 남았습니다."

료카는 히지리의 얼굴을 본다. 히지리도 료카의 얼굴을 보고 있었다.

"히지리, 관청까지 같이 가줄래?"

남동생을 처음으로 성이 아니라 이름으로 부르며 료카는 자기 얼굴이 빨개진 걸 느낀다. 히지리는 기쁜 듯이 웃으며 "좋아, 료카" 하고 바로 척 대답했다. 남동생의 이런 솔직하고 약삭빠른 구석을 누나는 분명 평생 얄미워하며 부럽게 생각할 것이다. 남매니까. 남매인 만큼.

"으쌰" 하며 벤치에서 일어나 히지리가 자연스럽게 료카 옆에 선다. 남매가 나란히 같이 소헤이에게 고개를 숙였다.

"여러모로 감사했습니다."

"아니에요. 난 딱히 아무것도 한 게 없는데."

소헤이는 몸 둘 바를 모르겠다는 듯 두 손을 얼굴 앞에 대고 절레절레 흔든다. 그러고는 해맑게 벌쭉 웃었다.

"분명 떨어져 있어도 형제는 형제, 지요. 좋은 말, 잘 들었습니다."

수줍어하는 료카에게 소헤이가 미소를 띤 채 상냥하게 물었다.

"잃어버린 물건은 보관하지 않아도 되는 거지요?"

"괜찮아요."

료카와 히지리는 앞다투어 대답했다.

바닷바람에 데이지가 팔랑팔랑 흔들리고 있었다.

제2장

나의 졸업여행

"잘 다녀와." 엄마의 배웅을 받으며 쓰카오 신노스케는
집을 나섰다.

"도시락, 기대해! 달걀말이, 부드럽고 두툼하게 잘 말려
서 맛이 끝내줄 거야." 엄마는 무척 기뻐 보였다.

원체 밝은 사람이지만, 이 '무척'이라는 부분은 아들을
신경 쓰느라 필요 이상으로 한 행동이리라. 신노스케는 미
안하게 생각하면서 배낭 어깨끈을 쥐며 아파트를 나왔다.

오늘은 2월 15일. 신노스케가 다니는 지역 초등학교에
서는 6학년 전원이 대법원과 국회의사당을 둘러보는 현장
체험학습 겸 졸업여행을 가는 날이다. 이동은 대형 버스.

"마지막 여행이잖아. 자리는 마음대로 앉아도 돼." 담임인 젊은 여자 선생님은 대범하게 학생들을 풀어줬지만 신노스케에게는 달갑지 않은 친절이었다.

움푹 파인 자리에 엷게 얼음이 서린 아스팔트 앞에서 발을 멈춘다. 얼음 위에 상쾌하게 갠 파란 하늘과 상쾌하지 못한 신노스케의 얼굴이 비치고 있었다.

툭 나온 입에서 한숨이 새어 나온다.

조 편성이나 자리 이동은 각자 '마음대로' 해도 좋다고 할 때마다 신노스케는 혼자 남겨지기 일쑤였다. 반의 총인원이 38명이니까 마지막에 가서는 누군가와 짝을 이루지만, 그때 짝이 된 친구의 얼굴을 살펴보면 환영은 받지 못했다. 이유는 잘 알고 있었다. 반의 군주, 구키자와가 싫어하기 때문이다.

뭐가 계기였는지, 아직도 모르겠다. 축구 동아리 소속에 운동신경이 좋고 성격도 명랑해서 금방 무리의 중심이 되는 구키자와와, 웬만한 운동은 다 못하고 소극적인 탓에 무리 안에서는 되도록 눈에 띄지 않으려고 숨을 죽이고 있는 신노스케 사이에 접점 따위, 거의 없었을 터인데도 처음 같은 반이 된 5학년 여름방학이 지났을 무렵부터 구키자와는 신노스케를 걸고넘어지기 시작했다. 일명 '가지고 논다'고 일컬어지던 구키자와의 장난은 날로 심해지더니 어느새 신노스케는 반에서 겉도는 존재가 돼 있었다. 눈에 띄고 싶지 않은데도 구키자와가 그걸 허락해주지 않는다. 신노스케가 뭘 하든—그게 재채기 한 번이라도—놓치지 않고 철저하게 '가지고 놀면서' 우스꽝스럽게 큰 소리로 놀려먹었다.

반은 왕국이다. 군주가 우습게 여기면 백성도 우습게 여긴다. 왕이 '쟤, 좀 이상해'라고 말하면 백성도 '이상한 사람'으로 간주하며 멀찍이 둘러싼다. 때리거나 발로 차거나 폭언을 내뱉거나 물건을 숨기는 등의 명백한 집단 따돌림은 없었지만, 교실에 있으면 항상 혼자만 우주복을 입고 있는 것처럼 숨이 턱턱 막혔다.

신노스케에게 불운이었던 건 그런 군주와 6학년 때도 같은 반이 된 일이다. 아니, 어쩌면 군주에게도 불운이었는지도 모르겠다. 신노스케를 향한 짜증이 한층 더 심해진 것처럼 보였다.

뒤에서 급히 걸어오던 남자 중학생이 앞질러 간다. 신노스케는 엉겁결에 "아" 하는 소리가 새어 나왔다. 그러자 남자 중학생이 의아해하며 돌아보는 바람에 얼른 고개를 숙였다. 남자 중학생의 검은 가죽구두가 빛나 보였다.

다시 한숨이 나온다. 이번에 나온 한숨은 선망의 한숨이었다.

중학생이 신었던 가죽구두는 전철 통학이긴 하지만 '인근 학교'라고 불러도 될 만큼 가까운 거리에 있는 사립 중학교의 교복 구두였다.

이달 초 신노스케는 그곳에 입학시험을 쳤다 떨어졌다.

동경했던 건 가죽구두만이 아니었다. 셔츠에 넥타이를 매는 것이나 왼쪽 가슴팍에 빛나는 휘장이 달린 정장 재킷과 체크바지로 구성된 교복이 하나하나 다 멋있다고 생각했다. 교실에 학생 수만큼 컴퓨터가 있는 점도, 수학여행으로 영국에 갈 수 있는 점도, 수영장이 실내에 있어 물이 따뜻하다는 점도 전부 마음에 들었다. 그리고 무엇보다 신노스케가 다니는 초등학교에서는 자기 말고는 시험을 친 학생이 없다는 점이 가장 좋았다. 구키자와를 비롯해 아는 사람이 아무도 없는 중학교에 진학하면 우주복을 벗을 수 있다고 생각했다.

부모님에게 간청해 초등학교 5학년 겨울부터 학원을 다니기 시작해 6학년이 된 이후 1년 동안은 가족여행도, 할아버지 할머니 집에도 안 가고 참았다. 학교에서도 학원에서도 성적은 나쁘지 않았고 모의시험 결과도 희망적이었다. 본 시험을 칠 때는 느낌이 좋았다. 그래서 붙었다고 생각하고 통학용 교통카드를 넣는 케이스까지 고르고 있었는데 현실은 불합격.

꽤 멀리 가버린 선배—가 될 예정이었던 남자 중학생—의 등을 눈으로 좇으며 신노스케는 중얼거렸다.

"공립 중학교 따위 가고 싶지 않은데."

합격 발표 날 이후부터 신노스케를 조심스럽게 대하는 부모님—특히 엄마—앞에서는 할 수 없었던 말을 일부러 해보았다.

갈림길이 나타난다. 지금까지 걸어왔던 방향대로 곧장 뻗어 있는 넓은 길과 오른쪽으로 꺾이는 좁은 길. 졸업여행지로 떠나는 대형 버스가 대기하고 있는 초등학교로 가려면 오른쪽 길로 가야 한다. 신노스케가 6년간 걸었고 초등학교와 인접한 공립 중학교에 다니기 위해 앞으로 다시금 3년간은 계속 걸어야 하는 통학로이다.

차가운 공기에 곱아버린 손을 비비고 나서 배낭 어깨끈을 꽉 쥔다.

다음 순간, 운동화를 땅바닥에 탁탁 내리치듯 발을 떼며 신노스케는 곧장 뻗어 있는 넓은 길을 향해 달리기 시작했다.

넓은 길은 집에서 가장 가까운 역까지 그대로 이어져 있다. 회사와 학교에 가는 사람들 무리를 헤치듯 지나가며 신노스케는 정신없이 달렸다. 바람이 볼을 정면으로 때려 살갗이 에이듯 아팠다. 언젠가 학원 모의시험에 나왔던

「달려라 메로스」^{다자이 오사무의 단편소설}의 한 발췌문을 문득 떠올렸다. 메로스도 꽤 고통스러워 보였지만 친구를 위해 달렸으니까 달린 보람은 있었을 것이다. 하지만 도망치기 위해 달리고 있는 나의 고통과 메로스의 고통은 전혀 다른 것처럼 느껴졌다. 그런 생각을 하고 있었더니 왠지 숨이 더 미친 듯이 찼지만 역까지 어떻게든 완주했다.

개표구 앞에서 신노스케가 호흡을 가다듬고 있는데 조금 전에 본 남자 중학생이 교통카드를 틱 찍으며 씩씩하게 개표구를 빠져나갔다. 어느 틈엔가 따라잡았던 모양이다.

"아. 맞다. 카드―."

새삼스럽게 이제야 대중교통을 이용하기 위한 필수품을 떠올리며 신노스케는 허겁지겁 배낭을 내렸다. 땡땡이 무늬로 된 앞주머니 몇 곳에 검은색으로 윤곽만 살린 디즈니 캐릭터가 새겨져 있는 배낭은 학원용으로 엄마가 사준 가방이다. 솔직히 여자아이용 디자인이라 생각했지만 신노스케는 이게 뭐냐고 투덜대지도 않고 계속 쓰고 있다. 투덜댈 정도로 배낭 디자인 같은 데 구애받는 성격이 아니기 때문이다. 같은 이유로 오늘도 모자부터 양말까지 싹 다 엄마가 사다 준 걸 그대로 몸에 걸치고 있다. 이런 소지품이나 옷차림에 대해서도 구키자와는 꽤나 놀려먹었다.

기도하는 마음으로 땡땡이 무늬로 된 앞주머니를 열었

더니 노란색 케이스에 든 어린이용 교통카드가 보였다. 학원을 오갈 때 버스를 이용했기 때문에 부모님 중 한 분이 정기적으로 충전해주고 있었을 것이다.

신노스케는 교통카드를 꽉 쥔 채 붐비는 발매기 쪽으로 발걸음을 옮긴다. 카드 잔액을 확인해보니 역시 1만 엔 가까이 남아 있었다.

"됐다."

오늘 처음으로 밝은 목소리가 나왔다. 신노스케는 한껏 기분이 들떠 내친김에 혼자만의 졸업여행을 가자고 결심한다.

─어디를 가지? 뭘 보고 싶었더라?

잇달아 나타나 표를 사거나 충전을 하고 사라지는 어른들에게 걸리적거리지 않도록 신노스케는 서 있기 적당한 장소로 물러난다. 그러고는 발매기 위쪽에 내걸린 노선도를 바라본다. 학교에서 가는 진짜 졸업여행과 비슷한 시간에는 돌아오고 싶은 데다 혼자서 전철을 탄 경험도 없었기 때문에 전철을 갈아타고 가야 하는 먼 곳은 일찌감치 포기한다. 집에서 가장 가까운 역 양옆으로 각각 열 정거장 정도까지 역명을 순서대로 읽어나갔다.

"아, 미슈쿠라면─."

미슈쿠 수족관이 있는 역이라는 생각이 탁 들었다. 아주 오래전에 가족이 다 같이 놀러 간 적이 있었다. 환한 조명 아래에 있던 해파리가 무척 신비하고 예뻤던 기억이 난다. 어스레하고 조용한 공간에서 담담히 떠 있는 해파리의 모습을 보니 마음이 편안해졌다. 그 해파리들을 한 번 더 보는 것도 좋을지 모르겠다. 신노스케는 자기 생각에 동의하는 것처럼 몇 번이고 고개를 끄덕였다.

─미슈쿠 수족관에 가보자!

불끈 힘을 내며 개표구 쪽으로 가려는데 눈앞에서 누군가가 막아선다.

"오빠, 어디 가? 졸업여행은?"

두 살 아래인 여동생 미스즈였다. 남녀 합쳐 학년에서 제일 큰 키는 신노스케와 별반 차이가 없었고 체격은 신노스케보다 훨씬 다부졌다. 여기저기 삐죽삐죽 뻗친 짧은 곱슬머리 아래로 산뜻하고 시원스레 생긴 얼굴이 보인다. 폭이 좁은 청바지 위에 얼룩덜룩한 군복 무늬의 긴 후드티를 맞춰 입고는 검은색 나일론 점퍼를 툭 걸친 사내아이 같은 차림은 늠름하게 생긴 얼굴을 한층 더 눈에 띄게 했다. 빨간 책가방을 메고 있지 않을 때는 대개─가끔은 메고 있어도─남자아이로 오해받는 듯했다.

"미 쨩? 왜 여기 있어?"

"오빠가 학교 가는 길에서 벗어나 달려가잖아. 그래서

쫓아왔어."

달려왔을 텐데도 별로 숨도 헐떡이지 않는다. 바람에 형
클어진 쇼트커트를 손으로 대충 꾹꾹 누르며 미스즈는 입
을 삐죽 내밀었다.

"그보다 '미 짱'이라고 부르지 마."

"아, 미안."

미스즈는 초등학교 3학년 생일이 지났을 즈음에 부모님
을 '아빠' '엄마'에서 '아버지' '어머니'로, 신노스케를 '신
짱'에서 '오빠'로 각각 호칭을 바꿔 불렀다. 그리고 자기도
'미 짱'이 아니라 '미스즈'로 불러달라고 했다. 막내딸의 이
주장은 집안에 의외로 격진을 일으켰는데 '아빠'라고 불리
는 걸 내심 기뻐하던 아버지는 풀이 죽었고 엄마도 "'어머
니'라니, 뭔가 폭삭 늙어버린 느낌이야" 하며 토라졌다. 신
노스케는 호칭이야 '신 짱'이든 '오빠'든 상관없었지만, 그
때까지 아무런 의문도 느끼지 않고 '아빠' '엄마'라고 불렀
던 부모님을 미스즈에게 맞춰 '아버지' '어머니'라고 부르
는 습관이 입에 익을 때까지 조금 애를 먹었다. 그리고 부
모님과 신노스케 세 사람 다 아직도 미스즈를 '미 짱'이라
고 불러버리기 일쑤라 그때마다 미스즈가 노골적으로 싫
은 내색을 하거나 주의를 줬다.

"혹시 땡땡이치는 거야?"

대놓고 물어오는 미스즈의 입을 허둥지둥 막는다.

"아니야. 졸업여행 가는 거야. 혼자서."

"'혼자서'?"

부모님에게 물려받은 외겹 눈을 크게 뜨며 미스즈가 눈을 깜박인다. 신노스케는 왠지 압도당해 뒷걸음질을 쳤다.

어떤 의미에서 구키자와와 분위기가 아주 비슷한 미스즈는 항상 남녀 불문하고 친구들에게 둘러싸여 있다. 그런 여동생과 노상 친구들이 가지고 노는 자신이 교내에서 무심코 맞닥뜨렸다가 '미스즈 오빠는 왜 저렇게 한심해'라는 말을 듣지 않으려고 신노스케는 세심하게 주의를 기울이며 마주치는 기회를 계속 피해왔다. 그래서 미스즈는 신노스케가 자기가 좋아서 '혼자'인지, 어쩔 수 없이 '혼자'인지, 판단도 상상도 못 할 것이다.

신노스케가 말없이 가만히 있자 미스즈는 다시 입을 열었다.

"혼자서 졸업여행을 간다니, 어디 가는데?"

"……미슈쿠 수족관이나."

"전철 타고?"

"응."

"나도 가고 싶어."

미스즈는 책가방을 흔들며 졸라댄다. 엄청 성가시게 됐

다 싶어 신노스케는 머리를 감쌌다.

"안 돼."

"왜?"

"이건 6학년만 가는 졸업여행이야. 4학년은 못 가."

"그냥 땡땡이치는 거면서."

정곡을 찔리는 바람에 신노스케는 말문이 막히고 만다. 미스즈는 3학년 봄부터 남자아이들과 뒤섞여 축구 동아리에서 열심히 뛰고 있어서 완력이나 체력은 물론 말싸움에서도 이제 신노스케가 이길 수 있는 상대가 아니었다.

그래도 신노스케는 자기 나름의 궤변을 늘어놓으며 헛된 몸부림을 친다.

"유일한 참가자가 졸업여행이라고 하면 졸업여행인 거야. 무엇보다 책가방 메고 졸업여행 간다는 소리는 들어본 적이 없어."

"그럼, 책가방은 놔두고 갈게."

미스즈는 그리 말하면서 책가방을 어깨에서 내린다. 그러고는 가방 앞을 획 열어젖히더니 안에서 손바닥만 한 크기의 파우치를 꺼냈다. 반짝반짝 빛나는 스팽글로 무지개를 그려 넣은 엷은 보라색 파우치였다.

"이 파우치만 오빠 배낭에 넣어주면 돼."

"그러니까 졸업여행이라니까—."

"참가자가 두 사람이 됐으니까 내 의견도 들어."

미스즈는 다짜고짜 쐐기를 박듯이 비장의 수단을 꺼냈다.

"오빠가 무슨 일이 있어도 꼭 혼자서 가야겠다면 엄마한테 다 일러바칠 거야."

승패가 정해졌다. 분했다.

신노스케는 입술을 꽉 깨물며 미스즈의 파우치를 낚아채듯 받아 들었다.

*

신노스케의 교통카드로 물품 보관함의 요금과 미스즈의 표값을 내고 개표구를 빠져나가는 데까지는 순조롭게 흘러갔다. 미슈쿠 방면으로 가는 전철 플랫폼에 올라서자 미스즈가 불쑥 말을 꺼냈다.

"나, 펭귄철도 타고 싶어."

"엥?"

"저기, 오빠. 펭귄철도를 타고 가는 여행으로 하자."

"미슈쿠 수족관에도 펭귄은 있을 텐데—."

"수족관 펭귄은 유리창이나 우리 너머 사육장에만 있잖

아. 난 좀 더 가까이에서 그냥 평범하게 걸어 다니는 펭귄을 보고 싶어."

"그래서 펭귄철도를 탄다고? 그거 수족관에서 기획한 이벤트 열차나 뭐, 그런 거야?"

"아니, 뭐야. 오빠, 모르는 거야?"

상당히 무시하는 듯한 표정을 지으며 미스즈는 하늘을 우러러본다.

"이 부근에 있는 전철은 사람들이 다들 펭귄철도라고 불러. 진짜 펭귄이 가끔 타거든."

"**야생** 펭귄을 말하는 거야? 굉장해. 미스즈, 넌 본 적 있어?"

갑자기 몸을 쑥 내미는 신노스케의 기세에 기가 죽었는지 미스즈는 눈을 이리저리 굴렸다.

"난 아직…… 못 봤어. 하지만 옆 반 남자애랑 음악 선생님이 봤대."

"음악 선생님? 그 늙은 선생님?"

신노스케는 몸을 뒤로 뺐다. 분명 신노스케가 초등학교 1학년 첫 수업 시간 때 'UFO를 본' 체험담을 이야기해준 선생님이다.

신노스케의 태도가 변한 걸 알아차렸는지 미스즈는 주먹을 꽉 쥐었다.

"진짜라니까. 그것 말고도 엄청나게 많은 소문을 들었어. 손잡이를 잡고 있었다거나, 노래를 불렀다거나, 주둥이로 쪼았다거나— 그러니까 오늘은 나도 보고 싶어. 오빠도 보고 싶지?"

"……보고 싶어."

정말로 있다면, 마음속으로 그리 덧붙이며 중얼거렸다. 미스즈는 꽉 쥔 주먹을 펴더니 두리번두리번 주위를 둘러보았다.

"이 전철 타면 되는 건가? 오빠, 어떻게 생각해?"

"내가 어떻게 알아. 펭귄철도가 있다는 것도 오늘 처음 들었는데."

신노스케는 당연한 말을 했다고 생각했는데 미스즈의 기분을 엄청 상하게 한 모양이다. 가느다란 눈을 실눈처럼 치켜뜬 채 파르르 떨면서 입술을 씰쭉거린다.

"그럼 어떤 전철을 타야 하는지, 오빠가 역무원 아저씨한테 물어보고 와."

억지스러운 요구에 신노스케가 할 말을 잃고 있자 그 틈을 메워주듯 말소리가 들려온다.

"나미하마선, 유다라이선, 그리고 히가시카와나미선에서도 전철 안이나 플랫폼에서 펭귄을 목격했다는 정보가 있어요. 어쩌면 다른 노선을 이용해 더 먼 곳까지 갔을지도 모르지만, 내가 아는 한 현재까지는 이 세 노선. 모두 펭 권철도예요. 그러니까 이 플랫폼에서 타는 전철 안에서도 펭권을 만날 가능성은 있어요."

척척 일러주는 사람은 다운재킷에 청바지를 입은 젊은 남자였다. 따뜻해 보이는 털모자를 푹 눌러쓰고 있는 탓에 거의 가려져버린 눈은 아침 햇살을 받아 눈이 부신 듯 가늘게 뜨고 있다. 입꼬리가 척 올라간 미소에는 이쪽의 경계심을 풀어주는 관대함이 있었다.

"야호." 펄쩍 뛰며 기뻐하는 미스즈를 보면서 남자는 뺨을 긁적였다.

"아, 하지만 소문은 사실이 아닌 부분도 있어요. 펭권은 손잡이를 잡을 **손가락**을 가지고 있지 않아요."

"그럼, 노래는? 펭권철도의 펭권은 노래를 불러요?"

상대가 선생님이든 상급생이든 태도를 전혀 바꾸지 않는 미스즈는 낯선 성인 남자에게도 친구와 이야기하는 것처럼 스스럼이 없었다. 마음을 졸이고 있는 신노스케를 거들떠보지도 않고 남자는 느긋하게 파란 하늘을 올려다보았다.

"개중에는 펭권의 그 울음소리를 노래라고 생각하는 사람도 있겠지요."

미스즈는 남자를 따라 파란 하늘을 올려다보고 나서, 불쑥 신노스케에게 귓속말을 했다.

(이 아저씨, 펭귄 박사?)

신노스케는 못 들은 척했다. 미스즈는 불만스레 흥 하고 응석 어린 콧소리를 냈지만 계속 물고 늘어지지 않고 다시 남자에게 시선을 돌린다.

"아저씨는 본 적 있어요? 펭귄철도의 펭귄."

"있지요."

남자는 파란 하늘을 물끄러미 바라보며 고개를 끄덕인다. 미스즈는 "거봐" 하며 의기양양한 얼굴로 마침 플랫폼으로 미끄러지듯 들어온 전철을 손가락으로 가리켰다.

"오빠, 우리도 펭귄철도 타자. 펭귄 만나자."

"뭐. 으, 응."

신노스케는 남자에게 눈으로 가볍게 인사를 하고 나서 줄을 서 있는 사람들의 뒤에 가서 선다. 펭귄철도이든 아니든 이 전철을 타면 수족관이 있는 미슈쿠로 갈 수 있는 터라 불만은 없었다.

전철에 올라탄 뒤에 돌아보니 털모자를 쓴 남자는 플랫폼에 남아 있었다. 영락없이 같이 타는 줄로만 알았기 때문에 신노스케는 물었다.

"안 타세요?"

"네. 난 다른 전철을 타고 일하러 가요."

"다른 전철을 타는데 왜 이 플랫폼에 있었어요?"

미스즈의 질문은 대체로 직설적이고 날카롭다. 남자는 조금 슬픈 표정을 짓더니 털모자를 푹 잡아당겼다.

"잠시…… 찾을 게 있어서."

"잃어버린 거예요?"

출발을 알리는 벨 대신 흘러나오기 시작한 멜로디 소리에 질세라 미스즈가 재빨리 묻자, 남자는 눈썹과 어깨를 점점 더 아래로 늘어뜨리며 슬픈 표정을 짓더니 작게 중얼거렸다.

"잃어버린…… 건가?"

신노스케와 미스즈가 서로 얼굴을 쳐다보고 있는 사이에 문이 닫혔고 전철은 출발했다. 플랫폼에 홀로 우두커니 남은 털모자를 쓴 남자는 바람 속에 묻혀 흩어지듯 시야에서 사라졌다.

펭귄을 찾는다고 콩나물시루처럼 혼잡한 전철을 억지로 헤치고 나아가는 미스즈를 쫓아가려고 신노스케는 안간힘을 썼다.

"사람들한테 민폐야." 아무리 말해도 미스즈는 발길을 멈추지 않는다.

결국 한겨울인데도 땀을 뻘뻘 흘리며 전 차량 안을 처음부터 끝까지 지나왔다. 그리고 펭귄은 이 전철에—적어도 지금 이 시간에는—타고 있지 않다는 게 판명됐다.

운전석이 있는 맨 앞 차량 바로 뒷벽에 몸을 기댄 채 미스즈는 신노스케를 노려보았다.

"펭귄, 없잖아. 펭귄철도면서."

알게 뭐야! 냅다 밀쳐버리고 싶은 기분을 억누르며 신노스케는 미스즈를 달랜다.

"펭귄철도라고 불리는 노선은 몇 개나 된다고 그 털모자 쓴 형이 말했잖아. 게다가 같은 노선이라도 운행표에 따라 전철은 몇 개나 달리고 있으니까. 만나는 쪽이 이상하지 않을까?"

"펭귄 보고 싶었어!"

있는 대로 짜증을 부리며 큰 소리를 치는 미스즈에게 출근길인 어른들의 시선이 쏠린다. 신노스케는 안절부절못하며 미스즈의 팔을 잡았다.

"조용히 해, 미 짱."

"미스즈라니까."

"정 펭귄이 보고 싶으면 수족관에 가자. 자 자, 다다음 번엔 이제 미슈쿠에 정차해."

미스즈는 가는 눈을 더 가늘게 뜨며 의심스러운 눈초리로 신노스케를 보았지만 더 이상 반론할 기력은 남아 있지 않은 듯했다.

미슈쿠역에 도착하자 미스즈는 누구보다도 먼저 전철에서 뛰어내렸다.

*

어떤 곳인지 전혀 알지 못한 채 내린 미슈쿠는 시끌벅적하니 사람들로 넘쳐났다. 양복을 입은 직장인은 적은 대신 나이 지긋한 노인과 다양한 연령대의 여성과 유치원에도 아직 안 갔을 나이대의 어린아이들이 부산하게 오가고 있다.

버스 로터리 옆을 빠져나온 뒤 버스가 다니는 간선도로를 따라 쭉 나 있는 가로수길을 5분 정도 걸었더니, 〈미슈쿠 수족관〉이라고 적힌 간판이 보였다. 간판 한쪽 옆에는 사람처럼 묘사한 돌고래가 그려져 있고 거기에 '어서 오세요!'라는 말풍선을 곁들여 입장객들을 반갑게 맞고 있었다. 입장권 판매소 앞에 많은 사람들이 모여 있는 게 보였다. 부모와 동행한 아이와 사복 차림의 커플, 그 밖에 교복을 입은 무리는 학교에서 단체로 왔으리라. 개중에는 소풍 나온 듯한 초등학생 무리도 섞여 있었다.

조금이라도 덜 눈에 띄려고 신노스케는 초등학생 무리 뒤에 섰다. 경찰에게 걸리기라도 하면 끝장이다 싶어 긴장하고 있었다.

5분쯤 기다리자 신노스케의 차례가 돌아왔다. 그런데 입장권 판매소의 젊은 여자 직원은 쏘옥 보조개를 지으며 웃었다.

"앞 사람 따라가세요."

"네?"

신노스케는 앞에 가는 초등학생 무리를 보았다. 아무래도 일행인 줄 알았던 모양이다.

신노스케가 머뭇대는 걸 알아챈 듯 미스즈가 등을 세게 콕콕 찔렀다. 너무 아파 숨을 못 쉬고 있는 신노스케 옆을 쓱 지나가더니 재빨리 사라지려고 한다. 신노스케는 허둥지둥 판매소 직원에게 말했다.

"우린 따로 왔어요."

미스즈는 매섭게 쏘아보았고 판매소 직원은 당혹스러운 눈길로 쳐다보았다.

"따로…… 라고 하면, 단체가 아니라 개인으로 오셨나요?"

"네. 초등학생 두 사람, 입장권 주세요. 교통카드로 계산해도 되나요?"

신노스케가 배낭에서 카드 케이스를 꺼내고 있는데 옆에서 미스즈의 목소리가 들렸다.

"초등학교 개교기념일이라서 오빠랑 왔어요. 엄마는 나중에 올 거예요."

아니 어쩜 저런 거짓말을 다 하나 싶어 눈이 동그래진 신노스케에게 눈길 한번 주지 않고 미스즈는 홱 등을 돌린다.

판매소 직원은 신노스케에게 건네받은 교통카드로 계산하면서 쏘옥 다시 보조개를 지어 보이더니 조금 전보다 훨씬 더 격의 없이 편하게 말했다.

"개교기념일이구나. 평일에 학교 안 가도 돼서 완전 땡잡은 기분이겠네."

미스즈의 거짓말을 완전히 믿은 모양이다. 신노스케에게 두 사람 몫의 입장권과 층별 안내도를 건네고는 "가장 빠른 돌고래, 물개 쇼는 오전 11시부터 시작해요. 장소는 경기장입니다" 하고 막힘없이 줄줄 설명해줬다.

수족관 입구에서 기다리고 있는 미스즈 곁으로 가서 입장권과 층별 안내도를 건넨다. 미스즈는 점퍼를 벗더니 입장권을 긴 후드티 주머니에 넣고는 신노스케의 얼굴을 말똥말똥 쳐다보았다.

"오빠는 정직한 사람이구나. 앞에 두 글자 더 붙는 타입인."

너무 정직한. 따끔, 가슴이 아팠다. 자신의 그런 성격은 마이너스로 작용할 때가 많다는 걸 신노스케도 잘 알고 있었다.

지금 역시 판매소 직원이 착각한 대로 단체 여행 온 초등학생 두 사람인 척하며 수족관에 공짜로 들어갔어도 특별히 심각한 일이 벌어지거나 문제가 생길 것 같지는 않다. 그걸 신노스케가 굳이 진실을 털어놓는 바람에 판매소 직원은 한순간 혼란스러워했고, 시간이 곱절은 걸려버려 줄 서 있는 뒤쪽 사람들을 기다리게 했고, 미스즈도 기다리게 했고, 당연한 얘기지만 돈도 들었고— 좋은 일은 하나도 없었다.

다른 누구보다도 착실히 학원 수업을 들었지만 다른 누구보다도 학력이 늘지 않았던 것도, 구키자와가 아무리 가지고 놀며 괴롭혀도 묵묵히 같은 태도를 고수하는 바람에 더 안달이 나게 만들어버린 것도, 아마 이 쓸데없이 너무 정직한 구석이 마이너스로 작용했을 것이다.

"오빠도 더 잘하고 싶은데."

신노스케가 중얼거렸지만 미스즈에게는 들리지 않았던 모양이다. 층별 안내도를 펼치면서 물어온다.

"저기, 저기. 펭귄 '푸딩 타임'은 뭐야?"

"푸딩…… 푸드? 먹는 거? 아, '먹이' 주는 걸 볼 수 있는 거 아냐?"

"진짜? 나, 그거 보고 싶어! 펭귄이 밥 먹는 거 보고 싶어! 꼭 볼 거야!"

그리 선언당한다. 신노스케가 이벤트 일정표를 확인해보니 펭귄의 푸딩 타임은 오전 11시부터로, 미슈쿠 수족관이 가장 내세우는 돌고래, 물개 쇼와 완전히 시간이 겹쳤다.

"돌고래, 물개 쇼는 안 봐도 돼?"

"당연히 봐야지. 그쪽은 오후 1시에 하는 거 볼 거야."

미스즈도 꼼꼼하게 일정표를 다 읽은 모양이다.

"난 해파리가—."

"펭귄 코너는 어디지? 우리 미리 줄 안 설래? 나, 제일 좋은 자리에서 푸딩 타임 보고 싶어."

"지금부터 줄 선다고? 아직 한 시간도 더 기다려야 해. 저기, 다른 코너를 보고 나서 안 갈래? 해파리나 뭐."

"안 봐."

말을 붙일 여지도 없었다. 그럼 이건 어떤가 싶어 신노스케는 푸딩 타임까지 따로 행동하는 안을 내밀어봤지만, "혼자는 싫어"라는 말로 허망하게 기각당했다.

"애초 오빠가 말했잖아. '정 펭귄이 보고 싶으면 수족관에 가자'고."

바른 소리를 확 퍼부어대는 통에 신노스케는 "그렇지" 하며 입을 다물 수밖에 없었다.

단체 여행을 온 초등학생들은 자유시간인 듯 제각기 마음 내키는 코스대로 수족관 안을 활보하고 다녔다. 한편 신노스케는 미스즈의 재촉에 못 이겨 거대한 수조도, 수중 터널 형태로 돼 있는 에스컬레이터도 보지 못한 채 엘리베이터를 타고 곧장 펭귄 코너가 있는 3층으로 올라갔다. 졸업여행은 여동생과 오는 게 아니구나, 하며 신노스케는 뼈저리게 후회했다.

펭귄 코너가 있는 층은 한산했다. 아직 아침나절이고 이제 막 개관한 터라 방문객 대부분은 실내의 한 벽면이 전부 유리로 된 거대한 수조 앞에서 입이 쩍 벌어질 정도로 많은 물고기 수와 종류에 압도당하고 있을 것이다. 그게 아니면 좋은 자리를 차지하기 위해 의욕을 불태우면서 쇼가 열리는 경기장으로 달려가고 있을지도 모른다.

어쨌든 어딘지 모르게 비릿한 냄새가 나는 유리로 된 사육장을 보고 있는 사람은 현시점에서는 신노스케와 미스즈뿐이었다.

"……제일 좋은 자리, 우리가 독차지했네."

신노스케가 그리 중얼거리자 비꼬는 거라고 받아들인

미스즈가 뿌루퉁해진다. 혼자만 후다닥 유리창 앞으로 걸어가더니 사육장 안에 있는 펭귄들의 일거수일투족에 환호성을 질렀다.

관람하는 곳의 조명이 어두워서 그런지 사육장 안의 형광등 불빛이 환하게 빛나 보였다. 벽에 걸린 안내판에 따르면 여기에는 황제펭귄, 훔볼트펭귄, 아델리펭귄, 왕관펭귄, 쇠푸른펭귄, 젠투펭귄 등 여섯 종류를 사육하고 있는 듯했다. 소개 사진과 유리로 돼 있는 사육장 안을 번갈아 보며 신노스케는 확실히 여섯 종류가 다 있는 걸 확인한다. 안내판에 적힌 펭귄 생태에 대한 설명문도 숙독했다. 그래도 아직 푸딩 타임이 되기까지 시간이 너무 많이 남아 돌았다. 미스즈만큼 열심히 펭귄들을 관찰하고 싶은 생각도 들지 않았다. 어느 쪽인가 하면 해파리가 보고 싶었다.

신노스케는 휠체어나 유모차가 다니는 경사로 옆 계단에 걸터앉아 하품을 했다. 물소리며 울음소리가 쉴 새 없이 들려와 해파리 코너보다 훨씬 시끌벅적했지만, 이건 이것대로 졸렸다. 어느 틈엔가 신노스케의 눈은 감겨 있었다.

오빠, 오빠, 꿈속에서 미스즈가 부르는 소리가 들려 벌떡 일어났다. 한순간 여기가 어디인지 몰라 초조했다. 미스즈의 목소리는 꿈이 아니라 현실이었던 모양으로 뒤에서 속삭이는 소리가 들려왔다.

"—저기, 오빠. 머리에 둥근 머리띠 같은 하얀 무늬가 들어가 있는 펭귄은? 무슨 펭귄이야?"

"으음, 젠투펭귄…… 아니었나?"

조금 전에 숙독했던 안내판을 다시 떠올리면서 대답한다. 그런 다음 사육장 유리벽에 찰싹 달라붙어 있을 거라고 생각했던 여동생이 보이지 않는다는 걸 깨닫는다.

"아니? 미스즈, 어디 있어?"

신노스케는 어스레한 실내를 뚫어지게 본다. 그러자 기둥과 기둥 사이의 우묵한 공간에 숨어, 필사적으로 검지로 쉿 하는 손짓을 하는 미스즈의 모습이 서서히 눈에 들어오기 시작했다.

(숨어!)

입의 움직임을 읽어냈을 뿐인데도 신노스케의 귓속에는 분명하게 미스즈의 목소리가 들렸다. 그 절박한 모습에 신노스케는 가슴이 철렁했다.

—아니, 숨으라니 어디로? 뭐로부터 숨으라는 거야? 이거, 꿈의 연속?

돌연 사육장에 있는 거의 모든 펭귄들이 일제히 풀장에 뛰어들었다. 첨벙, 큰 소리가 나더니 엄청나게 많은 물보라가 치솟았다. 그 소리를 달리기할 때 출발을 알리는 총소리로 여기며 신노스케는 정신없이 경사로 뒤쪽으로 슬라

이딩하듯 들어갔다.

숨을 죽이고 있는데 비릿한 냄새가 나는 바람이 불어오더니 왼쪽에서 자박자박 건조한 발소리가 들려왔다. 하지만 사육장 풀장으로 들어간 펭귄들이 서로 경쟁하듯 울기 시작하는 바람에 그 발소리는 곧바로 묻혀버렸다. 펭귄 무리를 보니, 어떤 펭귄은 풀장 밖으로 주둥이를 내밀었고, 어떤 펭귄은 일부러 물속에서 뭍으로 올라와 *끄아끄아*, *까아아*, *찌이찌이*, *끄까까까*, *꼬로로*, *삐로로로*, *빠아이* 등 다양한 울음소리로 합창을 선보이고 있었다. 플랫폼에서 만난 젊은 남자의 말처럼 어쩐지 '노래' 소리처럼 들리는 것도 같았다.

신노스케는 배를 땅에 대고 엎드린 채 머리를 살짝 내밀어 발소리가 났던 으슥한 왼편을 뚫어지게 보았다.

몸을 뒤뚱뒤뚱 흔들며 사육장 유리벽 앞을 걸어오는 펭귄 한 마리가 보였다. 정말로 걸음걸이가 무척 자유롭고 당당했다. 조금 걷다가 멈춰 서서는 뭉실뭉실한 가슴을 턱 젖히며 주둥이를 들더니 유리벽 너머에 있는 풀장에 둥실둥실 떠 있거나 휙휙 헤엄을 치는 동포들을 올려다보고 있다. 반대로 풀장 안에서는 동포들이 유리벽 밖에 있는 펭귄을, 마치 응답이라도 하듯 같이 뚫어지게 보고 있었다.

—펭귄이 수족관에 펭귄을 보러 왔어!

너무 초현실적인 사태에 웃어야 할지 감탄을 해야 할지 신노스케는 알 수가 없었다.

유리벽 밖에 있는 펭귄의 자그마한 머리에는 하얀 아치형 머리띠 같은 무늬가 들어가 있었다. 한발 먼저 이 펭귄을 발견한 미스즈는 그 모습을 지켜보고 싶은 마음에 숨은 걸로 보인다.

신노스케도 그대로 엎드린 채로 팔꿈치를 괴며 관찰 모드에 들어갔다.

펭귄 무리와 젠투펭귄 한 마리의 유리벽을 사이에 둔 밀회는 그 후 30분가량 이어졌다. 이윽고 펭귄들의 '대합창'은 중단됐고 고개를 숨 가쁘게 뒤뚱대며 젠투펭귄을 보는 녀석, 가끔 생각난 것처럼 우는 녀석, 이제 유리벽 너머에 서 있는 동물이 사람이든 펭귄이든 딱히 상관없다는 듯 유유히 헤엄치기 시작하는 녀석 등, 사육장 안의 펭귄들은 유리벽 너머에 있는 동포에게 흥미를 잃은 채 평소와 다름없는 일상으로 돌아간 듯했다. 하지만 '감상'하는 입장인 젠투펭귄만은 그런 동포들의 모습을 때때로 약간 긴 듯한 꼬리를 발딱 세우고는 열심히—그리 신노스케에게는 보였다—계속 응시하고 있었다.

—저 녀석도 무리에서 겉돌고 있나?

신노스케의 심장이 쫙 오그라들었다. 사실은 같은 방에서 친구들과 같이 지내고 싶은데 뭘 하든 무리에서 따돌림만 당하다 결국에는 방에서도 쫓겨났을지 모른다. 그런 생각을 했더니 이제 타인(타종)처럼 느껴지지 않았다.

"오빠, 머리 숙여! 발각돼."

기둥의 우묵한 공간에서 숨을 죽이며 말하는 미스즈의 목소리가 들려온다.

신노스케가 당황해 엎드린 채 뒤로 물러난 바로 그 순간, "이러면 곤란해" 하는 남자의 낮은 목소리가 들렸다.

조금 전 젠투펭귄이 걸어왔던 왼편에서 이번에는 파란색 점프슈트 작업복을 입은 남자 사육사가 다가왔다. 머리와 수염이 텁수룩하게 나 있어 바다보다 산이 어울리는 외모였다. 신노스케와 미스즈가 있는 걸 알아채지 못한 듯 날카로운 눈빛의 시선은 곧장 젠투펭귄에게로 향하고 있었다.

"올 거면 사육장 뒤로 와. 우리 수족관을 찾아온 손님들 눈앞에서 사육사가 딴 집 펭귄에게 밥을 줄 순 없잖아."

말은 그렇게 했지만 사육사는 씩 웃으며 손에 든 분홍색 양동이를 흔들었다. 비릿한 냄새가 물컥 났다. 순식간에 유리벽 너머에서 철썩철썩 요란스럽게 물소리가 났다. 사육장 안에 있는 펭귄들이 먹이를 찾아 일제히 사육사 쪽으로 헤엄쳐 왔다. 두툼한 유리벽에 가로막혀 있는데도 굴하지 않고 주둥이를 벌리며 계속 먹이를 달라고 졸라댄다.

한편 그런 펭귄들의 모습을 물끄러미 보고 있던 젠투펭귄은 자그마한 머리를 돌려 흘끗 사육사를 올려다본 뒤 아장아장 걸어가기 시작했다.

"아니? 어이. 먹이는? 필요 없는 거야? 지금이라면 손님도 없겠다, 줄게."

사육사가 손에 든 작은 물고기를 달랑달랑 흔들어도 펭귄은 걸음을 멈추지 않았다. 몸에 비해 큰 발을 지그재그로 비틀어 방향을 바꾸더니 경사로를 올라오기 시작했다.

그 경사로 벽 뒤쪽에 있던 신노스케는 몸이 얼어붙었다. 젠투펭귄이 걸어오는 방향에 놓이게 된 지금, 펭귄에게 발견되는 건 시간문제였기 때문이다.

—어떡해? 맞닥뜨리게 돼, 펭귄이랑.

긴장감에 못 이겨 신노스케는 미스즈가 숨어 있는 기둥의 우묵한 공간을 본다. 기도하듯 두 손을 모아 깍지를 끼고 있는 미스즈와 눈이 마주쳤다. 미스즈의 입이 작게 움직인다.

(힘내, 오빠.)

조금이라도 바닥처럼 보이게 할 수는 없을까 싶어 신노스케가 얼굴을 숙인 채 꼼짝 않고 있는데, 자박자박 리듬

감 넘치게 울리던 펭귄의 발소리가 멈췄다. 30초 정도 침묵이 흐른 뒤 신노스케는 쭈뼛쭈뼛 얼굴을 들었다. 눈앞에 흰색과 검은색이 선을 그어놓은 것처럼 아름답게 배색된 젠투펭귄의 얼굴이 있었다. 갑자기 미세하게 흔들린 바닥 때문에 놀랐는지 유달리 검은 눈동자가 큰 눈을 동그랗게 뜬다. 날개―안내판의 설명문에 의하면 '플리퍼'라 부르는 모양이다―를 팔랑 들어 올리며 허둥지둥 뒤로 물러나는 바람에 균형을 잃고는 그대로 위를 보며 푹 쓰러졌다. 신노스케는 "괜찮아?" 하는 말이 튀어나오려는 걸 필사적으로 참았다. 어쨌든 바로 옆에 사육사가 아직 있다. 무심코 그만 눈에 띄었다가 "오늘 학교는?" 따위의 말은 듣고 싶지 않았다. 펭귄은 버둥버둥 몸을 비틀어 위를 보는 자세에서 바닥에 엎드린 자세가 되더니 가슴의 탄력을 이용해 튀어 오르듯 일어선다. 그러고는 하얀 깃털이 뭉실뭉실 덮인 가슴을 젖히며 아무 일도 없었던 것 같은 얼굴로 태연하게 신노스케를 뚫어지게 보았다.

―부탁이야. 소란 피우지 마. 난 적이 아니야.

신노스케는 씩 웃어보았다. 펭귄은 꿈쩍도 안 한다. 오렌지색 주둥이를 쑥 내민 채 신노스케의 혼신의 미소를 진지하게 응시하고 있다. 신노스케는 그만 다 포기하고 싶어졌지만, 간신히 미소를 지은 채 손을 흔들어보았다. 펭귄은 역시 꿈쩍도 안 한다. 아몬드라기보다는 레몬에 가까운 형태의 눈을 있는 대로 크게 뜨며 신노스케를 응시했다.

졌다. 신노스케가 작위적인 미소를 짓던 얼굴에서 정말로 난처한 얼굴이 됐을 때, 젠투펭귄은 천장을 향해 쩍 주둥이를 벌리며 느닷없이 울었다.

"까아아아아아아."

커다란 울음소리에 놀라 몸이 굳어버린 신노스케는 전혀 안중에도 없는 것처럼 펭귄은 아장아장 그 자리에서 몸을 돌려 일껏 올라온 경사로를 다시 내려갔다. 그러고는 먹이가 먹고 싶어 돌아왔다고 단단히 믿고 있는 산 사나이 같은 사육사가 주둥이 사이에 넣어주는 작은 물고기를 잇달아 통째로 삼켰다.

"자, 이제 끝."

사육사가 분홍색 양동이를 뒤집어 텅 비었다는 걸 알려주자 젠투펭귄은 얼굴을 빙 옆으로 돌려 유리벽 너머에 있는 동포들을 다시 한번 올려다보았다. 그들은 이제 외톨이 젠투펭귄이 있거나 말거나 신경도 안 쓰고 풀장이나 인조바위산에서 제각기 마음 내키는 대로 쉬고 있었다.

젠투펭귄의 어깨가—어디서 어디까지가 어깨인지 여전히 모르겠지만—축 처지는 걸 신노스케는 확실히 보았다.

젠투펭귄은 왔을 때처럼 떠날 때도 오직 홀로 두툼한 발로 바닥을 내리치듯 자박자박 걸으며 멀어져갔다.

사육사가 떠나는 걸 기다렸다, 겨우 신노스케와 미스즈는 각자 몸을 숨기고 있던 곳에서 나왔다.

얼굴을 마주한 미스즈가 제일 먼저 한 말은 "오빠 멍청이, 야비해"였다.

"무슨 소리야?"

"치잇, 오빠 혼자만 펭귄과 일대일로 그렇게 가까이서 마주 보고, 야비해."

"마주 봤지만 사이가 좋아진 건 아니야. 긴장만 되더라."

"그래도 야비해."

미스즈가 가느다란 눈을 샐쭉대며 가만히 노려본다. 또 키가 자랐는지 왠지 좀 내려다보는 느낌도 든다. 신노스케가 조바심이 나 꼿꼿이 등을 펴고 있는데, 이번에는 오른쪽에서 무척 거친 발소리가 다가왔다.

나타난 건 에도시대의 일본식 상투머리를 변형시킨 듯한 헤어스타일에 몸이 비쩍 마른 젊은 남자였다. 왼쪽 귀를 중심으로 대각선 위쪽에 자르다 남긴 머리카락을 다듬어 만든 해골 마크 형상이 있다. 신노스케는 역사 과목 학습서에서 비슷한 헤어스타일을 한 영국 젊은이들의 사진을 본 기억이 났다.

―분명 저 머리 모양, 모히칸이라고 하지 아마. 근데, 저런 사람을 뭐라고 하더라?

젊은 남자와 눈이 마주치지 않도록 조심하며 얼굴 아래쪽을 몰래 관찰한다. 라이더 재킷에 슬림한 빨간 체크바지를 맞춰 입었고, 신발은 워크 부츠의 일종인 엔지니어 부츠를 신고 있다. 옆으로 비스듬하게 멘 천 가방은 불룩 나와 있는 것이 무거워 보였다.

"펑크다."

신노스케가 중얼거리자 미스즈가 눈썹을 치켜올린다.

"펑크 났다고? 자전거가?"

"발음이 달라. 펑크록이나 펑크 무브먼트 같은―."

미스즈가 흥미로워하는 것 같지도, 이해를 한 것 같지도 않아 신노스케는 설명을 중단한다.

펑크족 청년은 숨을 고르면서 실내를 빙 둘러보고 있었지만 신노스케와 미스즈를 발견하자 어깨를 건들대며 성큼성큼 다가왔다.

"저기, 이 근처에서 펭귄 못 봤어?"

겉모습만 보고 상상했던 것보다 꽤 목소리 톤이 높았다. 신노스케와 미스즈는 말없이 눈앞의 유리로 된 사육장을 바라보았다. 펑크족 청년도 따라서 얼굴을 돌리더니 "아니, 그쪽 펭귄이 아니라" 하며 유리벽을 탕 쳤다. 바로 옆쪽

벽에 붙어 있는 〈펭귄이 깜짝 놀라요. 유리벽은 치지 마세요〉라는 주의문은 전혀 눈에 들어오지 않는 듯했다.

"펭귄이 아닌 펭귄은 뭐예요?"

미스즈가 고개를 꺄우뚱하자 펑크족 청년은 모히칸 머리야 흐트러지든 말든 득득 쥐어뜯었다.

"아, 아니, 그게 아니라. 으음, 펭귄은 펭귄인데 수족관 펭귄이 아니야."

"혼자 있는 펭귄을 말하는 거예요?"

신노스케는 저도 모르게 묻고 말았다. 미스즈가 등을 꼬집었지만 묻지 않고는 배길 수 없었다.

"아저씨가 그 펭귄 주인이에요?"

―그 젠투펭귄한테 낄 수 있는 무리는 있나요?

펑크족 청년은 신노스케의 기세에 살짝 주춤하더니 말을 우물거린다.

"아니, 난 딱히…… 아니 근데, 본 거야, 펭귄?"

"못 봤어요."

"봤어요."

미스즈와 신노스케의 입에서 정반대의 대답이 동시에 나왔다. 펑크족 청년은 눈을 잔뜩 치켜뜬 채 입술을 실룩대며 불룩 나와 있는 천 가방을 탕탕 친다.

"곤경에 처한 사람한테 거짓말하면 못써."

"봤어요."

다시 한번 말한 건 신노스케였다. 미스즈가 등을 단단한 주먹으로 세게 내리친다.

"아, 그래. 근데 어디로 갔어?"

펑크족 청년은 고개를 닭처럼 정신없이 흔들어대며 잡아먹을 듯이 신노스케의 얼굴을 들여다본다. 신노스케는 말없이 검지로 왼쪽을 가리켰다.

"저쪽에서 와서 여기서 사육사 아저씨가 주는 먹이를 먹고는 다시 저쪽으로 사라졌어요."

"그랬구나. 사라지고 나서 아직 그렇게 시간이 많이 지난 건 아니지?"

꾸벅 고개를 끄덕이자 펑크족 청년은 엄지를 척 치켜세우더니 그대로 발길을 돌린다.

"땡큐. 방해해서 미안해. 그쪽에 있는 거짓말쟁이 꼬맹이 녀석도 어쨌거나 땡큐야."

그러고는 펑크족 청년이 탁 윙크를 하자 미스즈는 "꼬맹이 아니거든요!" 하고 외친다. 하지만 달리기 시작한 펑크족 청년의 귀에는 전해지지 않은 듯했다.

신노스케가 가장 묻고 싶었던 질문도 다 하지 못한 채 어정쩡하게 남아버렸다.

―혹시 그 젠투펭귄이 펭귄철도의 펭귄이에요?

만약 그렇다면 펭귄철도라는 건 어쩜 이리도 고독한 열차란 말인가.

*

그 뒤 11시부터 '돌고래, 물개 쇼가 아니라, 굳이 여기를!'이라는 표정을 지으며 3층으로 올라온 관람객들과 함께 펭귄의 푸딩 타임을 보았다.

담당 사육사는 조금 전에 본 산 사나이 같은 남자가 아니라 머리를 높이 묶어 늘어뜨린 젊은 여성이었다. 생글생글 웃으며 분홍색 양동이를 들고 다니는 그녀의 뒤를 여러 종류의 펭귄들이 뒤뚱대며 쫓아가는 모습에는 미소가 절로 나왔고, 쫓아가는 도중에 그만 풀장에 풍덩 빠져버린 덜렁이 펭귄을 보고는 다들 폭소를 터뜨렸다. 신노스케도 웃었다. 묶은 머리를 살랑살랑 흔들며 사육사가 말해준 펭귄의 생태—극한의 남극에서 우두커니 서서 마시지도 먹지도 않은 채 알을 품어 새끼를 지키는 건 암컷이 아니라 수컷, 즉 아버지라는—이야기는 정말 흥미로웠다.

그렇게 즐거운 시간인데도 신노스케의 마음이 어딘가 모르게 콩밭에 가 있는 건 틀림없이 외톨이 젠투펭귄이 남긴 인상이 그만큼 강했기 때문이다.

그리고 또 한 가지, 미스즈가 펑크족 청년과 마주친 이후 한 마디도 하지 않고 입을 꾹 다물고 있는 것도 신경이 쓰였다.

정확히 20분이 지나 푸딩 타임이 끝나고 사육사도 펭귄도 관람객도 각자 자리로 돌아갔을 때 신노스케는 혼자서 먼저 걸어가기 시작한 미스즈의 뒤를 쫓아갔다.

"미 짱…… 이 아니라 미스즈, 기다려. 길 잃어버려."

우뚝 발을 멈추더니 두 주먹을 꽉 쥔 채 미스즈가 돌아본다.

"난 인간 초등학교 4학년이니까! 길을 잃어버려도 간판이나 길 안내판에 적힌 글자를 읽을 수 있고, 다른 사람한테 말해 미아 안내 방송을 해달라고 할 수도 있어. 하지만 펭귄은?"

"펭귄?"

미스즈는 가는 눈을 부라리며 신노스케에게 불쑥 얼굴을 들이댔다.

"그 젠투펭귄 말이야. 나, 푸딩 타임 내내 머리 터지게 생각하다 몇 번이고 '분명 괜찮을 거야' 하고 마음을 고쳐먹고 또 고쳐먹었지만 잘 안 됐어. 역시 신경이 쓰여. 왜냐면 말이야, 펭귄은 납치를 당해도 '도와줘'라고 외치지 못하는 데다 그 짧은 손발로는 주먹을 날리거나 발로 차서 싸울 수도, 차나 건물의 문을 억지로 열어서 도망치기도 어려울 것 같잖아? 너무 걱정이 돼서, 너무 걱정이 돼서—."

"잠깐만. 왜 펭귄이 납치를 당해?"

"오빠가 그 무서운 사람한테 펭귄이 간 데를 가르쳐줬기 때문이잖아!"

"그러니까 왜 그 사람이 펭귄을 납치한다고 단정 짓는 거야? 키우는 사람이거나 키우는 사람과 아는 사람일지도 모르잖아? 그리고 수족관이나 동물보호단체 사람이라든지."

"아니야! 오빠도 봤잖아? 그 사람, 머리에 해골 마크가 있었다니까? 해적이잖아. 펭귄 도둑이잖아. 오빠는 펭귄 도둑한테 펭귄을 팔아넘긴 거나 마찬가지야!"

미스즈의 입에서 들어본 적도 없는 단어가 튀어나오자 신노스케는 또다시 설복당한 걸 알았다. 미스즈의 확신에 찬 오해를 다이르거나 바로잡아줄 끈기와 체력은 지금의 신노스케에겐 없었다.

"알았어. 내가 잘못했어. 그럼, 우리도 그 젠투펭귄을 찾아보자."

"응. 펭귄 도둑보다 우리가 먼저 찾아서 도망치게 해주자."

겨우 화를 가라앉히며 고개를 끄덕여준 미스즈의 배에서 꼬르륵 소리가 난다. 신노스케는 팔에 찬 디지털시계를 보며 자신도 공복인 게 생각이 났다.

"그 전에 점심 도시락—." 그리 말을 건네는 중인 신노스케를 미스즈가 샐쭉하게 가만히 노려본다.

"—도시락은 펭귄을 찾고 나서 먹기로 해."

"그렇게 해. 그리고 나한테도 반 나눠 줘. 도시락 안 들고 왔으니까."

"으, 응."

신노스케는 말한 대로 하겠다고 고개를 끄덕이면서 남한테 뭔가를 부탁할 때조차도 자신만만한 미스즈의 모습이 눈부시게 느껴졌다. 이렇게 행동하는데도 친구들이 멀리하지 않고 오히려 기대오는 구석이 있는 터라 내 여동생이지만 대견했다.

그러고 나서 미스즈는 축구로 단련된 다리 힘으로 수족관 안을 이리저리 뛰어다녔다. 입시 공부를 하느라 몸이 완전히 둔해진 신노스케는 몇 번이나 미스즈와 간격이 벌어졌고, 그때마다 미스즈는 "오빠, 이쪽이야. 빨리 좀 와!" 하고 재촉했다. 심장에서 피가 쏟아져도 계속 달리라는 것처럼 서슬 퍼런 얼굴로.

그런 필사의—신노스케에게는 목숨을 건—수색도 전부

허사로 끝나고 피로감이 조금씩, 하지만 확실히 남매에게 착착 쌓여갔다. 그토록 운동으로 단련된 미스즈도 관계자 외 출입금지 구역을 뺀 모든 곳을 살피고서 일단 수족관 건물 밖으로 나온 뒤에는 배를 감싸며 털썩 주저앉았다.

"건물 밖도 구석구석 찾게 되면…… 틀림없이 시간이 엄청 걸리겠지."

"그 전에 우리 도시락 먹을까?"

미스즈의 눈길이 한순간 신노스케의 배낭(안에 있는 엄마가 손수 만든 도시락)에 미쳤다. 하지만 달콤한 유혹을 끊어내듯 고개를 가로저으며 일어선다.

"됐어. 펭귄을 찾고 나서 먹을래."

"……그래. 알겠어. 그럼, 다음은 어디를."

'찾을까'라는 말을 이어서 하려던 신노스케의 어깨를 누군가가 손으로 잡았다. 돌아보기도 전에 낮고 침착한 목소리가 울렸다.

"조금 전부터 뭘 하는 거야? 너희들, 오늘은 둘만 온 거야? 학교는? 쉬는 날이야?"

바짝 얼어붙은 신노스케와 신노스케의 어깨를 움켜쥔 남자 사이를 미스즈가 비집고 들어왔다.

"엄마가 모르는 어른하고는 얘기하지 말라고 했어요."

미스즈의 말에 남자는 남색 제복과 제모를 쑥 내밀듯 가

슴을 폈다. 가슴보다도 맥주를 즐겨 마셔 나온 듯한 배가
먼저 나온다.

"난 미슈쿠 수족관의 경비원이고 내 질문은 전부 업무상
하는 거야."

"흐음. 우리는 학교에서 단체로 이 수족관에 여행 왔어
요. 졸업여행이에요."

미스즈는 절대로 기죽지 않았다. 말을 하면서 진짜로 여
행 온 다른 학교의 초등학생들을 손가락으로 가리켰다. 정
말로 그 집단의 일원인 것처럼.

"그랬구나. 조금 전부터 분명 뭔가를 찾고 있는 듯해서
내가 좀 거들어줄까 했는데―."

경비원은 은근히 무례하게 말하면서 사람을 이리저리
평가하는 듯한 눈빛으로 신노스케와 미스즈를 바라본다.
신노스케가 옆에서 꿀 먹은 벙어리처럼 있을 때부터 미스
즈의 주먹이 등을 꾹 누르고 있다. 나도 알아, 내가 아무리
쓸데없이 너무 정직한 멍청이라도 이 유도 질문에는 안 걸
려들어, 마음속으로 그리 대답하며 신노스케는 표정을 바
꾸지 않은 채 경비원의 얼굴을 같이 뚫어지게 본다.

"그럼 혹시나 해서 그러는데 학교랑 너희들 이름을."

그리 말하고는 가슴팍에 있는 주머니에 손을 넣는 경비
원을 확 밀치며 미스즈가 내달리기 시작했다. 평소에도 나

이 많은 축구 동아리 소년들을 상대로 몸싸움을 하더라도 전혀 밀리지 않던 미스즈의 하반신과 단단한 몸통은 여기서도 유감없이 발휘돼 성인 남자인 경비원은 한순간 크게 휘청댔다.

"어서 달려!"

신노스케는 대답할 여유도 없이 마구 손발을 내저었다. 펭귄을 찾느라 몸은 이미 녹초가 돼 있다. 그래서 꿈속에서 바둥대는 것처럼 허우적허우적 불안하게 달릴 수밖에 없었다.

뒤를 돌아보자 술배가 불룩 나온 경비원이 쫓아오고 있었다. 명백히 화가 난 표정으로 "기다려" 하고 외친다.

숨이 턱을 넘어 입까지 차올랐다. 호흡은 뜨겁고 가쁘다. 현기증이 날 것처럼 눈꺼풀 안에서 보라색 빛이 둥둥 보였다 안 보였다 한다. 수족관에서 벗어나 완만한 내리막 길을 내려와 포석이 깔린 원형 광장으로 나온다. 가끔 아이돌이나 연예인들의 이벤트 부대가 되기도 하는 광장이다. 오늘은 무대에 사람이 아무도 없었고, 광장을 둘러싸고 있는, 음식이나 선물을 파는 가판대도 문을 열지 않은 곳이 많았다. 광장에 설치된 벤치나 파라솔이 달린 테이블에는 직접 싸 가지고 왔거나 가판대나 편의점에서 산 도시락을 펼친 채 먹고 있는 가족들 모습이 제법 보였다.

앞을 달려가는 미스즈는 포석을 탁탁 내리치며 쭉쭉 속도를 높여가고 있다. "기다려. 기다려. 오빠"하며 어디든 졸졸 따라다녔던 어린 여동생의 모습이 눈앞에 휙 나타났다 흩어지듯 사라진다.

발이 꼬였다. 아, 위험해, 그런 생각을 할 틈도 없이 손을 바닥에 짚으며 신노스케는 넘어져버렸다. 줄무늬가 들어간 치노팬츠^{두터운 능직 무명천으로 만든 바지}의 무릎 부분이 포석에 심하게 긁혀 화끈거렸다. 옆에 있던 나들이 온 가족들이 무슨 일인가 하고 유심히 쳐다보는 게 느껴졌다. 하지만 미스즈는 돌아보지 않았다. 오빠가 넘어진 걸 알아차리지 못한 것이다. 미스즈의 등이 점점 작아진다. 대신 바로 뒤에서 묵직한 발소리가 바싹 다가오고 있었다. 거친 숨소리도 들려온다. 어른을 정말로 화나게 만들어버렸다. 경비원 아저씨는 무슨 소리를 하고, 연락은 또 누구한테 할까? 온몸이 움츠러들어 일어날 수가 없었다.

—더는 안 돼.

뒤를 돌아볼 기력도 없어 신노스케가 눈을 감았을 때 "저기요"하는 톤이 조금 높은 목소리가 울렸다. 경비원을 불러 세운 사람이 있다.

"뭡니까? 저기 지금은 손을 놓을 수가 없는데."

"나도 손을 놓을 수가 없어요, 라기보다는 **손이 안 떨어져**

요."

그 묘한 표현이 마음에 걸려, 추적하던 발걸음을 멈칫대며 안절부절못하고 있는 경비원과 얼굴을 들 기력도 없던 신노스케가 동시에 목소리의 주인공을 본다.

수족관 입구 쪽에서 광장을 가로지르며 다가오는 사람은 예의 그 펑크족 청년이었다. 깎아서 다듬은 머리카락으로 해골 마크 형상을 만들어 넣은 모히칸 머리도, 살짝 때가 묻은 천 가방도 조금 전 펭귄 코너에서 만났을 때와 똑같았다. 유일하게 다른 점은 그의 가는 두 손목이 하얀 붕대로 칭칭 감겨 있는 걸까.

그 비일상적인 모습은 경비원의 주의를 끌었다.

"무슨 일이세요? 누가 묶었어요?"

"아니 그게, 펭귄한테 당했어요."

"펭귄?"

경비원은 한순간 망설였지만 이내 마음을 정한 듯이 발길을 돌렸다. 포석이 깔린 광장으로 돌아와 내리막길 쪽으로 다가간다. 즉 신노스케로부터 멀어지고 있다.

살집이 넉넉하게 붙은 경비원의 허리 주위를 신노스케가 멍하니 눈으로 좇고 있는데, 이쪽을 돌아본 펑크족 청년이 탁 윙크를 한— 느낌이 들었다. 요 반년 사이에 시력이 몹시 나빠진 터라 자신 있게 말할 수는 없다.

펑크족 청년의 입은 경비원 쪽을 보며 쉴 새 없이 움직이고 있다. 가끔 웃음을 터뜨리면서 뭔가 열심히 설명하고 있다. 조금 떨어진 곳에 있는 신노스케에게는 두 사람의 대화 내용이 거의 들리지 않았지만, 몸짓만 보고 낱말을 맞히는 게임을 하는 것처럼 내용을 파악하려고 애썼다. 펑크족 청년이 밧줄에 묶인 자신의 두 손목을 내밀자 경비원이 손목에 코를 박듯이 잔뜩 몸을 수그리는 걸 보면 '밧줄을 풀어달라'고 부탁한 것이리라.

신노스케는 경비원이 돌아보지 않는 틈을 타 슬금슬금 일어난다. 왼쪽 무릎이 저릿하게 아팠다. 살갗이 벗겨져 피가 나는지도 모른다. 상처를 확인해도 마음만 약해질 뿐이라 치노팬츠를 걷어 올려 살펴보려던 생각은 접었다. 그 자리에서 몇 번인가 제자리걸음을 해서 다시 달릴 수 있다는 것만 확인했다.

그때 "앗" 큰 소리가 났다. 신노스케뿐만 아니라 원형 광장에 있던 나들이 온 가족들이 일제히 소리가 난 쪽을 볼 정도로 절박한 목소리였다.

모두가 쳐다보는 가운데 펑크족 청년이 자유로워진 두 손을 높다랗게 치켜들며 기지개를 켜고 있다. 한편 조금 전까지 청년이 그랬던 것처럼—아마도 같은 밧줄로—두 손목이 칭칭 묶인 경비원이 얼굴을 시뻘겋게 붉히고 있다.

조금 전의 '앗' 하는 소리는 경비원이 질렀던 모양이다. 그러고는 고함을 쳤다.

"이거 어떻게 된 거야?!"

"어떻게 됐냐고 하셔도─ 아저씨가 내 밧줄을 풀어줬잖아요?"

"그래. 분명 풀어줬어. 그런데 왜 이번엔 내가 묶여 있는 거야? 왜 이렇게 된 거냐고?"

"그건 내가 묻고 싶네요."

딱 시치미를 떼는 게 빤히 보이는 얼굴로 펑크족 청년이 고개를 갸우뚱하는지라 경비원은 점점 더 격분했다.

"빨리 풀어! 당장! 지금 당장!"

"네네. 어떻게든 해보겠지만요."

그리 말하면서 펑크족 청년은 흘끗 신노스케를 보았다. 살짝 턱을 휙 치켜올린다. (도망쳐) 라고 말한 것 같다. 아니, 분명히 맞다. 이번에는 자신이 있었다.

펑크족 청년과 경비원 사이에 무슨 일이 일어났는지 전혀 알지 못한 채 신노스케는 미스즈가 달려가버린 방향으로 뛰어가기 시작했다.

미스즈가 수족관 입구에서 기다리고 있었다. 달려오는 신노스케의 모습을 발견하자 한순간 울음을 터뜨릴 것 같은 얼굴이 되더니 허둥지둥 휙 고개를 옆으로 돌렸다.

"오빠, 붙잡혀버렸나 했어."

이렇게 미덥지 못한 오빠라도 어쨌거나 없으면 불안한 모양이다. 신노스케는 "미안해" 하며 사과했다.

"실은 도중에 넘어져서 경비원 아저씨한테 붙잡힐 뻔했는데 그 사람이 도와줬어."

"그 사람?"

"응. 젠투펭귄을 쫓고 있던, 그 사람."

"펭귄 도둑이 오빠를 도와줬다는 거야?"

"경비원 아저씨가 못 가게 시간을 끌어준 건 사실이야. 덕분에 여기에 올 수 있었어."

정말 완전 사람을 가지고 놀았던 그 엄청난 방법에 대해서 미주알고주알 설명하는 건 지금은 관두기로 한다.

"펭귄은?"

"젠투펭귄? 그 사람이랑은 같이 안 있었던 것 같아."

"다행이다. 도망친 거야."

"그런가 봐."

신노스케는 자신의 희망 사항이자 예상이기도 한 '애초 그는 펭귄 도둑이 아니다'는 의견은 일단 덮어놓고 미스즈의 추측에 동조해줬다.

미스즈는 곱슬한 머리가 여기저기 삐죽삐죽 뻗친 짧은

커트 머리를 손으로 누르며 생각에 잠겨 있었지만, "오빠가 한 말이 맞으면 좋겠어" 하고 중얼거리며 자세를 바로 잡는다.

"어쨌든 여기서 빨리 나가자. 경찰 아저씨한테 걸리기 전에."

꼼꼼하게 굽혀펴기 운동을 하기 시작한 미스즈를 보며 다시 달리나 싶어 신노스케는 정신이 아찔해졌다.

*

미슈쿠역 개표구를 빠져나오자 겨우 한숨을 돌릴 수 있었다. 신노스케의 심장은 다시 터지기 일보 직전이었다. 발은 막대기처럼 딱딱했는데 그냥 막대기가 아니라 난로에 쑤셔 넣어진 부지깽이 같은 막대라 불에 덴 것처럼 화끈거렸고, 딱딱했고, 굽힐 수도 없는 지성이 되었다. 작년 1년간 달린 거리쯤은 오늘 요 몇 시간 달린 걸로 간단히 넘어섰을 것이다.

미스즈는 호흡도 별로 흐트러지지 않은 상태라, 제멋대로 자꾸 뻗치는 짧은 커트 머리를 태연히 손으로 매만지며 말했다.

"오빠. 내 파우치 꺼내줘."

한순간 무슨 소리를 하는지 이해를 못 했지만 미스즈가 배낭을 가리키자 생각이 났다. 맞다. 맡고 있었지.

"알겠어." 고개를 끄덕이고 나서 배낭을 열던 신노스케의 손이 딱 멈춘다.

"어?"

"왜 그래?"

미스즈의 시선에서 도망치듯 등을 돌리며 배낭에 손을 쑤셔 넣었다. 손에 닿는 감촉으로 대충 뭔지 알 수 있었다. 비닐 돗자리, 도시락, 물통, 메모장, 필통, 여행안내장, 접이식 우산…… 몇 번을 확인해도 자신이 어제 준비한 여행 소지품밖에 없었다. 끝내는 배낭 입구를 확 벌려 얼굴을 쑤셔 넣듯이 바짝 갖다 대며 확인했다. 비닐 돗자리, 도시락, 물통, 메모장, 필통, 여행안내장, 접이식 우산…… 이상.

"미안해. 놔두고 온 것…… 같아."

"놔두고 왔다고?"

미스즈의 얼굴이 확 새파래진다.

"응. 역 물품 보관함에 네 책가방을 집어넣을 때 교통카드도 꺼내고 배낭도 내려놨다가 안았다가 한다고 손이 빌틈이 없어서, 파우치는 일단 내려놓으려고 바닥에—."

신노스케는 상황을 설명하면서 생생하게 그때의 광경

을 떠올린다. 파우치의 부드러운 감촉이며 파우치를 땅바닥에 놓는 걸 미스즈에게 보이지 않게 하려고 몸을 숨기듯 해서 내려놓은 일이며 전부 선명하게 생각이 났다.

"아, 하지만 어디 놔뒀는지는 아니까 가는 길에—."

찾아보자는 말을 하려다 신노스케는 미스즈의 눈에서 흘러내리는 눈물을 보고는 그 말을 삼켰다.

미스즈가 우는 얼굴은 요 몇 년간은 본 적이 없었지만 우는 모습은 어릴 때와 똑같았다. 소리 내 울지 않으려고 어깨를 들썩이며 우는 모습도 그대로다.

"미 짱, 미안. 아니 나, 그렇게 소중한 물건인 줄은 모르고—."

신노스케가 당황해 내민 손을 뿌리치듯 밀치며 미스즈는 계속 울었다. 신노스케와 달리 미스즈는 자기 옷은 자기가 고른다. 그중에서도 특히 최근 마음에 쏙 들어 하며 오늘도 점퍼 밑에 입고 온 군복 얼룩무늬의 긴 후드티가 흘러내린 눈물로 얼룩져 있다.

신노스케가 어떻게 해야 할지 몰라 쩔쩔매고 있는데, 역 중앙 광장을 오가는 수많은 인파를 헤치며 백발이 듬성듬성한 머리를 품위 있게 묶어 올린 노부인이 쇼핑백을 들고 다가왔다. 수족관 경비원의 모습이 연상돼 신노스케는 저도 모르게 몸을 사렸다. 노부인은 미소를 지으며 안심시키듯 상냥하게 물었다.

"얘들아, 무슨 일 있니?"

"아, 아니요."

신노스케는 힐끗 미스즈를 돌아본다. 흐느껴 우느라 주
위 사람들 시선 따위 눈에 들어오지 않는 눈치다. 평소의
미스즈라면 이 상황을 어떻게 헤쳐나갔을까? 하는 생각을
한다. 낯선 어른을 믿으면 안 된다고, 쓸데없이 너무 정직
하게 뭐든 얘기하면 안 된다고 화를 낼까? ⋯⋯하지만 신
노스케는 망설이는 마음을 떨쳐내듯 노부인 쪽으로 얼굴
을 돌렸다.

─솔직하지 않으면 서로 닿지 않는 마음도 분명히 있어.

"역에 깜빡하고 놔두고 온 물건이 있어서, 아, 여동생 물
건을 제가 놔두고 와버렸는데, 그게 지금도 아직 거기에
그대로 있는지, 아니면 누군가가 주워서 어딘가에서 보관
하고 있는지─."

"아니면 누가 훔쳐 갔거나."

떨리는 목소리로 미스즈가 끼어들었다. 아무래도 얘기
는 듣고 있었던 모양이다. 신노스케는 헛기침을 하고 나서
"알고 싶어요"라는 말을 덧붙였다.

노부인은 고개를 끄덕끄덕하면서 이야기를 들어주고 있
었지만 신노스케의 말이 도중에 끊어지자, 쇼핑백 말고 따

로 들고 있던 핸드백 안에서 휴대전화를 꺼냈다. 요즘에는 보기 힘든 폴더식이다.

"혹 괜찮다면 내가 분실물센터에 물어봐줄까?"

"분실물센터?"

낯선 단어에 눈만 멀뚱멀뚱 뜨고 있는 신노스케를 향해 미소를 짙게 드리우며 노부인은 품위 있고 유연하게 고개를 끄덕인다.

"이 부근 역이나 전철 안에서 떨어뜨리거나 잃어버린 물건을 한꺼번에 맡아주는 센터가 있어. 그곳 역무원은 아주 좋은 분이니까 분명히 친절하게 도와줄 거야. 전화번호를 등록해뒀는데 내가 전화해줄까?"

"부탁드려요. 놔두고 온 건 스팽글로 무지개를 그려 넣은 엷은 보라색 파우치예요. 딱 이 정도 크기의."

허공에 대고 크기를 그려 보이는 신노스케를 향해 고개를 끄덕이더니 노부인은 탁 휴대전화를 연다. 등록된 번호의 버튼을 신중하게 누른 뒤 전화기를 귀에 갖다 댄다.

교양 있게 손으로 입을 가리며 통화를 했기 때문에 무슨 얘기를 했는지는 알 수 없었다. 짧은 통화를 마친 뒤, 탁 휴대전화를 닫고 돌아본 노부인은 젊은 사람처럼 생기발랄하게 V 사인을 해 보였다.

"무지개 파우치, 분실물센터에 도착해 있다고 하네."

"진짜예요?"

미스즈의 목소리가 끼어들었다. 신노스케가 돌아보자 휙 얼굴을 돌린다. 눈은 충혈돼 있지만 눈물은 그친 터라 한시름 놓았다.

그러고 나서 분실물센터가 있는 역 이름이며 가는 법을 친절한 노부인이 가르쳐줬고, 신노스케와 미스즈는 같이 전철을 탔다.

전철을 갈아타고 이동하는 건 신노스케도 미스즈도 처음이었다. 요 몇 년간 항상 당당하게 오빠 앞을 걸어가던 미스즈가 신기하게도 뒤에서 따라오는 걸 알고 신노스케는 크게 심호흡을 했다.

갈아타는 데 다소 시간이 걸렸지만 그런대로 헤매지도 않고 목적지인 종점 우미하자마역에 도착했다. 상상했던 것보다 훨씬 작은 역이었다. 신노스케와 미스즈가 내리자 기다렸다는 듯이 조금 쓸쓸한 멜로디가 울리며 차량이 달랑 세 개밖에 없는 오렌지색 전철은 되돌아가버렸다.

플랫폼에서도 미스즈는 침묵으로 일관하는 통에 바닷바람 소리만이 귓전에서 윙윙 울리고 있었다. 신노스케가 말을 걸 기회를 찾으려고 주위를 빙 둘러보고 있는데 플랫폼 끄트머리에 있던 아래로 내려가는 계단에서 빨간 머리통이 난데없이 나타났다.

—빨간색?

신노스케는 깜짝 놀라 멈칫한다. 상대편은 그사이에 계단을 다 올라와 전신을 드러냈다.

모스그린색 바지에 회색 재킷 차림의 복장은 오늘 아침부터 여러 역에서 본 야마토기타 여객철도 역무원의 제복일 터다. 직업을 알고 나니 조금 마음이 놓였다.

—빨간 머리 역무원이 있구나?

신노스케는 어쨌든 그 사람 곁으로 걸어가기 시작했다. 미스즈도 말없이 따라왔다.

바닷바람에 나부낀 빨간 머리가 얼굴을 가려 이목구비는 잘 보이지 않았다. 다만 입꼬리가 척 올라가 있는 건 알수 있었다. 그 입매에 신노스케는 기시감을 느꼈다.

신노스케 일행과 마주 보자 빨간 머리 역무원은 가볍게 살짝 손을 들었다.

"안녕하세요. 야마토기타 여객철도 나미하마선 유실물보관소의 모리야스 소혜이입니다."

"분실물센터의?"

신노스케가 되묻자 역무원은 싱긋 웃었다. 작은 이가 살짝 엿보였다.

"네, 맞아요. 분실물센터의 모리야스 소혜이입니다. 연락을 받고 기다리고 있었어요."

그 노부인이 어떻게 설명했는지 모르지만, 소헤이라는
이 역무원은 마치 '생애 첫 바깥심부름하기'라는 미션을
수행 중인 듯한 초등학생 남매가 불안해하지 않도록 일부
러 플랫폼까지 마중 나와준 것 같았다. 그리고 노부인처럼
소헤이 역시 '오늘 학교는?' 따위의 질문은 하지 않았다.

낯선 어른들의 선의를 눈앞에서 본 신노스케는 마음이
숙연해졌다. 자신 역시 곤경에 처한 어린아이를 보면 당연
한 일인 것처럼 친절을 베풀 수 있는 어른이 되고 싶다고
생각했다.

"펭귄 박사다."

미스즈가 갑자기 입을 열었다. 말을 안 하기로 한 것도
까먹은 것처럼 신노스케의 어깨를 잡고 마구 흔들었다.

"오빠, 이 아저씨 아침에 오빠랑 말하던 펭귄 박사야. 펭
귄철도 얘기를 해준 아저씨."

"아침?"

신노스케와 소헤이는 얼굴을 마주 보며 거의 동시에 "아
아" 하며 고개를 끄덕인다. 그 사람의 털모자 안에 감춰져
있던 머리는 빨간색이었구나 싶어 신노스케는 감동과도
비슷한 느낌을 받았다.

"역무원 아저씨였구나. 어쩐지 잘 안다고 생각했어요."

"내가 역무원인 걸 밝히면 김이 새잖아요." 소헤이는 쑥스럽게 웃으며 빨간 머리를 긁적인다.

"감사했어요. 그땐 정말로 도움이 됐어요."

"아니에요, 아니에요, 내가 한 게 뭐 있다고. ……펭귄은 만났어요?"

"네." 신노스케와 미스즈가 동시에 고개를 끄덕이자 소헤이의 긴 앞머리 너머로 보이는 눈이 어렴풋이 커진 것 같았다.

"그거 정말 잘됐네요."

"만난 데는 전철이 아니라 수족관 안이었지만…… 아마 그 젠투펭귄이 그 펭귄 같긴 한데."

신노스케가 고개를 갸우뚱한 순간 미스즈가 재채기를 세 번 연달아 했다. 소헤이는 당황한 듯이 몸을 돌리더니 손가락을 딱 힘주어 붙인 손바닥을 들어 계단을 가리켰다.

"미안해요. 이런 데서 얘기를 하고 있으면 감기 걸려요. 사무실로 가요. 분실물도 돌려줘야 하니까."

계단을 내려가 개표구 옆쪽에 있는, 벽면과 전혀 분간이 안 되는 미닫이문을 스르륵 옆으로 밀자 방이 보였다.

미닫이문은 던전의 비밀 문 같았지만, 방에 들어갔더니 반듯하게 잘 정리돼 있는 평범한 사무실이었다. 소헤이는 신노스케 일행이 발을 들여놓자마자 얼굴을 찌푸리며 물었다.

"이 방, 무슨 냄새 안 나요?"

"냄새? 안 나는데요."

"다행이에요. 방은 이 정도 온도면 괜찮을까요?"

"괜찮아요."

신노스케 대신 미스즈가 고개를 끄덕였다. 사실 문 근처에 놓여 있는 커다란 석유난로 덕분에 춥지 않고 딱 적당하게 온기가 돌았다. 소헤이는 안심한 듯 헤실헤실 웃더니 접수대 위에 놓여 있던 방향제를 집었다. 그러고는 그대로 끝에 있는 나무 상판을 들어 올려 건너편으로 돌아서 들어갔다.

컴퓨터 책상에 방향제를 올려놓더니 이번에는 거기에 있던 플라스틱 선반을 들고 돌아왔다. 선반에 올려져 있는 건 틀림없이 아침에 미스즈가 신노스케에게 맡긴 (거지만 놔두고 와버린) 파우치였다.

재빨리 집으려는 미스즈를 달래듯이 소헤이는 상냥하게 물었다.

"만에 하나라도 다른 사람의 분실물을 건네주면 안 되니까 몇 가지 확인해도 될까요?"

"그러세요" 하고 대답한 신노스케가 아니라 미스즈를 뚫어지게 보며 소헤이는 말을 이었다.

"이름이 적혀 있다든지, 지퍼에 흠집이 있다든지, 뭔가 겉으로 보이는 특징이 있으면 알려주세요."

"흠집 같은 거 없어요. 엄청 소중하게 다루며 썼는걸요."

미스즈가 단호하게 고개를 가로젓는다. 소헤이는 긴 앞머리를 살랑살랑 흔들며 조금 생각에 잠겼다가 한층 더 상냥하게 말했다.

"그거참 훌륭한데요. 그럼 안에 들어 있는 물건은 뭐예요?"

"음……."

"여기서 같이 확인해보고 속에 든 물건이 같으면 바로 돌려줄게요."

"……말하고 싶지 않아요."

미스즈가 나지막하게 대답한다. 옆에 있던 신노스케는 소헤이와 눈이 마주치자 황급히 미스즈를 쿡쿡 찔렀다.

"일껏 찾았는데 응석을 부리면 어떡해. 돌려받고 싶지 않아?"

"돌려받고 싶어. 하지만 오빠 앞에선 말하고 싶지 않아. 절대로 말하고 싶지 않아!"

새된 목소리로 소리를 치는 통에 신노스케는 머쓱해진다. 남매 사이에 흐르는 어색해진 분위기를 끊으려는 것처럼 소헤이가 접수대에 손을 짚었다.

"그럼, 오빠한테는 일단 밖으로 나가라고 하고 나랑 둘이서 확인하는 건 어때요?"

"……그러면 뭐."

마지못해 수긍한 미스즈에게 웃어 보이더니 소헤이는 신노스케에게 이거 미안하게 됐다는 듯한 시선을 보낸다.

"추운데 밖에 나가게 해서 미안하지만 대합실에서 잠시만—."

"괜찮아요. 기다릴게요."

민폐를 끼치고 있는 건 우리 쪽이라는 생각도 하고 있었기 때문에 신노스케는 허둥지둥 고개를 끄덕였다.

*

—가당찮은 졸업여행이 돼버렸어.

역 대합실이라기보다 산막 휴게소에 가까운 분위기의 공간에서 신노스케는 한숨을 쉰다. 하얀 입김이 몽글몽글 피어올랐다. 나무 벤치는 플라스틱 의자보다는 희미하게 온기를 품고 있지만 지금은 한겨울, 엉덩이에서 오싹한 냉기가 스멀스멀 타고 올라왔다.

—분명히 파우치를 잃어버린 건 나지만 애초 미스즈가

따라오고 싶다고 해서 생긴 일이잖아.

마음속에서 푸념이 그칠 생각을 안 한다. 잘 생각해보니 모처럼 수족관에 갔는데 도중에 해파리를 보는 것조차 까먹고 있었다. 떠올릴 여유가 없었다. 거센 파도가 몰아친 것 같은 반나절이었다.

"아아."

등을 뒤로 젖히고 발을 툭 내밀어본다. 도로 건너편에 큰 공장의 정문이 보였다. 이 공장에서 일하는 사람이나 분실물센터에 볼일이 있는 사람 말고는 거의 이용객이 없는 역이라고 노부인이 말했던 게 생각이 났다.

정문 옆에는 경비원이 서 있었다. 키가 무시무시하게 크고, 머리는 사자머리 파마를 해서 잔뜩 부풀어져 있고, 얼굴은 완전히 무섭게 생겼다. 수족관 경비원하고는 비교도 안 됐다. 이 추운 날씨 속에 고개를 움츠리지도, 발을 동동 구르지도, 손을 비비지도 않은 채 똑바로 앞을 보고 서 있다. 사회 과목 학습서에서 본 버킹엄 궁전 근위병을 떠올리게 하는 모습이었다.

"뭐지" 하며 신노스케는 몸을 앞으로 쑥 내밀었다. 공장 문 너머를 자박자박 걸어가는 펭귄의 뒷모습이 보인 것 같은 느낌이 들었다. 새까만 뒷모습이 눈에 잡혔을 뿐이라 '젠투펭귄'이라고 종류까지 단언할 자신은 없지만, 적어도 몸을 좌우로 흔들며 걸어가는 예의 그 '뒤뚱대는 느낌'은 펭귄 이외의 생물에게는 없을 터다.

—혹시 공장이 그 펭귄이 '사는 집'인가? '같이 사는 무리'가 있나?

그러면 좋을 텐데, 그리 염원하며 신노스케는 대합실에서 뛰어나갔다. 공장 부지 안을 제집 안마당인 양 걸어가는 펭귄을 쫓아가고 싶었지만 사자머리 파마 근위병이 눈을 부릅뜨며 노려보는 바람에 가던 발길을 멈춘다. 경비원은 딱 질색이다. 신노스케는 맥없이 뒤로 돌아 벤치로 돌아왔다.

그때 문이 열리면서 소헤이가 빨간 머리를 흔들며 손짓했다.

"많이 기다렸지요."

밖에 혼자 나가 있어서 그런지 사무실 안이 조금 전보다 훨씬 따뜻하게 느껴졌다. 접수대 앞에 서 있는 미스즈는 고집스럽게 앞만 쳐다보며 사무실로 들어오는 신노스케를 보려고도 하지 않는다.

"저어, 그럼—."

소헤이가 상황을 잘 수습하려는 것처럼 '수령증'이라고 적힌 종이를 접수대 위에 펼쳤다.

"실은 신분증이 필요하지만 내용물 확인도 했고 본인이

144

틀림없다고 나도 판단을 했기 때문에 이번엔 특별히 건네 드릴게요. 날인만, 지장을 찍어도 괜찮으니까 부탁드려요."

미스즈는 자기 앞에 내밀어져 있는 인주에 엄지를 꾹 눌러 빙빙 돌리고 나서 날인을 했다. 그사이 소헤이는 물티슈와 무지개가 그려진 파우치를 접수대 위에 준비해준다.

미스즈가 물티슈로 엄지를 깨끗하게 닦고 나서 파우치를 소중한 물건처럼 조심조심 손에 드는―더 이상 배낭에 넣어달라고 신노스케에게 부탁하지 않았다―걸 확인하자, 소헤이는 접수대 앞으로 몸을 쑥 내밀더니 신노스케와 미스즈를 생글생글 웃으며 번갈아 보았다.

"조금 전에 미스즈 양한테 들었는데 둘 다 점심을 아직 안 먹었다고?"

"아."

배낭에 도시락이 있다는 걸 떠올린 순간 신노스케의 배에서 꼬르륵 소리가 났다. 미스즈가 풉, 웃음을 터뜨렸다. 그러자 힘이 들어갔는지 미스즈의 배에서도 소리가 났다.

"미 짱도 배고프지?"

엉겁결에 말해버리고 나서 신노스케는 당황하며 입을 다문다. 살짝 곁눈질로 살펴봤지만, 미 짱이라 부른 것에 대해 평소만큼 화가 난 것 같지는 않았다.

소헤이가 헤실헤실 입꼬리를 올리며 웃었다.

"실은 나도 이제부터 점심시간이라 밥 먹을 참이에요. 괜찮다면 여기서 같이 안 먹을래요?"

"그래도 돼요?"

공복 상태인 게 생각이 난 이상 신노스케는 이제 인내에 한계를 느꼈다. 지금 당장이라도 도시락을 펼치고 싶었다. 차가운 겨울 하늘 아래에서 먹는 것만은 어떻게든 좀 봐줬으면 싶었다.

소헤이는 "되고말고요" 하며 고개를 끄덕이더니 접수대 끝에 있는 나무 상판을 들어 올려주었다.

"자, 여기로 해서 안쪽으로 들어오세요."

"감사합니다."

신노스케와 미스즈는 저마다 고맙다고 인사를 하고는 분실물센터 안으로 들어갔다.

벽 근처에 접이식 파이프 의자를 모아놓고 셋이서 둥그렇게 모여 앉았다. 〈분실물센터〉라고 적힌 녹색 표찰이 천장에 매달려 있는 곳에서 먹는 도시락은 무미건조하게도, 재미있게도 느껴졌다. 겨우 여행다워진 건 분명했다. 국회의사당보다 분실물센터 사무실을 들여다보는 쪽이 신노스케에게는 '현장체험학습' 같은 기분이 들었다.

신노스케와 미스즈가 한 도시락을 놓고 둘이서 같이 먹으려고 하자 소헤이가 재빨리 어딘가에서 한 사람분의 앞

접시와 나무젓가락을 들고 오더니 미스즈에게 건네준다. 게다가 자신의 이단 도시락에서 반찬과 밥을 나눠 주었다. 엄청 미안해하는 남매에게 "다 같이 나눠 먹으면 혼자 먹을 때보다 더 맛있답니다" 하며 도덕 교과서에 나올 법한 말을 하고는 헤실헤실 웃는다.

엄마가 참마를 갈아 넣어 만든 '부드럽고 두툼하게 잘 말린' 달걀말이도 맛이 끝내줬지만, 소헤이가 직접 만들었다는 파래를 넣은 달걀말이도 상당히 맛있었다. 달걀말이뿐만이 아니었다. 달콤하고 짭조름한 소스를 입힌 닭튀김도, 미리 만들어뒀다고 하는 소고기와 우엉과 곤약을 볶아서 졸인 요리도, 감자샐러드도, 어느 것 하나 빠짐없이 모든 음식이 딱 소헤이의 분위기처럼 부드럽게 만들어져 오늘 사방으로 뛰어다니다 지친 몸을 구석구석 풀어주었다. 신노스케는 미스즈와 쟁탈전을 벌이며 허겁지겁 다 먹어치웠다.

그러자 소헤이가 귤을 세 개 가지고 왔다. 반지르르하게 오렌지빛이 도는 먹음직스럽게 생긴 귤이었다.

남매에게 하나씩 손수 건넨 뒤 소헤이는 자기가 먹을 귤은 두 손으로 감싸며 주먹밥을 싸듯이 꼭꼭 힘을 주어 조몰락거렸다. 남매가 유심히 보고 있는 걸 알고는 수줍게 웃으며 "이렇게 하면 좀 더 달콤해진대요" 하고 속삭였다.

신노스케와 미스즈도 소헤이를 따라서 귤을 조몰락조몰락 주무르고 난 뒤에 먹었다. 확실히 달콤했지만 원래 그랬는지 신비한 주문 때문인지 알 수가 없었다.

허기가 겨우 진정된 참에 소헤이가 탕비실에 간다고 자리를 비웠다. 남매 둘만 있게 되자 아직 조금 분위기가 어색했다. 신노스케가 미스즈의 넓적다리에 올려진 파우치에 되도록 시선을 안 두려고 조심하고 있는데 "오빠" 하는 목소리가 들린다.

"내 파우치 안에 뭐가 있는지 보고 싶어?"

"딱히. 기를 쓰고 안 보여주려는 걸 굳이 보는 취미는 없어."

멋있게 말해봤지만 미스즈는 별로 감탄도 안 해주고 "아, 그래" 하며 흘려 넘겼다.

"비웃지 않는다고 약속하면 보여줄게."

"안 비웃어. 난 누가 어떤 짓을 하든 바보 취급 하며 비웃는 짓은 절대로 안 하는 주의야."

'비웃는다'는 말에, 구키자와와 보낸 괴로운 학교생활이 떠올라 신노스케의 목소리에 묘하게 힘이 들어가버렸다. 미스즈는 어리둥절한 얼굴로 신노스케의 눈을 뚫어지게 보고 있었지만, 곧 "자, 그럼 봐" 하며 파우치 지퍼에 손을 없었다.

　꺼낸 건 한 장의 사진이었다. 설마 좋아하는 남자아이 사진인가? 싶어 신노스케는 조바심이 났지만, 자세히 보니 귀여운 미니스커트를 입고 마이크를 쥐고 있는 여자아이의 사진이었다. 미인이라고 해도 좋을 만큼 단정하게 생긴 이목구비와 긴 검은 생머리가 성숙한 느낌이 났다.

　"누구?"

　"마히론 몰라? '캐러멜 아웃'이라는 인디 아이돌 유닛의 최연소 멤버인데 요전에 솔로로 정식 데뷔도 했어. 이 귀여운 사진은 친구 유카가 하라주쿠에 갔을 때 선물이라며 사다 준 거야."

　"헤."

　'헤' 이외에 좋은 맞장구가 떠오르지 않았다. 미스즈는 아직도 설명을 못다 한 것 같은 얼굴을 하고 있다가 갑자기 훅 숨을 내쉰다.

　"뭐, 어쨌든 내가 지금 우주에서 가장 좋아하는 얼굴은 이거. 기억해둬."

　"기억했어. '캐러멜 아웃'의 마히론이지."

　"맞아. 마히론."

　사람은 자신이 가지고 있지 않은 걸 추구하는 법이라고 학원 선생님이 말했지만, 긴 머리에다 긴 속눈썹에다 투명한 하얀 피부에다 볼륨감 있는 체형— 확실히 마히론은 미스즈가 가지고 있지 않은 걸 갖고 있었다.

"자, 다음."

"몇 개나 있는 거야?"

"마히론의 귀여운 사진이랑 합쳐서 두 개뿐이야. 숨겨둔 보물은 딱 두 개."

되새기듯 말한 뒤 미스즈는 뭔가를 꺼냈다. 주먹 안에 꼭 숨긴 채 신노스케에게 손바닥을 내밀라고 재촉한다. 과연 이게 뭘까 궁금해하는 신노스케의 손바닥 위에 톡 떨어진 '숨겨둔 보물'은 머리끈이었다. 분홍색 털 구슬이 달려 있다.

"기억나?" 미스즈가 묻는 터라 신노스케는 고개를 끄덕였다. 삐죽삐죽 여기저기 뻗친 곱슬머리를 짧게 쳐올린 여동생을 뚫어지게 본다.

잊지는 않았지만 애써 생각해내려고도 하지 않았던 일이다.

"미 짱…… 미스즈의 아홉 살 생일 때 내가 선물로 준 거지?"

지금은 상상하기 어려운 일이지만 예전에 미스즈의 머리는 길었다. 축구를 시작하고 나서도 한동안 마히론 정도까지는 아니더라도 아슬아슬하게 긴 머리라 부를 수 있을 정도까지는 머리를 길렀다. 엄마가 의욕적으로 매일 아침 양 갈래로 묶었다가 한 갈래로 묶었다가 하며 이리저리 머리 모양을 바꿔주고 있었다.

그래서 신노스케는 머리끈을 선물로 골랐다. 머리 터지게 고민한 끝에 손님이라고는 여자아이들만 우글대는 잡화점에 부끄러움을 무릅쓰고 가서는 용돈으로 샀다. "선물할 거예요— 아, 여동생한테." 그리 작은 목소리로 점원에게 전할 때 한껏 고양됐던 기분은 태어나서 처음 맛본 것 같다.

하지만 미스즈는 기뻐하지 않았다.

선물 꾸러미를 연 순간 얼굴이 굳어지더니 뭔가 가만히 생각한 뒤에 "나, 머리 자를 거야" 하고 선언했다. 생일을 축하하기 위해 가족이 모인 그 자리에서.

실제로 그 뒤 일주일도 되지 않아 근처 미용실에 엄마와 같이 가서는 귀가 보일 정도로 시원하게 쳐올린 짧은 커트 머리를 했다. 이후 줄곧 미스즈의 머리는 짧은 상태다. 신노스케가 선물한 머리끈으로 미스즈가 머리를 묶은 적은 한 번도 없었다.

선물을 하는 일에 대한 트라우마가 마음속에 깊이 새겨져버렸던 경험이 단숨에 되살아나 신노스케는 잠시 눈을 감는다. 심호흡을 세 번 하고 나서 눈을 뜨자 미스즈가 걱정스러운 얼굴로 들여다보고 있었다.

"이게 보물인 거야?"

무심코 그만 쌀쌀맞게 물어버려 신노스케는 애써 미스즈에게서 시선을 돌린다.

"응. 소중한 계기를 만들어줬어."

"계기?"

"나 말이야, 3학년 때 축구 시작했잖아? 처음부터 의외로 잘했어. 주전 선수 자리도 금방 꿰찼고 힘도 세졌어. 키도 쑥쑥 자라서 주위의 웬만한 남자아이들보다 내가 더 컸어. 체격이 좋아지자 점점 더 축구도 잘하게 되고 즐거워졌는데, 그치만―."

미스즈는 거기서 일단 할 말을 찾는 듯 말을 끊었다.

"그때부터 자주 듣게 됐어. 반에서나 동아리 남자아이들, 가끔은 여자아이들도 '선머슴 같은 계집애'라든지 '여장을 한 남자'라든지 '여자 행세 하는 게이'라든지 하고."

신노스케는 얼굴을 찌푸렸다. 전부 엄청 상처를 주는 심한 말이다. 그리고 미스즈가 학교에서 그런 일을 당하고 있었다니 금시초문이었다.

"남자처럼 보이면 더 놀릴까 싶어서 나, 죽을 둥 살 둥 머리도 기르고 축구 연습 하러 오갈 때도 일부러 운동복에서 치마로 갈아입기도 했어."

미스즈는 신노스케에게서 머리끈을 받아 들자 소중한 물건인 양 어루만졌다.

"그럴 때 내 생일이 돼서 가족이 다 같이 축하해줬고, 오빠한테서도 이런 귀여운 머리끈을 받고는…… 가족 모두가 날 '미 짱'이라 부르며 진짜 여자아이로 생각하고 소중하게 대해주고 있다는 걸 새삼 깨달았어. 그러니까 이제 그만하자 싶더라고."

"에? 에? 무슨 소리야?"

이야기가 연결이 되지 않아 신노스케가 몸을 앞으로 쑥 내민다.

"그러니까 말이야! 우리 가족 모두가 날 여자아이라고 생각해주는데, 남들이 뭐라 생각하든, 뭐라 말하든, 뭔 상관이냐는 결론이 딱 내려지더라고. 왜냐면 그 아이들은 날 조금도 소중하게 생각하지 않는 데다 나도 그 아이들은 아무래도 좋았거든. 그럼, 나도 마음대로 떠들어라 싶더라고. 별 상관도 없는 사람들이 무슨 소리를 하든, 그야 뭐 조금은 상처를 입겠지만, 내 전부가 흔들리거나 찍소리 한번 못 하고 죽어지내지는 않을 거라는 걸 알았어."

어리지만 경험을 통해 얻은 미스즈의 진리가 오롯이 담긴 말은 신노스케의 마음 한가운데를 꿰뚫고 지나갔다. 미스즈의 손안에 있는 분홍색 털 구슬이 달린 머리끈을 뚫어지게 보면서 신노스케는 혼자 헛소리를 중얼거리는 것처럼 "맞아"라는 말을 되풀이했다.

"맞아. 정말로 그래. 네 말이 맞아."

"응. 그래서 나, 머리도 잘랐고 내가 좋아하는 옷도 편하게 입게 됐고, 생각한 건 그냥 솔직하게 말하게 됐어. 그랬더니 학교에서도 친구가 많아졌고 축구 동아리에서는 항상 제일 못된 말만 골라서 하던 상급생 구키자와라는 남자애랑 PK 대결을 해서 포지션을 확 뺏어줬어."

"구키자와? 우리 반의 그 구키자와?"

신노스케는 엉겁결에 되묻고 말았다.

"6학년의 구키자와라는 사람. 오빠랑 같은 반이었어?"

어리둥절해 눈만 멀뚱멀뚱 뜨고 있는 미스즈의 얼굴을 보며 신노스케는 지금 모든 내막을 알게 되었다. 갑자기 왜 구키자와가 그렇게 끈질기게 자신을 가지고 놀면서 괴롭혔는지 그 뒤에 있던 모든 내막을.

"아아, 뭐 그런가 봐."

고개를 끄덕이면서 뭔가 우스꽝스럽게 느껴졌다. 구키자와가 갑자기 무섭지 않았다. 내일 교실에서도, 인근의 지역 중학교에 진학하고 나서도 구키자와뿐만이 아니라 누가 무슨 말을 하든 이제 무섭지 않다. 자신을 소중하게 생각해주는 가족이 있으면 넘어져도 바로 일어날 수 있다.

넘어진 그곳에서 다시 걸어갈 수 있다.

신노스케는 온몸 구석구석까지 활기가 차오르는 것을 느꼈다.

미스즈는 스팽글로 그려 넣은 무지개의 감촉을 확인하듯 손으로 쭉 따라 그리며 머리끈과 마히론의 귀여운 사진을 파우치에 넣는다.

"……이 파우치는 내가 나답게 있기 위한 '부적'이야. 그래서 절대로 어디다 떨어뜨리고 싶지 않고 잃어버리고 싶지 않아. 내가 이런 소녀 감성의 파우치며 머리끈이며 동경하는 여자 아이돌의 사진을 들고 있으면 분명 사람들이 다 '소름 끼쳐'라는 소리를 할까 봐, 누구한테도 알리고 싶지 않았는데…… 오빠는 비웃지 않았어."

"안 비웃어. 처음에도 그렇게 말했잖아?"

"응. 소혜이 아저씨도 그런 말을 했어. '미스즈 학생이 믿고 의지하는 오빠가 동생을 비웃을 리 있나요. 분명 오빠는 영원히 미스즈 학생의 편이 돼줄 거예요' 하고. 그래서 영원히 내 편이 돼줄 사람한테라면 얘기하자고 마음먹었어. 머리끈을 선물해준 인사도 제대로 하고 싶었고―."

미스즈는 신노스케를 똑바로 응시하며 활짝 밝게 웃어 보였다.

"오빠, 고마워."

'미 짱'이라고 불렸던 시절과 변함이 없는 그 미소를 보며 신노스케는 가슴이 벅차올랐다.

—난 미즈스의 '오빠'야.

속사정을 터놓으며 상담할 만큼 친밀하지도 않고 성격은 정반대인 데다 싸움도 엄청 많이 한다. 게다가 싸우면 대부분 오빠가 진다. 하지만 같은 가족이라도 부모와는 또 다른 위치에 있는 남매가 영원히 서로의 편이 돼준다면 그건 분명 근사한 일이다.

계속 미즈스의 편이 돼줄 수 있도록, 또한 미즈스가 내 편으로 있어줄 수 있도록 노력해나가자고 신노스케는 몰래 맹세했다.

소헤이가 탕비실에서 타준 뜨겁고 달콤한 옥로玉露라는 차를 마시고 있는데, 마침 전철이 올 시간이 됐다.

"잃어버린 물건이 없는지 잘 챙기세요."

소헤이가 부드럽게 살짝 말을 건네자 신노스케와 미즈스는 각자 자신이 앉았던 자리 주변을 확인했다.

미즈스는 한참을 망설이고 있었지만, 각오를 정한 것처럼 파우치를 신노스케에게 내민다.

"물품보관소에서 책가방을 꺼낼 때까지 오빠가 배낭에 넣어서 들고 있어."

'그래도 돼?' 하고 확인하는 대신 신노스케는 바로 척 배낭에 넣었다.

왔을 때처럼 소헤이가 같이 플랫폼까지 올라와준다. 바닷소리가 끊임없이 들려오는 플랫폼에서는 파란 하늘이 바다처럼 보였다.

세 개 차량으로 편성된 오렌지색 전철이 미끄러지듯 들어온다. 출발을 알리는 벨 대신 또다시 연주곡으로 편곡된 가요를 들으면서 올라탄다. 신노스케는 그 멜로디가 더 이상 쓸쓸하게 느껴지지 않았다.

전철 문이 닫히기 전에 "그러고 보니" 하고 소헤이에게 물었다.

"아침에 찾고 있던 물건은 찾으셨어요?"

문이 스르륵 닫히는 가운데 유리창 너머로 소헤이가 쓸쓸하게 고개를 가로저었다. 찾는 걸 도와주겠다고 말하고 싶었지만 전철이 움직이기 시작하고 말았다. 받은 선의를 선의로 보답하는 건 의외로 어려운 일이다.

문득 왼쪽 어깨에 묵직한 느낌이 들어 눈을 돌리자 미즈즈가 머리를 기댄 채 잠들어 있었다. 금세 신노스케에게도 졸음이 옮아왔지만 절대로 안 잘 테야 하며 이를 악물었다.

—여동생이랑 같이 무사히 집에 도착하기 전까지가 내

졸업여행이야.

신노스케의 그런 기개를 싣고 오렌지색 전철은 천천히
앞으로 나아갔다.

제3장

UFO와 유령

고열과 등의 통증을 호소하며, 날이 바뀌기 전에 구급차로 실려 온 20대 여성의 처치가 끝난 건 해가 뜨기 전 4시였다.

　"수고했네. 어시스트해줘서 고마워. 니무라 선생이 당직이라 살았어."

　응급의료센터 센터장을 맡고 있는 후타바가 반백의 머리를 깍듯하게 숙인다. 니무라 세이코는 황급히 "저야말로 많이 배웠습니다" 하며 자신도 머리를 같이 숙였다.

　후타바는 수련의 시절 세이코의 지도교수였다. 스무 살이나 연상인 이성이었지만 누구에게나 몸을 낮추며 온화하게 대하는 후타바의 성품 덕분에 모든 게 힘들었던 수련의 시절, 인간관계에서 생기는 마음고생만은 안 하고 헤쳐나갈 수 있었다.

혈액내과에 있었을 때 환자들이 붙여준 별명 '미스터 생불'이 아주 잘 어울리는 이 대선배는 24시간 긴장을 놓을 수 없는 응급의료센터로 자리를 옮긴 지금도, 그때와 변함없이 온화한 미소를 보여준다.

"당직은 의사로서 해야 할 직무 말고도 도와줘야 하는 일이 많아서, 사실은 정신없이 바빠요."

마스크를 벗으면서 세이코는 속마음을 털어놓는다. 장갑을 벗고 손을 꼼꼼히 씻고 있던 후타바는 "그렇겠지" 하며 고개를 끄덕였다.

"니무라 선생은 '환자를 살리고 싶다'는 염원이 너무 강해. 그래서 긴장을 해버려. 그런 면은 수련의 때부터 변하지를 않네."

완벽하게 간파당하고 있었다는 걸 알고 세이코는 부끄러워졌다. 서둘러 수술용 가운을 벗고 후타바와 함께 복도로 나온다. 부자연스러운 침묵을 유지하며 걸어가고 있는데 "뭔가 하고 싶은 말이 있는 거 아닌가?", 또다시 간파당했다.

"아, 네. 으음, 저 환자가 만약 이대로 고비를 넘긴다면 우리 과에서 한번 검사해도 될까요?"

"혈액내과에서? 뭐, 마음에 걸리는 거라도 있나?"

후타바의 유순해 보이는 처진 눈 깊은 곳에 날카로운 빛이 깃든다. 세이코는 무의식중에 자세를 바로잡았다.

"보다 확실히 하기 위해서 폐렴의 원인을 찾아두고 싶습니다."

여성 환자는 폐렴으로 진단받았고 응급의료센터 의사들은 거기에 맞춰 처치를 했다. 환자가 생사를 넘나드는 상황 속에 내린 최선의 판단이었다고 할 수 있다. 그러나 애초 왜 그녀의 폐렴이 갑자기 위중해졌는지, 그 원인에 초점을 맞추면 다른 병명이 보일 것 같다는 생각이 들어 견딜 수가 없었다. 그리고 아마 그 병명은 자신의 전문 분야일 거라는 예감도 들었다. 그래서 더욱 말을 꺼내기가 힘들었다.

─끝까지 살릴 수 있어?

후타바의 말대로 불안이 앞서는 건 수련의 시절과 똑같다. 어엿하게 제 몫을 하는 의사가 된 지 이제 꽤 됐는데도 지금도 항상 생각하고 만다. 살리지 못하면 어쩌지, 하는 마음에 몸이 움츠러든다.

의사로서는 치명적이라 할 수 있는 세이코의 소심증을 후타바는 예전이나 지금이나 절대로 나무라지 않았다.

"마침 말 잘해줬어. 실은 나도 마음에 걸렸거든. 저 환자분이 아직 어린 것 같으니까 세심하게 주의를 기울여주고 싶어."

후타바의 격려해주는 듯한 말에 수많은 튜브를 몸에 꽂은 채 중환자실로 이동하던 여성 환자의 모습을 떠올리며 세이코는 눈을 감는다.

"네. 아직 더 살아줬으면 좋겠어요."

후타바가 갑자기 팔을 잡더니 손바닥에 뭔가를 톡 떨어뜨린다. 세이코는 당황해 눈을 떴다.

손바닥에는 은색 종이에 싸인 작은 과자가 올려져 있고 그걸 후타바가 웃으며 들여다보고 있었다.

"자, 피곤한 몸에 내가 얻은 초콜릿을. 접수처 여직원한테 받았어."

"아, 오늘 밸런타인데이였지요."

"이제 어제가 됐는데."

"올해도 좋은 인연이 없어서 완전히 까먹고 있었어요."

머리를 긁적이는 세이코에게 손쉬운 위로의 말을 건넬 후타바가 아니다. 창밖으로 눈을 돌리더니 무심히 화제를 바꿨다.

"엄청 춥겠는데, 오늘도."

복도 창문에서 올려다본 하늘은 아직 칠흑같이 어두웠

고 별이 깜박이고 있었다.

당직실로 돌아가기 전에 혈액내과 환자들의 병실이 있는 층을 지나가기로 마음먹는다. 길을 돌아가게 되지만 이제 막 입원한 환자나 병세가 깊은 환자에게는 병원의 밤이 터무니없이 길다는 걸 세이코는 잘 알고 있었다. 어둠을 응시하는 그들의 눈동자에는 타인은 메워줄 수 없는 고독감이 떠올라 있다. 세이코 역시 타인의 한 사람이긴 하지만 의사였다. 고독을 메워줄 수는 없어도 몸 상태에 대해 이런저런 상담은 해줄 수 있다.

세이코는 순서대로 병실 문 앞에서 한참 그냥 서 있다 환자가 자고 있으면—혹은 잠들었다고 생각해주길 바라면—그대로 지나갔고, 몸 상태가 안 좋다고 호소하면 검진을 했고, 뭔가 말을 건네면 말동무가 돼주었다. 수면시간은 줄지만 세이코가 근무하는 시오다이타 병원에서는 당직 다음 날은 호출이 없는 완전한 휴일이라 버틸 만했다.

가장 안쪽에 있는 병실 앞에 멈춰 서려다 "아, 여긴 안 와도 됐었지" 하며 혼잣말을 했다. 옆에 붙은 환자 이름표에는 〈니무라 마이코〉라고 적혀 있다. 사인펜으로 적힌, 자신과 딱 한 글자만 다른 그 이름을 볼 때마다 세이코의 가슴은 술렁였다.

되돌아가려는데 병실 안에서 여자의 한숨 소리가 새어 나왔다. 세이코는 순간적으로 손목시계를 보았다. 이제 아침 5시가 다 되어간다. 병원이라는 장소의 특성상 이미 저세상에 있을 사람이 어쩌고저쩌고하는 소문도 못 들어본 건 아니지만, 이른 아침에 **그런 사람**이 나오는 경우는 처음이다.

세이코는 한 치의 망설임도 없이 문손잡이를 잡고는 기세 좋게 열었다.

"누구 있어요?"

침대 위에 가지런히 세운 무릎을 양팔로 감싼 채 앉아 있는 검은 형체가 움찔 등을 떨었다. 세이코는 방 안으로 한 발 내디디고 나서 그 형체가 환영도 뭐도 아니라는 걸 확인한다.

"⋯⋯마이코 님? 왜 여기에?"

"아, 들켰어요?"

니트 원피스 위에 다운코트를 입은 채 "우헤헤" 하고 공기가 빠진 것처럼 흐물흐물 웃는 사람은 현재 이 병실의 주인인 니무라 마이코 본인이었다.

"오늘 밤은 집에서 보낼 예정 아니었어요? 외박 허가 내드렸지요?"

"맞아요. 일껏 선생님께 허락을 받았는데⋯⋯ 전철을 타고 돌아가는 도중에 집 열쇠를 어디 떨어뜨린 것 같아요."

엷은 갈색 가발을 살랑살랑 흔들더니 마이코는 뼈만 남은 가는 발을 감싼 채 등을 잔뜩 구부렸다. 마치 주인에게 혼이 난 멍멍이 같다.

'전철을 타고 돌아'갔다고? 혼자서? 이상한 예감이 들어 세이코는 물었다.

"남편분은요?"

"아…… 갑자기 해외 출장이 잡혀버렸어요."

"뭐예요, 그게?"

저도 모르게 속으로 한 생각이 툭 새어 나왔고 얼굴도 찌푸리고 말았다.

마이코가 낙관할 수 없는 병으로 시오다이타 병원에 입원한 건 병실 창으로 벚꽃을 즐기던 계절이었다. 곧바로 화학요법이 시작됐고, 괴로운 부작용도 있었을 터인데 마이코는 놀랄 만큼 강한 인내심으로 그걸 이겨내면서 약한 소리 한 번 푸념 한 번 하는 법이 없어 세이코나 간호사들을 감탄하게 했다.

입원할 때 작성하는 사전 설문지를 보고 마이코의 부모님은 이미 사망했고 형제자매는 없으며 가족은 남편 한 명뿐이라는 걸 알고 있었다. 그 남편은 평일 휴일 가리지 않고 무척 바쁜 사람이라 좀처럼 병문안은 못 온다는 얘기도 들었다. 실제로 마이코의 병실을 정기적으로 방문해 이것저 것 돌봐주거나 필요한 물건을 사다 주는 나이 많은 여성은 남편이 고용한 사람이라고 했다. 그래서 더 입원 환자들이 갈망하는 '집에서 가족과 보내는 시간'을 마이코에게 주고 싶어, 화학요법 사이에 비는 짧은 시간을 활용해 마이코의 몸 상태도 신중하게 검토하고 남편에게도 언제 시간이 비 는지 확인하는 등 만전을 기해 내준 외박 허가였다.

"그럼 집에 돌아가도 혼자잖아요? 그런 외박은 들어본 적이 없어요. 무슨 일이 생기기라도 하면 어쩔 작정이었어 요?"

"죄송해요."

잔뜩 굽은 등을 점점 더 움츠리며 마이코는 사과했다. 세이코는 마이코의 남편에게 짜증이 나는 걸 어떻게든 참 으려고 팔짱을 꼈다.

"마이코 님만 사과할 일이 아닌 것 같은데요. 출장을 가 면 간다고 남편분이 말씀해주시면 우리도 일정을 다시 짰 을 텐데."

"죄송해요. 나더러 선생님께 전해달라고 남편이 부탁했 어요. 하지만 선생님은 치료 일정도 그렇고 이것저것 고려 해주셨는데 이제 와서 말하려니까 입이 안 떨어져서―."

우헤헤, 또다시 웃는다. 분명 처음 병명을 전해 들었을 때도 마이코는 이렇게 웃고 있었다. 울기도 하고 화를 내기도 하며 좀 더 흐트러진 모습을 보여도 되는 상황에서 그녀는 항상 웃는다. 원래 그런 성격이라고 말해버리면 그걸로 그만이겠지만 세이코는 그녀가 안타깝고 답답했다.

"마이코 님, 당신은 지금 '환자'예요. 좀 더 자신의 몸을 소중히 여겨주세요."

"네, 선생님. 죄송해요."

마이코는 가지런히 세운 무릎을 내려 바로 앉더니 말 잘 듣는 아이처럼 온순하게 머리를 숙인다. 나이는 세이코보다 일곱 살 아래인 서른일 텐데 말하고 행동하는 걸 보면 더 어리게 느껴졌다.

세이코는 그런 마이코에게 병원복으로 갈아입고 빨리 쉬라고 통고한다.

"간호사한테는 내가 사정을 전해둘 테니까 둘러보러 올 때마다 살금살금 숨지 않아도 돼요."

"감사합니다. 살았어요."

마이코는 침대 아래에서 보스턴백을 들어 올리더니 늘 병원복 대신 입고 있던 헐렁한 트레이닝복을 꺼냈다.

세이코가 병실을 나가려고 하는데 "선생님" 하고 조심스럽게 말을 거는 소리가 들렸다. 돌아보니 마이코가 다운코트만 벗은 채 창밖을 손가락으로 가리키고 있었다.

"실은 조금 전에, 선생님이 오시기 30분 전쯤에 여기서 오렌지색 빛을 봤어요."

간직해둔 비밀을 털어놓는 것처럼 목소리를 낮춘다.

"UFO일까요?"

"……그 빛, 비행기보다 빨리 이동하던가요?"

"네. 뷰웅 하고 곧장 날아갔어요."

"얼마 동안 보였어요?"

"5초쯤 되려나. 10초까지는 아니었지 싶은데."

"그럼 유성일지도 모르겠네요."

"유성?"

"쉽게 말하면 밝게 빛나는 별똥별 말이에요."

"별똥별…… 역시 UFO가 아니었구나."

마이코는 노골적으로 실망한 듯한 표정을 지었다. 세이코는 당황해 허둥지둥 위로한다.

"유성도 보고 싶다고 아무 때나 볼 수 있는 게 아니에요. 일본 전 지역에서도 한 달에 몇 차례 목격되면 많이 보인 편이라고 하니까요. UFO를 본 것만큼이나 신기한 걸 봤다고 할 수 있지 않겠어요?"

"별똥별과 UFO면 내가 가진 로망의 정도가 너무 차이가 나요."

세이코는 말문이 막혀 마이코를 뚫어지게 본다. 마이코

는 마이코대로 '그런 것도 몰라'라는 말을 하고 싶은 듯이 세이코를 보고 있었다.

"마이코 님은 본 적 있어요? 그…… UFO를?"

세이코의 질문에 마이코는 고개를 가로저었다.

"아니요. 하지만 그 존재는 믿어요. 내 생에 한 번쯤은 보고 싶네요."

꿈을 꾸듯 말한 뒤에 마이코는 어색한 듯 어깨를 으쓱했다.

"선생님은 UFO를 부정하는 쪽이세요?"

"부정까지는 아니지만 딱히 새삼스럽게 보고 싶다고 생각한 적도 없어요. 뭐라고 할까, 그냥 내 일상과는 특별히 접점이 없어요, UFO하고는."

"그렇구나. 그럼 요정은? 요정도 보고 싶다고 생각한 적이 없어요?"

느닷없이 화제가 엉뚱한 방향으로 튀는 바람에 대화를 따라가지 못하고 세이코는 우물거린다. 마이코는 신경도 안 쓰고 다시 물었다.

"그럼, 전철을 타는 펭귄은?"

"뭐예요, 그게? 그림책에 나오는 세계 같아요. 으음, 보면 마음이 온화해질지도."

"그럼, 유령은?"

"만나보고 싶어요."

지체 없이 대답하는 세이코를 보고 마이코는 눈을 동그랗게 뜬다.

"아니, 무섭지 않으세요?"

세이코는 엷게 웃으며 고개를 저었다.

"하나도 안 무서워요. 지금까지 한 번도 만난 적이 없었고 앞으로도 만날 것 같지 않으니까요."

마이코는 세이코가 둘의 대화를 귀찮아한다고 느낀 듯했다. 머뭇머뭇 고개를 숙이며 "죄송해요" 하고 사과했다.

"옷 갈아입고 잘게요."

세이코는 의사와 환자의 거리를 반쯤 잊고 있었다는 사실을 깨닫는다. 그래서 굳이 오해를 풀지 않은 채 "그럼 주무세요" 하며 발길을 돌렸다.

당직실에서 짧은 선잠을 잔 뒤 일어나 의국에 얼굴을 내민 세이코에게 수간호사가 다가온다.

"니무라 마이코 님 말인데요, 선생님 지시대로 오늘 아침부터 식사를 드리고 있어요. 상태는 안정적. 체온, 채혈 모두 수치에는 이상이 없습니다."

"다행이네요. 보고 감사합니다."

"아니에요. 니무라 마이코 님의 외박은 취소하는 걸로

하면 되는 거죠?"

세이코가 고개를 끄덕이자 50대의 베테랑 수간호사는 엄마처럼 한숨을 쉬며 안타까운 표정을 지었다. 집에 돌아가지 못하게 된 마이코와 그녀의 외박 허가를 힘들게 얻어 줬는데도 보람이 없어진 세이코, 둘 모두에 대한 안쓰러운 마음이 얼굴에 배어 있다.

세이코가 문득 생각이 나 의국의 컴퓨터를 조작하고 있는데 수간호사가 고개를 길게 내밀며 들여다보았다.

"뭐, 찾으시는 거예요?"

"네. 마이코 님은 전철을 타고 있을 때 집 열쇠를 떨어뜨렸다고 했으니까 분실물센터 같은 데 문의해볼까 하고."

수간호사의 대답은 들리지 않고 시선만이 뒤통수에서 느껴진다. 세이코가 돌아보자 조금 전까지 보였던 안쓰러운 표정을 싹 지운 얼굴로 수간호사가 "제가 주제넘은 소리를 하는 것 같습니다만" 하고 말을 꺼냈다.

"니무라 선생님이 환자에게 열심인 건 잘 알고 있습니다. 의국 스태프들도 환자들도 모두 선생님을 의지하고 있어요. 그래서 더 특정 환자만 과도하게 챙긴다고 받아들여질 수 있는 행동은 되도록 삼가는 편이 좋을 것 같아요."

"……나, 그렇게나 마이코 님을 편애했나요?"

"니무라 선생님과 성이 같은 환자분 있잖아요, 두 사람

은 자매예요?' 하고 다른 환자들한테서 몇 번을 질문받았
는지."

수간호사는 씁쓰름하게 불만을 쏟아낸다. 그럴 때마다
대답이 궁했으리라. 세이코는 컴퓨터 화면으로 눈을 돌리
면서 웃는다.

"아니 무슨, 자매로는 안 보일 텐데요."

"니무라 선생님, '자매라면 차라리 그런가 보다 하겠지
만 남이면 왜 저 사람한테만' 하고 말하는 환자들의 속마
음을 이해해줄 수는 없나요? 병세가 나빠지면 마음도 같이
불안정해지기 쉬운 단계의 환자도 많은 곳이에요. 이후 조
심해주세요."

마지막에는 단단히 혼나고 말았다. 세이코는 "죄송합니
다" 하며 머리를 숙이고는 컴퓨터 앞에서 떨어진다. 주머
니에 계속 넣어뒀던 초콜릿 하나를 수간호사의 손바닥에
톡 떨어뜨렸다.

"'얻은 초콜릿이라며 나눠 준 걸' 다시 나눠 드리는 겁니
다. 어서 드세요."

"어머, 감사합니다. 어제 밸런타인데이였지요, 그러고
보니."

수간호사는 고맙다는 인사를 하면서 이미 은색 종이를
벗겨 초콜릿을 입에 넣고 있다. 다음 휴식 시간이 언제가

될지 알 수 없는 직장에서 오래 일해온 사람답게 뭐든 조급하게 행동하는 모습을 보며 세이코는 친근함과 안쓰러움을 느꼈다.

*

오전 9시, 속속 밀려드는 외래 환자들의 물결을 거스르며 병원을 나온다. 보통 사람들이 하루를 시작하려는 시간에 당직 의사의 긴 하루는 끝나는 것이다.

병원 인근 역인 시오다이타에 도착하고 나서 세이코는 스마트폰을 꺼냈다. 수간호사의 눈은 이제 주변에 없다는 걸 알면서도 무심코 그만 뒤를 확인하고 만다. 직장과 학교 그리고 병원으로 가는 사람들로 북적대는 아침 시간이 지났는지 역은 한산했다. 물론 누구도 세이코에게 주목하지 않았다.

세이코는 후유, 하얀 입김을 토해내며 야마토기타 여객철도의 고객센터에 전화를 걸었다. 의국 컴퓨터로 찾아뒀던 번호는 곧바로 상담사에게 연결됐다. 세이코는 퇴근하는 길에 마이코의 병실에 들러 물어뒀던 분실물의 대략적인 정보를 전했다. 상담사는 능숙한 손놀림으로 기계음을 울리며 단말기를 조작하더니 척척 말을 전했다.

"고객님의 분실물을 담당하는 관할은 나미하마선 유실물 보관소입니다. 전화번호는—."

세이코는 황급히 귀에서 스마트폰을 내려 전화번호를 메모하고는 다시 한번 귀에 댄다.

"그 유실물 보관소는 어느 역에 있나요?"

"유다라이선 종점에 있는 우미하자마역입니다. 고객님이 이용하시는 역은 어디십니까?"

"시오다이타에서 가려고 하는데요."

"그럼 유다라이역에서 갈아타주세요. 오렌지색의 차량이 짧은 전철입니다. 운행 편수가 적으니까 시간표를 찾아보고 나서 가시는 게 좋을 것 같습니다. 헛걸음이 되지 않으시도록 먼저 전화로 문의하셔도 됩니다."

과하지도 부족하지도 않은 설명을 마치자 상담사는 "이용해주셔서 감사합니다" 하고 정중하게 인사를 했다.

상담사의 유능한 대응에 감탄하면서 세이코는 즉시 나미하마선 유실물 보관소의 대표번호로 전화를 걸어본다. 하지만 이쪽은 한참을 기다려도 아무도 응답을 하지 않았다. 헛걸음칠 걸 각오하고 직접 가보기로 한 건 스마트폰으로 우미하자마역을 찾아보고 나서, 이런 기회라도 없으면 내릴 일이 없는 특수한 역에 흥미가 생겼기 때문이다.

유다라이역에서 유다라이선으로 갈아탔다. 상담사가 주의를 준 대로 플랫폼에서 꽤 기다렸지만, 기본적으로 선로 인근의 공장 근무자밖에 타지 않는 전철이라는 지식을 숙지했던 터라 통근 시간대 이외에는 원래 이렇겠지 싶어 납득을 했다.

목도리에 턱을 묻고 사방팔방에서 매섭게 파고드는 2월의 냉기를 발을 동동 구르면서 참는다. 드디어 도착한 오렌지색 전철에 올라타자 그 뒤를 이어 여성 두 사람이 카메라를 들고 탔다. 둘 다 아직 대학생쯤 돼 보이는 나이로 휴일에는 번화가로 우르르 달려갈 것 같은 화사한 차림을 하고 있다.

두 사람은 따뜻한 차량 구석으로 이동하자 이내 창밖으로 카메라를 돌려 촬영 준비를 시작했다. 그중 한 명이 세이코가 쳐다보는 걸 알자 쑥스러워하며 가볍게 인사를 해오는 터라 말을 걸어본다.

"공장에서 일하시는 분이세요?"

"아니에요. 우리는 공장 마니아예요."

인사를 한 사람 말고 다른 여성이 장난기 어린 미소를 지어 보였다.

"공장 마니아?"

"바다에 떠오르는 공업지대의 제각기인 것 같으면서도

하나의 생명체처럼 보이는 무척이나 유기적인 실루엣, 뭉게뭉게 토해내는 연기, 커다란 유조선, 작은 트럭— 하나하나가 다 멋지잖아요. 푹 빠질 수밖에요."

"그래서 일부러 사진을 찍으러 온 거구나."

"네." 고개를 끄덕이며 두 사람은 커다란 렌즈를 끼운 카메라를 잡았다. 멋을 내려고 그런 건지 활동하기 편하려고 그런 건지, 이렇게 날씨가 추운데도 둘 다 꽤 옷이 얇다.

세이코는 방해가 될까 봐 그만 입을 다물고는 긴 의자에 몸을 고쳐 앉는다. 세상에는 자기 몸 상태에 연연하지 않고 다소 몸이 안 좋더라도 정신력으로 이겨내며 자신이 원할 때 자신이 좋아하는 곳에서 자신이 좋아하는 일을 할 수 있는 사람이 있는 것이다.

어딘가 모르게 정겨운 멜로디가 들려왔다. 어릴 적 텔레비전 혹은 라디오, 어쩌면 엄마의 콧노래로 들었던 멜로디. 노래 제목이 뭐였더라? 거기까지 생각하다 세이코는 화들짝 놀라 몸을 일으켰다. 멜로디 소리가 나는 방향을 봤더니 창밖의 역명 간판에 〈우미하자마〉라고 적힌 글자가 눈에 들어왔다. 전철 문은 닫히려 하고 있었다. 인터넷에서 본 정보로는 분명 우미하자마는 무인역으로 지선만 왕복 운행하는 전철은 그대로 되돌아간다고 했다.

세이코는 "안 돼" 하고 외치며 문을 억지로 밀어젖히면서 뛰어나갔다. 한시도 긴장을 늦출 수 없는 직장에서 매일 지내서인지 병원에서 한 발짝만 밖으로 나와도 밑도 끝도 없이 생각에 빠지기 일쑤다. 멍하니 있다가 내리는 역을 지나친 날도 많다. 운행 편수가 적은 노선을 이용하는 오늘, 실수가 미수로 그쳐 정말 다행이라고 생각하며 세이코는 한숨을 돌렸다.

차가운 바람을 얼굴에 그대로 맞으며 플랫폼에서 바다를 내려다본다. 공업지대를 등지고 있는 사이버틱한 바다였다. 해수욕을 떠올리지 않게 하는 부분이 마음에 들었다. 그다음에 플랫폼을 빙 둘러본다. 전철에서 내린 사람은 아무래도 세이코 한 명뿐인 듯했다. 그 공장 마니아 두 사람은 언제 어디서 내린 걸까? 전혀 알아차리지 못했다. 세이코는 오랜만에 스마트폰 카메라를 켜서 적당한 구도로 바다와 공업지대와 플랫폼의 정경을 사진에 담았다. 이 역 플랫폼에서 찍는 사진도 틀림없이 두 사람의 마음을 울릴 것 같다는 생각이 들었다.

찬 바람에 귀가 너무 시려오는 통에 따뜻한 곳을 찾아 계단을 내려간다. 개표구와 그 앞에 있는 산막 휴게소 같은 대합실이 보였지만 유실물 보관소가 어디에 있는지 알 수가 없었다. 안내 팻말도 나와 있지 않았다. 인터넷에도 정보는 전혀 없었다. 세이코는 몹시 난감해져 개표구를 빠져나가기 전에 다시 한번 전화를 해본다. 그러자 이번에는 곧바로 연결되었다.

"네. 야마토기타 여객철도 나미하마선 유실물 보관소입니다."

"아, 죄송합니다. 지금 우미하자마역 개표구 앞에 있는데요."

"네."

"거긴 역 어느 부근에 있나요? 못 찾아서 그러는데."

"네. 아아, 잃어버린 물건이 있으시군요."

참으로 느긋하게 세월아 네월아 대답하는 역무원이다. 세이코가 안달이 나 펌프스 굽을 바닥에 내리치려는데 갑자기 옆에 있던 벽이 움직였다.

뒤로 홱 물러나는 세이코 앞에서 빨간 머리가 흔들린다.

"아, 죄송해요. 놀라셨나요?"

"—아니요. 여기가 유실물 보관소?"

"네." 고개를 끄덕이며 빨간 머리 역무원은 세이코를 뚫어지게 보았다. 세이코는 168센티미터로 여자치고는 큰 편이라 170센티미터 안팎의 남자와는 마주 보고 있어도 올려다보지 않아도 된다. 그 대신 정면으로 시선이 부딪친다. 역무원은 딱 그 정도 되는 신장이었다.

젊은 남자가 뚫어지게 쳐다보는 데에 익숙하지 않은 세이코는 저도 모르게 눈빛이 이리저리 흔들렸다. 그러자 역무원이 헤실헤실 부드러운 미소를 지었다.

"오랜만이에요. 니무라 선생님, 이시죠?"

"어어."

"저, 소헤이예요. 모리야스 소헤이. 예전에 시오다이타 병원에서 닥터 생불과 니무라 선생님께 치료를 받았어요."

세이코는 등을 꼿꼿이 폈다. 머릿속에 있는 환자 파일이 훌훌 넘어가면서, 곧바로 얼굴과 이름을 비롯한 여러 데이터가 떠올랐다. 아직 수련의였을 때 지도교수 후타바와 함께 진료한(진료하는 걸 본) 환자였다. 그러고 보니 후타바에게 '닥터 생불'이라는 별명을 붙인 것도 분명 그였다.

"아니, 뭐야. 소헤이 군? 진짜? 아직 빨간 머리 그대로네. 가발, 아니지?"

어투가 겨우 학생티를 벗고 이제 뭐 좀 알기 시작한 시절로 돌아가버렸다. 소헤이는 미소를 지은 채 자기 머리를 당겨 보였다.

"제 머리예요. 그때 썼던 빨간 가발이 마음에 쏙 들어서, 원래 머리로 돌아왔는데도 바지런히 염색하고 있어요."

"그렇구나. 역무원이 된 거야?"

"네. 여기에 취직됐어요."

자신의 나이를 참고해 계산해보면 소년이었던 소헤이도 이제 20대 후반은 됐을 터인데도 앳된 말투는 그때와 하나도 변한 게 없어, 세이코는 의사로서의 가면을 쉽게 벗어버리고 만다. 니무라 세이코라는 인간의 진짜 모습이 억누르고 있던 반가운 마음과 함께 철철 넘치도록 드러났다.

"그렇구나! 그 이식이 성공했구나. 잘됐다! 건강해지면 일을 해보고 싶다, 내 손으로 돈을 벌어보고 싶다고 자주 말했었잖아. 설마 철도회사 직원이 될 줄은 생각지도 못했지만."

"그래요?"

"응. 뭔가 말이야, 소헤이 군은 청춘을 침대에서 보내버린 반동으로 세계 여행 같은 걸 할 타입일지도 모른다고 생각했거든."

"여행은 했어요. 근데 마쳤어요. 그리고 지금은 여기서 일해요."

생글생글 웃으면서 선선히 거리낌 없이 말하는 소헤이의 얼굴을 다시 한번 쳐다보고는 회색 재킷에서 모스그린색 바지로 쭉 시선을 내린다. 철도회사 제복이리라. 재킷 가슴팍에는 〈모리야스 소헤이〉라고 적힌 이름표가 달려 있었다.

"그렇구나. 역무원 제복, 잘 어울려. 시간 진짜 빠르다."

"―그런데 니무라 선생님, 잃어버린 건 뭐예요?"

그리 조용히 물어와 겨우 세이코는 '현재'라는 시간과 상황을 떠올린다. 의사의 가면을 다시 쓰고 가볍게 헛기침을 했다.

"실은 입원 환자분이 외박하러 가기 위해 탄 전철에서 집 열쇠를 떨어뜨린 것 같아. 환자분이 지금 병원 밖에 나올 수가 없어서 대신 내가 왔어. 괜찮을까?"

"분실물을 인도하려면 대리 수령 동의서가 필요하지만, 그 열쇠가 도착해 있는지 어떤지 확인하는 것 자체는 누구든 바로 할 수 있어요. 들어오세요."

소헤이는 몸을 돌려 영락없이 벽이라고 생각했던 미닫이문의 안쪽을 가리킨다.

그곳은 아주 평범한 사무실의 모습을 하고 있었다. 천장에 매달린 녹색 표찰에는 〈분실물센터〉라고 적혀 있다. '유실물 보관소'보다 친밀감이 드는 이름이고 그 명칭이 소헤이의 분위기와도 어울린다고 세이코는 마음 한편으로 생각했다.

"열쇠의 특징은?"

"딤플키라는 종류고 은색. 그리고 나비넥타이를 맨 펭귄 키홀더가 달려 있대."

세이코가 마이코에게서 들은 열쇠의 특징을 그대로 전

하자 접수대 너머에서 컴퓨터를 보고 있던 소헤이가 얼굴을 든다.

"펭귄?"

"응. 키홀더. 그 환자분, 펭귄을 엄청 좋아하는 모양이야. 펭귄 동영상이라면 영원히 계속 보고 있을 수 있다고 호언장담하더라고."

"헤. 그래요."

소헤이의 목소리가 조금 들뜬 느낌이 들었지만 이건 기분 탓일까. 세이코가 지켜보는 가운데 소헤이는 컴퓨터를 조작했다. 손놀림이 조용해 키보드를 두드리는 소리가 거의 나지 않았다.

"─아쉽게도 아직 어느 역에도 도착하지 않았네요."

"그렇구나."

어깨가 축 처진 세이코에게 소헤이는 마이코가 탔던 노선을 가르쳐달라고 했다.

"제 쪽에서 중점적으로 문의해서 뭔가 알게 되면 바로 연락할게요. 그리고 저도 개인적으로 찾아볼게요."

"고마워. 바쁜데 미안해."

"아니에요, 전혀. 이게 제 일이기도 하고 니무라 선생님한테 입은 은혜를 갚을 좋은 기회잖아요."

익살을 떨듯 말하는 소헤이에게 세이코는 고개를 내젓

는다.

"그런 소리 하지 마. 내가 소혜이 군을 살린 게 아니야."

겸손하게 말하는 것처럼 들렸을지 모르지만 진심이었다. 눈앞에 있는 이 청년이 아직 소년이었을 때 세이코의 의사로서의 전력戰力은 없는 것과 마찬가지였다. 그저 후타바 옆에 딱 붙어서 허둥대기만 했다. 치료는 힘들고 자유는 없고 내일이 보이지 않는, 우울할 수밖에 없는 소년의 말동무조차 제대로 해낸 기억이 없다.

─왜냐면 나, 사실은 사람을 살릴 수 있는 인간이 아니니까.

세이코는 인사도 하는 둥 마는 둥 하며 유실물 보관소를 뒤로했다.

*

펭귄이 걸어오고 있다.

플랫폼 위를 제집 안마당인 양 자박자박 걸어오고 있다.

환각을 보나 싶어서 여러 번 눈을 깜빡거려봤지만, 펭귄은 여전히 그곳에 있었다.

세이코는 이제 막 내린 유다라이역 플랫폼을 조용히 빙

둘러봤다. 펭귄을 잡으려고 쫓아오는 사람은 보이지 않았다. 서커스용이나 애완용으로 키우는 펭귄이 도망친 건 아닌 것 같다.

플랫폼에서 전철을 기다리는 승객들은 지극히 자연스러운 모습으로 서 있었다. 펭귄을 흘끗 쳐다보는 사람은 있어도 다가가거나 당황해 소리를 지르지도 않고 그저 '아, 펭귄이네, 네네' 하며 알겠다는 듯이 다시 스마트폰이나 책으로 눈길을 돌렸다.

그런 분위기 속에 혼자만 튀지 않으려고 세이코도 태연한 표정을 계속 지으면서 비릿한 냄새를 풍기며 다가오는 펭귄을 내심 설레며 뚫어지게 본다.

펭귄과 눈이 마주쳤다. 검은 눈동자를 동그랗게 뜬 채 멍하니 이쪽을 쳐다보며 움직이지 않는다. 자그마한 검은 머리에는 하얀 무늬가 들어가 있어 마치 아치형 머리띠를 하고 있는 것 같다. 펭귄은 세이코의 눈을 무심히 응시한 채 상체를 좌우로 흔들며 뒤뚱뒤뚱 걸어왔다. "힘내, 힘내" 하고 말을 건네주고 싶어질 정도로 불안한 걸음걸이였지만 걷는 속도는 의외로 빨랐다. 근처까지 오자 주변에서는 한층 더 비릿한 냄새가 났고 두툼한 발이 콘크리트 바닥을 내리치는 자박자박하는 소리도 시끄러울 정도로 크게 울렸다.

문득 마이코의 얼굴이 떠올랐다. 지금 눈앞에 펼쳐지는 비일상적인 광경을 꼭 그녀에게 보여주고 싶었다.

—있더라고요, 마이코 님. '전철을 타는 펭귄'은 진짜로 있더라고요. 내가 만났어요.

바로 근처까지 온 펭귄이 고개를 갸우뚱하며 세이코를 올려다본다. 그러고는 갑자기 날개를 사뿐히 들어 올려 "까까, 까아까아까아, 크아아아아" 하고 울어 보였다. 진지하면서도 어딘지 모르게 의기양양하다. 세이코는 펭귄의 머리를 쓰다듬어주고 싶은 충동을 필사적으로 억눌렀다. 대신 스마트폰을 꺼내 플래시 기능을 끈 채 재빨리 사진을 찍었다. 마이코에게 보여줄 생각이었는데 그만 손이 미끄러져 연락처를 누르고 말았다.

무슨 일이 있을 때를 대비해 연락처에는 현재 담당하는 환자들의 주소와 전화번호가 들어 있었다. 세이코는 문득 마음을 먹고는 마이코의 주소를 찾아 인근 역을 특정해냈다. 여기서 가면 그리 멀지 않았다.

술렁이는 마음을 진정시키며 똑바로 응시하고 있는 펭귄의 눈동자를 자신도 같이 뚫어지게 본다. 그 검디검은 눈동자 안에 세이코는 자신의 마음이 비치고 있는 것처럼 느껴졌다.

곁에는 마이코의 집 열쇠를 찾지 못해 아쉬워하는 마음.

한층 더 안쪽을 들여다보면 이전부터 마이코를 보며 줄곧 느꼈으면서도 애써 못 본 척해왔던 불안감이 있었다.

—마이코 씨, 당신은 정말로 '살고 싶은' 거예요?

마이코의 말과 행동은 항상 들떠 있어 꿈꾸는 소녀 같았다. 보기에 따라서는 절로 미소 짓게 되는 그녀의 개성이지만, 큰 병을 앓고 있는 현재의 상태를 생각하면 어딘가 현실을 체념하고 인생을 포기한 것처럼도 보여서 걱정이 됐다.

그리고 걱정 뒤에 항상 생기는 의문이 있었다.

—왜 그녀는 **오로지 혼자** 중병과 싸워야 해?

개인적인 일이라 의사 입장인 세이코가 눈치껏 알아서 이해하고 넘어온 의문이지만, 사실은 남편이라는 가족의 존재가 너무도 희미한 부분에 대해 항상 애가 탔다. 가장 가까운 존재일 터인 마이코의 남편에게 좀 더 그녀를 도우며 삶에 대한 의욕을 북돋워주기를 간절히 바라고 있었다.

—니무라 마이코는 살아주길 바라. 니무라 마이코를 살리지 못하는 상황엔 두 번 다시 빠지고 싶지 않아.

공포와도 같은 진심이 펭귄의 눈동자를 통해 들여다보여 세이코는 움직이기 시작했다.

'특정 환자만 과도하게 챙긴다고 받아들여질 수 있는 행동은 되도록 삼가는 편이 좋을 것 같아요'라고 했던 수간호사의 목소리가 어렴풋이 머릿속에서 울렸지만, 오늘은 쉬는 날이다. 개인적인 휴일을 어떻게 쓸지는 내 자유다.

세이코는 집으로 돌아가는 노선이 아닌 다른 플랫폼으로 이동했다. 건너편 플랫폼을 아장아장 걸어가는 펭귄을 계속 시선 한구석으로 좇으면서 전철을 타려고 줄을 선 사람들 틈에 끼였다.

길찾기 어플에 따르면 역에서 마이코 자택까지는 큰길을 따라 쭉 가기만 하면 되는 듯했다. 지도를 잘 못 보는 세이코는 발품을 크게 덜었다.

가로수가 심어진 커다란 길 양옆에는 대규모 아파트 단지가 늘어서 있고, 그곳을 지나자 이번에는 지붕이나 문 색깔만 다른 분양형 단독주택이 이어졌다. 계속 걸어가길 15분, 마이코의 집은 그런 분양형 단독주택 단지의 끝자락에 있었다.

〈니무라〉라고 적힌 문패를 확인하고 나서 세이코는 부지 전체를 빙 둘러본다. 정원은 없고 아슬아슬하게 협소주택보다야 조금 크다 싶은 홀쭉한 건물은 집이라기보다는 거대한 케이크 상자처럼 보였다. 모르타르로 마감한 하얀 벽이 그런 인상을 줬는지도 모르겠다. 비스듬한 지붕 아래에 넓은 베란다가 딸려 있다. 2층 주택인 모양이다. 목재

문에는 채광 용도로 마름모꼴 유리창이 나 있었다. 건물 구조나 외관의 색감은 같은 구획에 있는 이웃집이나 안쪽에 자리한 집과 거의 같았다. 니무라가[栗]를 두드러지게 하는 특색이 있다면 '사람 사는 냄새가 안 나는' 부분일까.

현관 옆에 빼곡하게 늘어선 화분이며 베란다에 널려 있는 이불, 차고에 밀어 넣은 유모차나 어린이용 자전거 같은, 그 집에 사는 사람들의 특색이 녹아나는 물건이 마이코의 집에는 일절 없었다. 그렇다고 모델하우스처럼 완성도가 있는 것도 아니었다. 분명 누군가가 살고는 있지만 사는 사람의 얼굴이 보이지 않는 무미건조한 집이었다.

정면에 보이는 차고에는 차가 주차돼 있지 않았고 차고에 면한 큰 창에는 블라인드가 쳐져 있다. 주위는 쥐 죽은 듯이 조용했고 안에 사람이 있는 기척은 느껴지지 않았다.

세이코는 그래도 포기하지 않고 차고 옆에 있는 초인종을 눌렀다. 3분 정도 기다렸지만 역시 응답하는 사람은 없었다.

"해외 출장 갔구나."

한숨을 쉬며 중얼거리고 나서 세이코는 겨우 마이코의 집에서 떨어진다. 그대로 걸어 나와 100미터도 채 안 간 참에 문득 뒤에서 브레이크 소리가 들렸다.

허둥지둥 돌아보자 짙은 녹색 세단이 마이코 집 차고로

후진 주차를 하는 중이었다. 주차는 한 번에 성공했고 문이 열리는 소리가 났다.

세이코는 생각할 틈도 없이 그대로 내달려 마이코의 집으로 되돌아갔다.

"니무라 씨."

큰 소리로 이름을 부르는 소리에 집 안으로 들어가려던 남성이 등을 움찔 떨었다. 의아해하며 돌아본 얼굴은 세이코가 상상했던 것보다 훨씬 단정하고 활기차 보였다.

"실례합니다만 니무라 마사히코 씨 되시나요?"

입원할 때 작성하는 사전 설문지에 적혀 있던 마이코의 남편 이름을 떠올리며 묻는다. 남성의 단정한 얼굴이 흐트러지지 않을 정도로 살짝 일그러졌다.

"네. 그렇습니다만…… 누구시죠?"

"전 니무라 세이코라고 합니다. 시오다이타 병원에서 부인을 담당하고 있는 의사예요."

세이코는 곱은 손으로 가방 안을 더듬어서 계속 넣어뒀던 명함 지갑을 간신히 찾아낸다. 병원 이름과 진료 과목만 적힌 심플한 명함을 내밀면서 "성이 같은 건 우연이에요"하고 덧붙였다.

마사히코는 세이코의 성에는 별다른 반응을 보이지 않은 채 살짝 머리를 숙였다. 다시 든 얼굴에는 세이코가 누구인지 몰랐을 때보다 오히려 더 짙은 불신감이 배어 있었다.

"의사 선생님은 환자 집에까지 찾아옵니까?"

"죄송해요. 실은 어제 마이코 님한테 외박 허가가 나왔어요. 알고 계셨나요?"

"외박 허가? ……아아, 뭔가 일시적으로 집에 가는 것 같은? 네네, 알고 있어요."

"마이코 님은 집에 돌아가는 도중에 집 열쇠를 분실해버려서 병원으로 되돌아오셨어요. '남편이 해외 출장 중이라 집에 아무도 없어서 열쇠가 없으면 들어갈 수 없다'고 하시면서."

천천히 계속 설명하며 세이코는 마사히코의 표정이 변하는 걸 관찰한다. 씰룩씰룩 한쪽 눈썹이 올라갔고 윗입술이 몇 차례 떨린 후에 조금 전보다 다소 높아진 목소리를 쥐어짜냈다.

"해외 출장은 저번 주였어요. 마이코가 멋대로 착각한 거겠지요. 외박하고 싶으면 집에 오라고 그녀에게 전해주세요."

"죄송합니다. 치료 일정에 차질이 생기게 할 순 없어서 이번 외박 허가는 취소됐어요."

"그럼—."

당신은 뭐 하러 왔어? 마사히코가 목구멍으로 꾹 삼킨 질문이 세이코에게는 선명하게 들렸다.

"이번 마이코 님의 외박 날짜는 바쁘신 남편분의 일정과 신중하게 조정한 끝에 결정했어요. 부부가 같이 의논하신 거지요?"

"……물론입니다."

"그래서 이상하다고 생각했어요. 해외 출장 갔다는 건 마이코 님의 착각이지 않을까 싶어서―. 만약 그게 사실이라면 남편분은 마이코 님이 돌아오지 않는 걸 걱정하고 있을 테니까, 사정을 설명한 편지라도 놔두고 갈까 싶어서 집으로 찾아왔어요."

"전화를 주셔도 됐는데."

"남편분과 전화를 한 선례가 지금까지 한 번도 없었으니까요."

세이코의 말을 야유로 받아들였는지 마사히코는 단정한 얼굴에서 감정을 싹 지우더니 "일부러 여기까지 찾아오시게 해서 죄송합니다" 하고 덤덤한 목소리로 사과하며 대화를 끊으려는 듯 머리를 숙였다.

"마이코가 집에 안 온 사정은 알겠습니다. 오늘은 오후에 출근해야 해서 이만 실례하겠습니다."

그대로 사라지려고 하는 마사히코에게 세이코는 말을

걸었다.

"저기, 도너 등록을 하실 생각은 없으세요?"

"도너?"

"부인의 병은 좋은 예후를 기대하기 상당히 어렵지만 골수 이식을 함으로써 증상이나 병변이 감소하거나 소멸하는 상태인 관해寬解— 즉 좋아질 확률이 현격히 높아집니다. 이 골수 제공자를 도너라고 부릅니다만 좀처럼 부인과 같은 백혈구 형태를 가진 도너를 찾을 수가 없어서—."

"나라면 골수 형태가 같을 거라는 말씀인가요?"

마사히코는 표정을 바꾸지 않고 물어왔다. 사진이 말을 하는 것 같았다. 세이코는 꺾일 것 같은 마음을 필사적으로 붙들어 매며 고개를 가로저었다.

"아닙니다, 그건 확실히 약속드릴 수 없어요. 같은 부모한테서 태어난 형제자매가 있으면 25퍼센트로, 상당히 높은 확률로 적합할 가능성이 있습니다만."

"아내에겐 형제자매는커녕 부모님도 친척도 없는데요."

"네. 그러니까 유일한 **가족**인 남편분께 부탁드리는 겁니다. 물론 부부는 원래 남인 사이. 백혈구 형태는 일치하지 않을 확률이 높겠지요. 그래도 남편분이 자신을 위해 도너 등록을 했다는 사실은 마이코 님의 삶에 대한 의욕을 높이지 않을까요? 치료엔 환자 본인의 '살고 싶다'는 마음이 아주 중요합니다."

목재 현관문을 뒤로한 마사히코는 점잖게 자세를 바로 잡더니 세이코를 내려다본다. 선명하게 쌍꺼풀이 진 눈을 무겁게 내리뜨며 세이코의 마음을 꿰뚫어 보는 듯한 시선을 던지더니 입술을 실룩거렸다.

"내가 도너 등록을 하면 아내의 삶에 대한 의욕을 높일 수 있다는 건가요? 진심으로 그렇게 생각하세요?"

"그건―."

우물대는 세이코를 보더니 마사히코는 하얀 입김을 토해내며 희미하게 웃는다.

"그럼, 안녕히. 조심해서 돌아가세요."

마사히코의 모습이 사라지고 문이 소리를 내며 닫혀버렸다. 갑자기 중력이 세진 느낌이 들었다. 피로감이 어깨를 짓눌렀다.

*

간신히 집에 도착하고 나서 꽤 늦은 점심을 만들어 먹었다. 세이코에게 요리는 생활의 일부가 되지 못하는 대신 스트레스를 발산하는 즐길거리가 돼주었다.

"잘생긴 상판대기에 철판을 깐 새끼, 아내를 뭐라고 생각하는 거야?"

파스타를 삶으면서 욕이 튀어나온다. 누가 듣고 있는 것도 아닌데, 뭐 어때. 이것도 스트레스를 발산하는 방법 중 하나다.

"제기랄."

직장에서는 물론이거니와 밖에서도 내뱉지 못하는 거친 말을 한 덕분에 약간이나마 기분이 후련해졌다.

혼자 먹기에는 조금 많은 아보카도와 베이컨 파스타를 어떻게든 다 먹어치우고 나서 분노의 힘으로 세탁까지 단숨에 끝마친 참에 후회가 밀려들었다.

오늘 자신의 행동은 니무라 마사히코의 발을 병원에서 더 멀어지게 했을지도 모른다. 그렇다면 마이코에게 사과해야만 한다. 병으로 충분히 시달리고 있는 마이코를 도울 작정이었는데 피해만 더 입히다니 담당 의사 실격이다.

세이코는 괴로운 나머지 으흐흐 신음 소리를 내며 소파에 드러누워 담요를 덮고는 눈을 감았다. 어중간한 시간이었지만 반성의 말을 늘어놓고 있자 곧바로 졸음이 밀려왔다. 이 뻔뻔한 성격이 자신을 살게 해줬다고 자조하면서 세이코는 잠의 세계로 푹 빠져들었다.

노을이 하늘을 물들여도 더위는 누그러지지 않았다. 수영복 위에 입은 티셔츠에 조금씩 땀이 배어 나오는 걸 느끼면서 세이코는 옆에 앉아 있는 여동생에게 말을 건넸다.

"마이코, 우리 조금만 더 헤엄치다 가자."

"으음. 그치만 엄마가 해님이 진 뒤엔 바다에 들어가면 안 된다고 했는데."

"아직 해 안 졌어, 자 봐."

세이코의 손가락 끝에 보이는 태양은 수평선보다 아직 꽤 위에 있었다. 해가 그 위치에서 바닷속으로 잠기는 시간은 사실 금방이지만 일곱 살 아래인 여동생은 언니 말을 의미도 모른 채 그대로 받아들였다.

"그럼, 나도 헤엄칠래."

말이 떨어지기 무섭게 마이코는 일어서서 티셔츠를 벗어 던지더니 빨간 원피스 수영복 차림이 된다. 세이코도 티셔츠 자락을 끌어 올리다 퍼뜩 여동생을 다시 보았다.

"마이코?"

"응"하고 돌아본 건 환자 마이코였다. 열 살이었던 여동생 마이코가 아니었다.

세이코는 허둥지둥 몸을 내려다보며 가까스로 자신도 열일곱 살이 아니라는 걸 깨닫는다. 게다가 주위를 빙 둘러보니 두 사람이 앉아 있던 곳은 할아버지 집 근처의 모래사장이 아니라 우미하자마역 플랫폼이었다.

"이 바다는 그만 보자."

공업단지가 건너편에 보이는 은색 바다를 보며 세이코는 몸을 사린다. 지금은 여름일 텐데 몹시 물이 차가워 보였다.

"싫어. 헤엄칠 거야."

마이코는 열 살짜리 소녀 같은 말투로 말하더니 빨간 수영복 차림으로 플랫폼을 달려가기 시작한다. 플랫폼 끝까지 가서는 거기에서 바다로 뛰어들 작정인 모양이다.

세이코는 죽을 둥 살 둥 온 힘을 다해 팔을 붙잡으며 막으려고 했다.

"그만두라니까. 자, 봐. '수영 금지'라고 적혀 있고, 빤히 공장에서 나오는 물이 흘러 들어오고 있고ㅡ."

"언니가 헤엄치자고 했잖아!"

손을 뿌리친다. 이글이글 타오르는 눈동자로 노려보는 통에 세이코는 공포를 느꼈다.

"마이코…… 님?"

"언니가 헤엄치자고 했어. 그래서 난 바다에 들어갔는데. 언니는 구해준다고 했으면서ㅡ."

"용서해줘, 마이코. 미안해. 정말로 미안해."

머리를 감싸며 세이코가 사과한 그때, 은색 바다에서 물

보라를 일으키며 팍 튀어 오르는 물체가 있었다. 세이코도 마이코도 그만 움직임을 멈추고는 시선을 집중한다.

로켓처럼 비스듬하게 하늘을 가르고 나서 다시 바닷속에 잠긴 검은 형체는 둥실둥실했다.

한숨 돌릴 틈도 없이 그 물체는 다시 바다 위로 튀어 올랐다. 석양이 비쳐 이번에는 모습이 잘 보였다. 촉촉하게 젖은 까맣고 하얀 투톤 컬러의 몸. 흰 무늬가 들어간 자그마한 머리에 불룩 나온 배. 오렌지색 주둥이와 두툼한 발. 그리고 겨우 모양만 갖춘 날개.

"펭귄이다."

마이코가 외쳤다.

"저건 전철을 타는 펭귄인가?"

"맞아. 그러니까 바다엔 들어가지 말고 여기서 전철을 기다리자. 분명 펭귄도 탈 거야."

세이코는 죽을힘을 다해 구슬리면서 마이코의 가느다란 팔을 잡았다. 이제 괜찮아, 언니가 이번엔 손을 놓지 않을 거야, 절대로 손을 놓지 않고 구해줄게, 하고 맹세하면서.

세이코는 행복한 기분에 젖은 채 눈을 떴다. 그러고는 채 1분도 안 돼 이 만족감이 꿈의 일부라는 걸 깨닫고는 어깨를 떨군다. 꽤 잤다 싶어 시계를 보니 네 시간이 지나 있었다. 낮잠치고는 분명 길었다. 담요와 난방 덕분에 춥지는 않았지만, 몸 마디마디가 아팠다.

완전히 깜깜해진 실내에 불을 켜자 부엌 테이블에 계속 놓아뒀던 스마트폰이 울리기 시작했다. 세이코는 이제 막 잠에서 깼다는 걸 들키지 않으려고 발성 연습을 하고 나서 전화를 받았다.

"소헤이예요. 지금 괜찮으세요?"

"괜찮아. 괜찮아. 무슨 일이야? 혹시?"

"네. 찾았어요. 나비넥타이를 맨 펭귄 키홀더가 달린 열쇠."

"잘됐다! 환자분한테서 대리 수령 동의서를 받으면 내가 가지러 갈게."

"네. 아, 하지만 이거, 돌려드려도 될까요."

혼잣말처럼 중얼거린 소헤이의 말이 마음에 걸렸다.

"무슨 소리야?"

"아니 그게, 발견된 곳이 실은 선로 위예요. 그것도 전철 문과 플랫폼 사이 같은 데가 아니라 상행선과 하행선이 지나가는 선로 사이에 밸러스트라고 자갈을 깔아놓은 공간이 있는데, 그 한가운데쯤 되는 곳에서 발견됐어요."

그 설명만으로는 이해가 잘 안 돼 세이코가 입을 다물고 있자 소헤이의 목소리가 조심스럽게 이어진다.

"그런 장소에 '무심코 그만 떨어뜨렸다', 뭐 그런 일은 불가능하지 않을까요? 명확한 의지를 가지고 플랫폼에서 '멀리 던졌다', 혹은 이 추운 계절에 전철 창문을 열어 '일부러 떨어뜨렸다'라는 행위가 있었지 않고서야 말이에요."

"요컨대…… 내 환자는 집 열쇠를 떨어뜨린 게 아니라 자기 손으로 '버렸다'는 거야?"

아직 비몽사몽간이었던 머리가 급속도로 맑아졌다. 심장이 쫙 오그라들었다. 마이코를 만나서 뭐라고 해야 할지 전혀 모르겠다. 세이코는 어찌해야 할지를 몰라 스마트폰을 꽉 쥔다.

"여보세요? 니무라 선생님? 괜찮으세요?"

귓전에서 소헤이의 목소리가 울린다. 마치 속삭이는 듯한 그 온화한 목소리에서 세이코는 구원의 빛을 발견한다.

"소헤이 군. 지금부터 나, 그쪽으로 가도 될까?"

대리 수령 동의서를 들고 있지 않는 세이코가 가더라도 마이코의 분실물은 받을 수 없다. 틀림없이 갑작스럽고 의미를 알 수 없는 요청이었을 텐데 소헤이는 망설이지도 않고 즉시 대답해주었다.

"네, 그러세요. 기다리고 있을게요."

우미하자마역은 그곳까지 찾아가는 과정이 정말로 번거

롭기 짝이 없는 역이다.

해가 떨어지고 기온이 내려간 유다라이역에서 추위에 덜덜 떨며 20분이나 전철을 기다리다 세이코는 그 사실을 뼈저리게 느꼈다.

소헤이가 분실물센터 사무실을 훈훈하게 난방을 해놓고 기다려준 덕분에 겨우 정신을 차릴 수 있었다.

"추운데 오시느라 고생 많으셨어요" 하고 머리를 숙인 소헤이에게 인사도 하는 둥 마는 둥 하며 세이코는 말을 꺼냈다.

"대리 수령 동의서가 없어도 열쇠를 보여주는 건 가능하댔지?"

"네. 잠시만 기다려주세요."

소헤이는 접수대를 떠나 안쪽으로 쑥 들어가더니 컴퓨터가 올려진 책상 위에서 그 열쇠를 들고 나왔다.

세이코는 열쇠를 손에 쥐었다.

키홀더의 펭귄은 상상했던 것보다 실제 펭귄의 모습과 아주 비슷했다. 오늘 역에서 만난 펭귄이 그대로 작아진 느낌이다. 그런 진짜 펭귄이 애니메이션풍으로 변형된 크고 새빨간 나비넥타이를 매고 있다. 상당히 비현실적인 모습이라고 해도 과언이 아니다.

세이코는 손안에서 키홀더를 굴려 열쇠를 뒤집었다. 은

색 딤플키에는 흠집 하나 나 있지 않았지만, 펭귄의 나비 넥타이 끝에 칠해진 빨간 도료가 벗겨져 있었다. 선로에 떨어졌을 때 벗겨져버린 걸까.

숨을 삼키며 이쪽을 지켜보는 소헤이의 기척이 느껴져 세이코는 얼굴을 든다.

"오늘 낮에 여기서 돌아가던 도중에 말이야. 나, 역에서 이 펭귄을 봤어. 키홀더 크기만 한 펭귄이 아니라 진짜 펭귄을."

"앗, 어느 역에서요?"

소헤이가 쑥 몸을 앞으로 내밀었다. 그 진지한 모습에 세이코는 조금 압도당하면서 "유다라이역" 하고 대답한다.

소헤이는 "유다라이역", 앵무새처럼 거듭 말하며 몸을 뒤로 뺀다.

"이 펭귄이던가요? 머리에 아치형 머리띠 같은 하얀 무늬가 들어가 있지 않았나요?"

"아, 들어가 있었던 것 같기도."

세이코는 다시 한번 키홀더 펭귄을 훑어봤다. 눈과 주둥이 주위를 둘러싸듯 하얀 깃털이 나 있지만 머리는 전체가 검은색으로 돼 있다.

"이 키홀더 펭귄은 홈볼트펭귄. 니무라 선생님이 역에서 만난 건 젠투펭귄일 거예요."

"소헤이 군, 자세히도 아네."

"일명 '펭귄철도'의 역무원이니까요."

"펭귄철도? 그런 이름이 생길 정도로 전철을 타는 펭귄이 유명한가 봐. 그래서 승객들 모두 아주 침착했던 거구나."

소헤이는 벌쭉 해맑게 웃어 보였다. 병원에서는 좀처럼 볼 수 없었던 미소였다. 본래 이렇게 웃는 아이였나 싶어 세이코는 가슴이 뜨거워졌다. 심신을 괴롭히는 투병 생활은 환자에게서 희망을 빼앗아 가기 마련이다. 그리고 희망이 없어지면 사람은 본연의 모습을 잃고 만다는 걸 세이코는 지금까지의 경험으로 잘 알고 있었다.

"이 열쇠 주인인 환자는 UFO나 요정을 아주 좋아해서 한번 보고 싶다는 얘기를 입에 달고 살아. 그런 환자 입에서 '전철을 타는 펭귄'이라는 말이 나오니까, 난 영락없이 도시 전설이나 뭐 그런 종류의 이야기라고만 생각했는데—."

"진짜 있어서 놀랐지요?"

"응. 엄청 놀랐어. 너무 놀라서 처음엔 내 눈을 믿을 수가 없었어. 몇 번이나 눈을 깜빡거렸는지 몰라."

소헤이는 웃으며 고개를 끄덕인다. 빨간 머리가 살랑살랑 흔들렸다. 그의 주위에서 풍기는 온화한 분위기에 용기를 얻어 세이코는 입을 열었다.

"그 환자분…… 소헤이 군이 극복했던 그 병에 지금 걸렸어. 몸에 부담이 가는 치료를 받아도 수치가 좀처럼 좋아지지 않아서 아주 힘겨운 시기를 보내고 있을 거라 생각해."

소헤이는 변함없이 의젓하고 유연한 표정을 짓고 있다. 끼어들어 한마디 거들지도 않았다.

"이 힘겨운 시기를 잘 이겨내게 하려고 난 집에서 묵는 걸 허락했어. 가족한테서 삶의 의욕을 얻었으면 해서…… 하지만."

세이코는 손바닥 안에 놓인 열쇠로 눈길을 떨군다.

"집으로 돌아갈 열쇠를 버려버리다니, 어떻게 된 걸까? 남편이 기다리는 집엔 돌아가고 싶지 않다는 건가? 가족이 있어도 살고 싶다는 생각이 안 드는 걸까? 본인이 살 의지가 없는 환자를 의사는 어떻게 도와주면 되는지 모르겠어, 정말로."

긴 침묵 뒤에 접수대 건너편에서 마주 보고 있던 소헤이가 살짝 뒤로 등을 젖혔다.

"니무라 선생님에겐 특별한 환자인가 봐요, 그분."

세이코가 무슨 말을 해야 할지 몰라 뚫어지게 쳐다본 소헤이의 얼굴은 헤실헤실 힘이 하나도 안 들어가 있었다.

덕분에 솔직하게 수긍할 수 있었다.

"그 환자 이름, 니무라 마이코라고 해. 우연이지만 내 여동생이랑 한자까지 완전히 똑같은 이름이야. 나보다 일곱 살 아래이니까 나이까지 똑같아. 정말 싫어. 의사에게 걸맞은 거리감을 유지할 수 없는 건 분명 그 때문이야."

"그랬군요."

"아, 차라리 그녀랑 진짜 자매였더라면 좋았을 텐데. 그랬다면 백혈구 형태도 일치하기 쉬웠을 거야. 그녀가 온전하게 살아가는 데 실질적인 도움이 됐을지도 모르는데—."

세이코는 갑자기 입을 다문다. 이 푸념은 소헤이에게는 가혹했을지도 모른다는 생각이 들었기 때문이다. 세이코의 갑작스러운 침묵을 어떻게 받아들였는지, 긴 앞머리 너머로 보이는 소헤이의 눈이 반짝 빛났다.

"'온전하게 산다'는 말에 담긴 의미는 사람마다 제각기 다르다고 생각해요. 전 병원에 있었을 때 건강한 사람처럼 사는 게 '온전하게 사는' 거라는 생각이 들어 아주 괴로웠어요. 나 자신이 마치 이미 죽은 사람처럼 느껴져서, 죽은 주제에 소중한 사람들의 시간을 빼앗고 민폐를 엄청 끼치고 있다는 생각이 들어 이제 더는 못 견디겠다 싶었는데…… 하지만 그분한테서 '사람은 태어나면 살아야 할 의무가 있어'라는 말을 듣고 나서 마음이 편해졌어요. 의무가 있다고. 의무가 있는 거면 별수 있나. 그냥 힘내서 살자, 라는 생각이 들었어요."

딱 소헤이의 미소처럼 힘이 하나도 안 들어간 홀가분한 말투였지만 마음을 독하게 먹고 '죽은 사람처럼 느껴지는' 상태에서 '힘내서 살자'며 자신을 일으켜 세우기까지—낙관하기 어려운 병으로 입원 중인 환경이라면 더욱더—이만저만한 노력을 한 게 아닐 거라고 세이코는 생각했다.

소헤이는 세이코의 손안에 있는 열쇠에 눈길을 주더니 몇 차례 고개를 끄덕였다.

"참, 그때 내 마음을 구원해준 사람은 의사 선생님도 가족도 아닌 지나가던 생판 모르는 남이었어요. 세상엔 그런 일도 있어요."

세이코는 소헤이와 서로 뚫어지게 쳐다본다. 소헤이의 동그란 눈동자에 드리워진 속눈썹은 의외로 길었다. 깜빡이는 소리가 들릴 정도였다. 소헤이는 눈싸움하다 진 아이처럼 헤실헤실 척 입꼬리를 올리며 웃었다.

"누군가와 관계를 맺으면서 사는 건 아주 어려운 데다 귀찮은 일도 많지만, 하지만 먼저 관계를 맺지 않으면 도울 수도 도움을 받을 수도 없지 않을까요?"

"—그게 소헤이 군의 직업의식?"

"아니요. '온전하게 사는' 요령이에요."

부드러운 미소를 지은 채 선선히 말하는 소헤이에게 세이코는 열쇠를 돌려준다.

"고마워. 나, 잠시 병원에 갔다 올게. 이 열쇠를 어떻게 할지는 보류하는 걸로 부탁해."

"알겠습니다. 책임지고 잘 보관하고 있을게요."

소헤이는 병아리를 감싸 안듯이 두 손으로 열쇠를 살포시 감싸더니 손목시계로 눈길을 떨군다.

"마침 잘됐네요. 앞으로 2분만 있으면 전철이 와요."

징조가 좋다, 세이코는 그리 믿기로 했다.

*

시오다이타역에서 시오다이타 병원까지 종종대며 바삐 뛰어와서 그런지 추위는 느껴지지 않았다.

시오다이타 병원은 오래됐지만 멋진 외관을 보전하고 있다. 도호쿠 지방에서 간토 지방에 걸쳐 엄청난 타격을 안겨준 지진에도 균열 하나 생기지 않아 당시 환자들에게 얼마나 안심을 주었는지 모른다.

세이코는 마이코를 대면하기 전에 기분을 진정시키려고 하얀 입김을 토해내며 지금껏 줄기차게 봐왔던 건물을 새삼 올려다본다. 오늘 밤도 옥상 난간대에 걸린 커다란 간판을 불빛이 환하게 비추고 있다. 거기에 적힌 병원 이름을 밤눈에도 다들 잘 읽을 수 있도록. 일각을 다투는 생명이 길을 잃지 않도록.

살짝 땀으로 축축해진 목덜미에서 목도리를 벗어 들고 걸어가는데 입구 옆 샛길 후미진 곳에 있는 직원 전용 주차장에서 사람 형체가 움직이는 게 보였다. 남의 눈을 피해 숨어 있는 게 빤히 보이는 수상쩍은 움직임이었다. 아무리 생각해도 주차장을 이용하는 직원 같지는 않았다.

직원 이외에는 직원 전용 주차장의 출입이 금지돼 있다. 게다가 지금은 진료 시간이 아니니까 관계자 이외는 애당초 병원 부지 안으로 들어오면 안 될 터였다.

─수상한 사람?

세이코는 심장 소리가 높아지는 걸 느끼면서 병원 건물을 흘끗 올려다보았다. 그 안에서 오늘 밤에도 긴 고독의 시간과 싸워야 하는 환자들의 얼굴을 떠올렸더니 어그 부츠의 발끝이 절로 직원 전용 주차장으로 향했다.

외래 진료 시간이 끝나 이미 집으로 돌아간 직원들도 있는 터라 주차장에는 차량이 드문드문 세워져 있었다.

세이코는 주차장 입구에서 천천히 무릎을 바닥에 내렸다. 그대로 두 손을 짚고는 마치 네발로 기는 것 같은 자세로 주차된 차 밑은 전부 눈이 빠지게 살폈다. 30미터쯤 떨어진 하얀 경차 밑에서 검은 형체가 쪼그리고 앉아 있는 걸 발견한다.

세이코는 조용히 심호흡을 하고 나서 하얀 경차 쪽을 향해 소리를 질렀다.

"거기서 뭐 하는 거예요?"

검은 형체가 팔짝 뛰어오른다. 깜짝 놀라는 바람에 일어서버렸는지, 차 밑으로는 가는 두 다리의 그림자밖에 안 보였다.

"누구야?" 새된 남성의 목소리가 소리를 지른다. 마치 이쪽이 발각된 수상한 사람인 것 같다.

"실례지만 병원 관계자세요?"

"거참, 시끄럽네. 조용히 해."

싸울 듯이 덤비는 말투에 공포를 느꼈지만 세이코는 간신히 일어서서 목소리를 쥐어짜낸다.

"혹 관계자 이외의 분이시면 지금 거기에 있는 건 위법입니다."

"어이, 입 다물어. 이쪽으로 오지 마."

상대편의 목소리가 불쑥 낮아진다. 뭔가에 온통 정신이 팔린 채 지껄이고 있는 듯했다. 흉기를 들고 있으면 어쩌지? 갑자기 때리려고 덤벼들면 어쩌지? 깔아 눕히면 어떻게 도망치면 되지? 생각할 수 있는 모든 최악의 전개에 대답을 준비하면서 세이코는 신중하게 다가간다.

"여긴 시오다이타 병원 부지 안. 난 이곳 의사예요. 즉 내겐 자유롭게 이동할 권리가 있어요."

"그러니까 온갖 그럴싸한 말 갖다 붙이며 억지 쓰지 말라니까— 앗."

비명에 가까운 소리를 지르며 남자가 돌연 옥외등이 비치지 않는 어둠 속으로 부리나케 달려갔다. 발소리가 점점 멀어진다. 세이코는 죽을 둥 살 둥 눈이 빠지게 쳐다보며 쫓아갔다.

"거기 서요."

"거기 서."

세이코와 남자는 동시에 소리를 질렀다. 세이코는 고개를 갸우뚱하며 남자의 등을 향해 다시 한번 소리쳤다.

"누구 쫓고 있는 거야?"

대답은 없고 주차장 옆에 심어놓은 나무며 풀 사이를 바스락바스락 헤치는 소리만 들리더니, 이윽고 "제기랄" 하고 욕을 해댄다.

그러고는 지금까지 줄곧 검은 형체로만 보였던 남자의 전신이 나무와 풀 사이에서 불쑥 모습을 드러냈다. 높은 톤의 목소리와 거친 말투에서 막연하게 몸집이 작은 남자를 떠올렸는데, 168센티미터인 세이코가 올려다볼 정도로 키가 컸다.

남자 역시 어둠 속에 서 있는 세이코의 모습을 발견한 것이리라.

"저기, 당신!" 호통을 치며 성큼성큼 다가왔다. 그 기세에 겁을 먹은 세이코는 뒷걸음질을 친다. 곧 옥외등이 비치는 데까지 온 그의 머리가 모히칸 스타일인 걸 알고는 눈을 부릅떴다.

"―펑크족?"

헤어스타일만이 아니었다. 저러다 드러눕지 싶을 정도로 비쩍 마른 몸에 딱 붙는 라이더 재킷을 맞춰 입고 아래에는 슬림한 빨간 체크바지에다 너덜너덜한 천 가방을 옆으로 비스듬하게 멘 모습은 펑크 전성기의 영국에서 금방 빠져나온 듯했다. 중고등학교 시절 라몬즈나 더 클래시나 섹스 피스톨즈 같은 펑크록 입문의 왕도 격인 노래들을 열심히 듣고 다녔던 세이코이다 보니 남자에 대한 공포심이 아주 조금은 누그러졌다.

"당신 때문에 놓쳐버렸잖아."

"누구를?"

"펭귄 말이야."

세이코는 눈을 끔뻑끔뻑했다. 모히칸 남자는 그러고 있

는 세이코의 얼굴을 들여다보더니 화들짝 놀라며 표정을 바꿨다. 이어 갑자기 허둥대기 시작한다.

"아, 으음 그러니까, 거짓말하는 거 아냐. 농담하는 것도 아냐."

얼굴을 옆으로 돌린 채 빠르게 말했다. 머리에 검게 새겨 넣은 해골 마크가 보인다. 아니, 자세히 보니 문신이 아니었다. 깎아 올린 측두부 쪽 머리카락을 군데군데 길게 남겨 해골 마크 형상처럼 보이게 했다.

"진짜 펭귄. 진짜 살아 있는 펭귄. 이 인근에선 펭귄이 **혼자서** 전철을 타잖아?"

"혼자서라고…… 펭귄철도의 펭귄을 말하는 거야?"

"맞아! 그 펭귄이야! 일껏 여기까지 몰아넣었는데 말이야, 선생님이 큰 소리를 질러대는 바람에—."

모히칸 남자의 목소리에서 불손하고 뻔뻔스러운 모습이 점점 사라진다. 추운지 발을 동동 구르는 모습이 앳된 느낌마저 들어 세이코는 팔짱을 꼈다.

바로 몇 시간 전, 플랫폼에서 발견한 펭귄의 둥실둥실했던 몸이 떠오른다. 역에 펭귄이 있는 광경도 상당히 충격적이었지만 병원을 걸어가는 펭귄이라면 한층 더 판타지적인 요소가 강해지는 느낌이 들었다. 펭귄의 몽실몽실한 하얀 배에 청진기를 묻고 심장 고동 소리를 듣는 자신을 상상하자 세이코는 저도 모르게 흐뭇한 미소가 나왔다. 모히칸 남자가 쳐다보는 것 같아 허둥지둥 다시 정색을 한다.

"펭귄을 붙잡을 작정이었어?"

"뭐 그렇다고 할 수 있지."

"보호자라는 관점에서? 아니면 사리사욕을 채우기 위해?"

세이코가 얼굴을 들이대자 모히칸 남자는 어색해하며 고개를 숙인다.

"뭐, 어쨌든 진료 시간이 아닐 때 병원 부지 안에서는 관계자 이외 출입금지입니다. 불법 침입을 한 게 돼요. 거기다 내게 폭력을 휘두른 죄도—."

"하아? 잠, 잠시만. 난 펭귄을 쫓아서 정신없이 들어와버린 것뿐인데— 게다가 폭력 같은 건 휘두른 적 없거든."

목소리가 커진 모히칸 남자의 코앞을 세이코는 똑바로 손가락으로 가리켰다.

"그거야."

"뭐?"

"손으로 때리고 발로 차는 것만 폭력이 아니야. 난폭한 언어도 폭력이야. 무시도 폭력. 불쾌한 행동을 보란 듯이 계속하는 것도 폭력. 모든 행위는 상대가 공포를 느낀 순간에 폭력이 될 수 있어."

말을 하면서 세이코의 머릿속에 마이코와 마사히코의 얼굴이 번갈아 떠올라 단어 하나하나에 힘이 들어갔다.

"남녀 모두 조심해야 하는 일이야. 특히 남성은 말이야, 아무래도 강해. 일반적으로 여성보다 몸집도 크고 힘도 세. 그러니까 훨씬 신중하게 행동해야 해."

"알겠어."

모히칸 남자는 반론도 하지 않고 얌전히 고개를 숙인다. 세이코는 안심했다. 이 아이는 문제를 일으킬 것 같지 않다.

"알면 됐어. 불법 침입에 대해선 눈감아줄게. 앞으로 조심해."

"고마워…… 습니다. 저기, 나 그렇게 무서웠어?"

"응, 아주. 밤 어둠 속에서 낯선 남자가 고함을 치면 무서운 게 당연하잖아."

"고함을 칠 생각은 없었는데…… 아, 없었습니다만. 직업 때문인지, 무심코 그만 언성을 높이고 마는지라…… 어쨌든 죄송해요."

바람결에 날리는 모히칸 머리를 숙이며 남자가 사과한다. 세이코는 고개를 끄덕이더니 손목시계로 눈을 돌린다.

"그럼, 난 이쯤에서."

"지금부터 일?"

모히칸 남자가 허물없이 묻자 세이코의 입도 그만 가벼워진다.

"근무 중에 이렇게 한가하게 못 다녀. 오늘은 휴일. 하지만 좀 신경이 쓰이는 환자가 있어서, 밖에 나온 김에 들러본 거야."

세이코의 대답에 모히칸 남자는 눈을 깜짝거리더니 이윽고 훅 숨을 내뱉듯 웃었다.

"선생님은 변함없이 사람을 살리느라 여념이 없구나."

세이코는 저도 모르게 모히칸 남자의 얼굴을 다시 본다. 아는 사람, 인 것 같지는 않은데 어디선가 만난 적이 있었나?

"혹시 당신, 내 환자였어?"

세이코의 물음에는 대답하지 않고 모히칸 남자는 "자, 그럼" 하고 말하더니 등을 돌려 사라졌다.

사복 차림으로 "안 쉬고 나와버렸네요" 하고 말하며 의국으로 들어온 세이코를 보자 수간호사는 진심으로 한시름 놓았다는 표정을 지었다.

"니무라 선생님은 당직 끝나고 종일 쉬시는 날이라 전화는 안 하고 있었는데—."

마이코의 도너를 찾았다고 한다. 얼굴을 환하게 빛내는

세이코에게 못을 박듯이 수간호사는 말이 빨라졌다.

"다만 당사자인 니무라 마이코 님이 난색을 표하고 있어서요. 이식은 절대로 하고 싶지 않다며."

"**절대로?**"

"네. 그렇게 말했어요. 몇 번을 물어도 이유는 얘기해주지 않아서 전혀 몰라요. 그래서 니무라 선생님에게 어쩌면 좋을지 의논하고 싶어서요."

"알겠어요. 고마워요. 내가 말해볼게요."

세이코는 그대로 몸을 휙 돌리다 말고 허둥지둥 가운을 걸치러 돌아왔다.

겉모습도 기분도 완벽히 직업 의사로 변신한 세이코는 혈액내과 입원 환자가 있는 층을 바삐 가로질러 갔다. 공기 정화 장치가 돌아가고 있는 병원 복도는 저녁 식사와 취침 시간 사이에 생긴 여유로운 한때를 즐기는 환자들의 웅성대는 소리로 가득했다. 세이코의 가죽 슬립온에서 나는 조용한 발소리는 방해가 되지 않을 것이다. 설령 다소 시끄럽더라도 오늘 밤만은 다른 환자를 신경 쓸 여유가 없었다.

마이코의 병실로 직행해 문 앞에서 큰 소리로 말한다.

"마이코 님. 담당 의사 니무라 세이코입니다. 들어갈게요."

대답을 듣기 전에 문을 열었다. 마이코는 침대에 누워 하얀 천장을 멍하니 바라보고 있다. 세이코가 침대 옆에 서자 어렴풋이 고개를 기울여 "안녕하세요" 하고 속삭이듯 인사를 했다. 자신이 지금 갈색 가발을 쓰고 있지 않은 것도 깨닫지 못하는 것 같았다.

"어머? 선생님, 오늘은 분명—."

"마이코 님 댁 열쇠를 찾았다는 연락이 와서 알리러 왔어요."

"쉬는 날에 일부러?"

마이코는 난감한 듯이 엷은 눈썹을 찌푸리더니 심약한 표정을 짓는다.

"네. 분실물센터에 가지러 갈지, 보관해달라고 할지, 마이코 님한테 확실히 듣고 싶어서."

"신경 써주셔서 감사합니다. 보관해달라고 할 수도 있나요?"

"보관해두길 원해요?"

세이코의 물음에 마이코는 이불에서 꺼낸 손을 꽉 맞잡았지만 대답은 없었다.

세이코는 병문안객을 위해 준비해둔 접이식 파이프 의자를 베갯머리 근처에 펼치고는 걸터앉는다. 커튼을 치지 않은 창 너머로 짙은 남색으로 물든 밤하늘이 보였다. 겨울의 차가운 공기는 티 없이 맑았고 별빛이 깜박이고 있었다.

진중하게 심호흡을 하고 나서 말을 꺼냈다.

"열쇠를 보관해두길 바라는 이유와 골수이식을 거절한 이유는 같지 않나요?"

마이코는 순간적으로 숨을 탁 멈추더니 다음 순간 크게 내쉰다. 그 타이밍에 맞춰 세이코는 한 마디 더 덧붙였다.

"이유는 집에 돌아가고 싶지 않으니까. 아닌가요?"

"……여기가 좋아요. 치료는 힘들지만 혼자서 내 마음대로 지낼 수 있어서, 여기에 있고 싶어요."

마이코는 체념한 듯 대답한다. 얇은 입술을 꽉 다물고 있는 창백한 얼굴을 세이코는 물끄러미 쳐다보았다. 오랫동안 의사 일을 하고 있지만 완치되기 힘든 병에 걸린 환자 중에 병원에서 나가고 싶지 않다고 말한 건 마이코가 처음이었다. 막연히 예상했던 대답이긴 하지만 본인 입으로 직접 들으니 충격이 대단했다. 마이코는 그런 세이코의 표정을 확인하고 나서 곤혹스럽다는 듯이 눈썹을 찌푸리더니 이불을 얼굴 위로 끌어당겼다.

"죄송해요, 선생님. 난처하게 할 생각은 없어요. 병원 의사 선생님이나 간호사분들은 정말 잘 대해주셔서 감사하는 마음밖에 없어요. 하지만 나…… 가능하면 낫고 싶지 않아요."

"……마이코 님의 병의 경우 '낫지 않는다'는 곧 '죽는
다'는 공식이 성립돼버리는 경우가 많습니다만."

세이코는 감정을 억누르며 사무적으로 '죽음'이라는 단
어를 사용했다.

"그래도 괜찮아요."

"괜찮지 않아요."

반사적으로 외쳤다. 이 이상 의사의 가면을 쓰고 있는
건 어렵다. 세이코는 가면과 함께 마이코의 이불도 확 벗
겨내며 누워 있는 그녀의 어깨를 잡았다. 머리카락이 빠져
작아진 머리통이 크게 흔들렸다.

"저기, 마이코 님. 난— 아니, 시오다이타 병원 직원 일
동은 당신을 살리고 싶어요. 다행히도 도너까지 찾았는데
이대로 어이없이 죽게 내버려둘 순 없어요."

마이코의 표정이 변하지 않는 걸 보고 세이코의 머릿속
에 늘 마음속에 품고 있던 의문이 스치고 지나갔다.

—끝까지 살릴 수 있어?

주저하는 세이코의 뇌리에 소헤이의 말이 되살아난다.

—누군가와 관계를 맺으면서 사는 건 아주 어려운 데다
귀찮은 일도 많지만, 하지만 먼저 관계를 맺지 않으면 도
울 수도 도움을 받을 수도 없지 않을까요?

"죄송합니다. 실례이기도 하고 게다가 사적인 일이기도 한 질문을 하겠습니다. 혹시 마이코 님, 남편— 니무라 마사히코 씨한테 심한 일을 당하지 않았나요? 집에 돌아가고 싶지 않을 만큼 심한 일을."

남편의 성과 이름을 들은 순간, 마이코는 눈을 크게 뜨며 부르르 몸을 떨었다.

"왜 그런 말을—."

"마이코 님의 얘기나 입원 당시 남편분의 행동거지를 보고 어렴풋이 느끼긴 했습니다. 다만 가족 간의 사적이고 게다가 민감한 문제다 보니 남들이 경솔하게 참견하거나 손을 대지 못하잖아요? 의사의 책무에서도 크게 벗어나는 일이라 생각하지 말자, 보지 말자, 그런 마음으로 지금까지 왔어요. 하지만 오늘은 아무래도 신경이 쓰여서 죄송해요, 마이코 님의 집에 가봤어요. 그랬더니 남편분이—."

"있던가요?"

"반차를 쓴 것 같더라고요."

마이코는 목구멍 안에서 이상한 소리를 냈다. 심하게 기침을 하는가 싶었는데 웃었던 것 같다.

"집에 안 가길 잘했어."

세이코가 쳐다보자 마이코는 "그 사람은 지독해요" 하고 분명히 말했다.

"하지만 그 사람, 선생님 앞에선 '성실한 남편'인 척하며 얼렁뚱땅 넘어갔지요?"

"얼렁뚱땅 넘어가진 못했는데요, 전혀."

어깨를 오므리며 세이코가 "가정 폭력인가요?" 하고 묻자 마이코는 베개 위에서 고개를 가로저었다. 거기서 처음으로 뭔가 이상하다는 걸 알아차린 모양으로 허둥지둥 침대 옆에 있는 작은 탁자로 손을 뻗는다. 세이코는 가발을 집어 건네줬다.

마이코는 부끄러운 듯이 가발을 쓰고는 갈색 머리를 만지작거리며 말한다.

"아니에요, 맞은 적은 없어요. 소리를 지른 적도 없어요. 한 번도 말이에요. 다만…… 서로 웃거나 즐겁게 대화를 나눈 기억도 없어요. 결혼한 이후 줄곧 그 사람은 기분이 언짢았고, 내가 뭘 해도 불만스러워 보였고, 뭔가 말을 걸어도 냉소밖에 돌아오지 않았어요. 처음 한동안은 나도 화를 내며 하소연도 하고 울며 사과도 했어요. 하지만 그 사람은 그런 날 전부 부정하며 등을 돌리기만 했어요. 뭣 때문에 그러는지 이유도 알려주지 않은 채 갑자기 읽고 있던 책이며 잡지, 유통기간이 지나지도 않은 조미료를 내다 버릴 때마다, 정신을 차려보니 두려움에 떨고 있는 내가 있었어요. 그러는 사이 난 내가 정말 쓸모없는 인간이라는 생각이 들고, 뭘 해도 소용없다는 생각이 들어—."

"모럴 해러스먼트^{친밀한 관계에서 일어나는 정신적 폭력이나 학대}네요. 충분히 이혼 사유가 돼요."

"불가능해요. 그 사람, 이혼 같은 남 보기에 안 좋은 짓은 안 해요. 집이라는 이름의 왕국에서 제멋대로 할 수 있는 왕의 생활을 손에서 놓을 이유가 없어요."

"하지만 마이코 님에겐 그런 왕국에서 지체 없이 나갈 이유와 권리가 있는 거 아닌가요?"

마이코는 자신을 비웃듯이 웃었다.

"그런 게 있더라도 내겐 그 사람을 설득할 방법이 없어요. 자립도 할 수 없어요. 한심하지만 이 병이 유일하게 남편으로부터 도망칠 수 있는 수단이에요. 완전 딱 목숨을 건 탈출…… 이라니."

"그만해."

마이코의 애처로운 웃음을 멈추게 하고 싶어 세이코는 심한 말을 퍼붓고 말았다. 그 순간 마이코의 얼굴에서 웃음은 사라졌지만 동시에 입도 다물었다.

세이코는 "죄송해요" 하며 살며시 의자에서 일어나 이불을 바로 덮어주고는 또다시 파이프 의자에 걸터앉는다. 그러고는 말했다.

"병 말고도 마이코 님이 남편으로부터 자유로워질 수 있는 길은 있을 거예요, 분명히."

"남편으로부터 자유로워진다고." 마이코는 꽤 시간이 지나고 나서 쉰 목소리로 중얼거렸다.

"그건 나한테는 마치 UFO나 요정과 같은 말처럼 들려요."

"무슨 뜻이에요?"

"그런 게 있다는 믿음은 있지만, 절대로 보거나 손에 넣을 수 없다는 걸 마음 한구석으로는 알고 있는, 내게는 너무 먼 곳에 있는 존재라는 뜻이에요."

똑바로 천장을 올려다보는 마이코의 눈은 티 없이 맑았다. 모든 걸— 자신의 생명조차 포기한 사람의 눈이었다. 세이코는 그런 눈을 했던 또 다른 니무라 마이코를 알고 있다.

"……내 여동생 얘기를 해도 될까요?"

조용히 말을 건네는 세이코를 마이코는 그제야 쳐다봐 줬다.

"여동생이, 있어요?"

"네. 게다가 이름도, 나이도 마이코 님이랑 똑같은 아이…… 였어요."

"였다고요?"

곧바로 민감하게 반응하며 난감한 듯 눈썹을 찌푸리는

마이코를 보며 세이코는 고개를 끄덕였다.

"열 살 때 바다에 빠져서 그대로 죽었어요. 나도 같이 있었는데 그 아이가 물속에 가라앉는 것도 봤어요. 구하러 가기도 했어요. 하지만―."

말문이 막혔다. 동생을 떠올리면 항상 이 부분에서 기억 속의 영상도 멈춰버렸다.

똑바로 내밀고 있는 마이코의 손. 오른손 중지 손톱만 무척 길었다. 그런 사소한 데까지 볼 여유가 있었던 건 정말 잠시뿐, 이후 정신없이 손을 잡았다. 바로 그 순간 지금까지 경험한 적이 없는 강한 힘이 끌어당겼다. 열 살짜리 여자아이의 어디에 이런 힘이? 그렇게 소스라치게 놀랄 만큼 엄청난 무게가 세이코의 팔에 가해졌다. 물에 빠진 마이코와 함께 바닷속으로 끌려 들어갈 것 같은 공포. 눈을 감고 무턱대고 손발을 미친 듯이 버둥대는 마이코에게는 아무리 말을 걸어도 전해지지 않았다. 고통과 공포로 제정신이 아닌 마이코는 세이코의 몸을 밟고 올라와 물 밖으로 얼굴을 내밀어 숨을 쉬려고 계속 허우적댔다.

"'언니가 구해줄게', 그렇게 말하며 한 번은 잡아줬던 여동생의 손을 난 놓아버렸어요. 생생하게 기억하고 있어요. 나까지 빠져 죽을 것 같아서, 너무 무서워서, 내가 살려고, 작은 손을 뿌리치며 놓은 걸 어제 일처럼 기억하고 있어요. 그 순간 마이코는 내 얼굴을 봤어요. 내내 눈을 감고 있었는데 무슨 일인지 그때만은 바닷속에서 눈을 뜨더니 날 봤어요. 그래서 알아차렸던 거예요. '언니는 날 구해주지 않아' 하고. 그 아이의 눈…… 순식간에 투명해졌어요. 무서울 정도로 티 없이 맑아 눈에 아무것도 비치지 않았어요. 삶을 포기한 눈이었어요."

─딱 지금 당신처럼.

목구멍까지 올라왔던 말을 삼킨다. 마이코의 투명한 눈을 통해 열 살짜리 여동생이 자신을 보고 있는 걸 알았다.

"그 아이한테 삶을 포기하게 만든 건 나. 구해준다고 말해놓고서는…… 죽게 내버려뒀어요. 그런 내가 사람의 생명을 구하는 의사가 된 거예요. 솔직히 항상 두려워요. '정말로 끝까지 살릴 수 있는 거야?' 하고 동생이 묻는 것 같아서 말이에요. '무슨 낯짝으로 다른 사람한테 생명의 소중함을 설교하는 거야?' 하며 동생이 어이없어하는 것 같아서…… 참을 수가 없어요. 유령이라는 존재를 정말로 만날 수 있다면 난 동생을 만나고 싶어요. 만나서 사죄하고 싶다는 생각을 항상 품고 살아요."

마이코의 시선은 어느샌가 다시 천장을 향하고 있었다. 그녀의 눈동자에 어떤 표정이 드리워져 있는지, 세이코가 있는 곳에서는 알 수가 없었다. 세이코는 파이프 의자를 뒤로 밀며 헛기침을 했다.

"지금 역시 내 여동생은 언니가 '무슨 낯짝으로' 그런 소리를 하냐는 생각을 할지도 모르지만, 그래도 말이에요, 마이코 님. 난 역시 당신한테 말하고 싶어요. 살자고. 살아서 자유로워지자고."

"의사로서 말하는 거예요? 아니면 마이코 씨의 언니로서 말하는 거예요?"

"……니무라 세이코라는 한 명의 인간으로서 말하는, 거예요. 난 당신을 죽게 내버려두고 싶지 않아요. 당신이 죽어가는 걸 그저 보기만 해야 한다니 절대로 그럴 수 없어요. 살리고 싶어요."

마지막 말은 그냥 오기로 한 것 같다는 생각이 들었다. 그래도 세이코는 앞으로 한발 내디딘 보람을 느끼고 있었다. 얼마나 귀찮은 일인지 너무나 잘 알고 있는 데다 자신이 마음에 상처를 입고 두 번 다시 일어설 수 없을지도 모른다는 각오를 한 뒤에 타인의 일에 관여했다는 건, 앞으로 크게 나아간 것이다.

"우선 이식 수술을 받아주세요, 니무라 마이코 님."

마이코가 힘겨워하며 침을 삼키는 소리가 울린다. 그녀의 입안에서 맴돌고 있는 말이 무엇인지, 세이코는 알 수 있었다.

"남편 일은 그 뒤에 생각해요. 마이코 님만 좋다면 나도 협력할게요."

"선생님이?"

"이혼은 물론 결혼조차 한 적이 없는 내게 상담하는 건 성에 안 찰지도 모르지만, 고등학교 때 친구가 지금 가정 문제 전문 변호사를 하고 있어요. 목표 설정을 어떻게 할 지에 대한 상담도 포함해서 조금은 힘이 되지 않을까 싶은 데."

긴 침묵의 시간이 흐른다. 역시 낯짝이 두꺼웠나 싶어 세이코가 반성하려던 참에 마이코가 일어났다. 비뚤어진 가발을 익숙한 손놀림으로 고쳐 쓰며 눈물이 그렁그렁한 눈으로 흐뭇한 미소를 짓는다.

"고마워요, 선생님. 의사 선생님한테 그렇게까지 도움을 받아도 되나 싶어 주저하게 되지만 니무라 세이코라는 여 성이 내 편이 돼줬다고 생각하니 죽을 만큼 기뻐요."

"**죽을 만큼**이라니—."

"아, 죄송해요. 말이 그렇다는 거예요."

두 손을 파닥파닥 흔드는 마이코의 어린아이 같은 행동 에 세이코는 그만 웃고 만다.

그때 마이코의 등 뒤에 있는 창문 너머로 불빛이 휙 가 로질러 갔다.

"아니, 저건." 벌떡 일어선 세이코의 시선을 따라 마이코도 침대 위에서 몸을 돌린다.

어떤 예감을 안은 침묵이 20초쯤 이어진 뒤에 갑자기 다시 불빛이 밤하늘을 따라 흘러갔다.

시선을 모아 뚫어지게 쳐다보니 오렌지빛을 내는 물체가 빙빙 돌고 있었다.

"저건, 혹시―."

"UFO! 선생님, UFO예요!"

"역시 그런가요? 미안해요! 춥지만 창문 좀 열게요."

세이코는 정신없이 잠금장치를 풀고 창문을 연다. 어디선가 "까아아아아아" 하는 높고 날카로운 울음소리가 들렸지만 세이코도 마이코도 모든 오감이 밤하늘로 향하고 있었기 때문에 흘려 넘겼다.

"선생님, 저기." 마이코가 손가락으로 가리킨 방향에서 빛이 보였다.

비행기와는 명백히 다른 복잡한 궤적을 그리며 빛을 내는 물체가 하늘에 떠 있었다.

"선생님, 저거, UFO 맞죠? 유성이 아닌 거죠?"

"으, 으음, 뭐 저렇게 움직이는 걸 보니 유성이 아닌 건 분명해요."

"봤다. 봤어, 나. 드디어 UFO를 봤어."

헛소리하듯 중얼대는 마이코의 옆얼굴을 보고 문득 어떤 생각이 들었다. 세이코는 몸을 앞으로 쑥 내밀었다.

"맞아요, 마이코 님! 당신은 UFO를 본 거예요. UFO는 '너무 먼 곳에 있는 존재' 같은 게 아니었어요."

"아—."

"게다가 말이에요, 깜빡하고 말 안 했는데 나, 오늘 '전철을 타는 펭귄'도 봤어요."

"아아앗, 정말로?"

"네, 정말로. 도시 전설이 아니라."

세이코는 스마트폰을 꺼내 플랫폼에서 찍은 펭귄 사진을 보여준다. 마이코는 스마트폰을 꽉 쥔 채 "아, 귀여워라"라는 말을 끝으로 말을 잇지 못하고 있다.

"마이코 님이 물건을 분실했던 노선은 그런 펭귄이 실제로 타고 있어서, 사람들이 '펭귄철도'라고 부른대요. 분실물센터 직원이 가르쳐줬어요."

"그렇구나. 나도 한번 타봤으면. 선생님 나, 펭귄이랑 같은 전철을 타보고 싶어요."

"응. 타요. 마이코 님이 무사히 퇴원하고 나서 같이 타러 가요."

"퇴원하고 나서— 그게 좋네요. 아, 그때까지 분실물센터에 열쇠를 보관해달라고 해도 괜찮을까요?"

세이코는 고개를 끄덕이고는 마이코의 어깨에 살며시 손을 얹었다.

"괜찮아요. 마이코 님이 앞으로 어떻게 할지 정할 때까지 안전하게 보관해줄 거예요. 야마토기타 여객철도 분실물센터는 분명 그런 곳이에요."

마이코의 낯빛은 세이코가 병실에 들어왔을 때보다 몰라보게 좋아져 있었다. 희망에 넘치는 빛이 돈다고 세이코는 생각했다.

"선생님, 고마워요. 이제 괜찮아요. 전철을 타는 펭귄을 만나는 일, 그리고 나의 건강과 자유— 어느 것도 포기하지 않을 거예요, 나."

마이코의 말투는 변함없이 꿈꾸는 소녀 같았지만 그녀의 어깨에서 전해져오는 열기가 변한 걸 세이코는 손바닥으로 느낄 수 있었다. 환자의 몸을 매일 만지는 의사이기 때문에 알 수 있는, 생명력이 다시 살아난 그런 열기였다.

"나도 포기하지 않을 거예요. 누군가를 살리는 일, 절대로 포기하지 않을 거예요."

창 너머로 보이는 하늘에는 이제 UFO의 모습은 보이지 않았고 늘 보던 밤하늘이 펼쳐져 있었다. 세이코는 그 어둠 속에서 신비한 온기를 느끼며 문득 여동생 마이코가 미소 짓고 있는 것 같은 기분이 들었다.

제4장

원더매직

"더럽게 춥네, 제기랄."

그런 소리가 절로 나왔다. 옆에 서서 신문을 읽고 있던 중년 남성이 은근슬쩍 거리를 둔다. 애초 하루캄이 전철을 타려고 줄을 선 시점부터 이 남성은 이게 뭐야, 하는 눈빛으로 머리를 뚫어지게 쳐다보았다.

—뭘 쫄고 그래.

하루캄은 수면 부족에다 추위까지 더해져 금세 속이 부글부글 끓어오르는 걸 스스로 느끼면서 한가운데만 남기고 짧게 쳐올린 모히칸 머리를 북북 문질렀다. 측면에는 굳이 자르다 남긴 머리로 해골 마크를 만들어달라고 했다.

이 머리 스타일에다 선글라스에다 펑크 패션이라는 외형이 하루캄을 주위 사람들과 자연스럽게 섞이지 못하게 한다는 건 본인이 제일 잘 알고 있었다.

하루캄은 옆에 있는 남성이 얼굴을 숨기듯 펼친 신문을 딱히 읽으려는 생각도 없이 무심코 바라본다. 선글라스를 쓰고 있는 터라 어둠침침한 시야 속에 2월 15일이라는 날짜가 확 눈에 들어왔다. 어제는 밸런타인데이였구나, 하고 이제야 새삼 깨닫는다.

—밸런타인데이에 결혼식을 올리다니 꽤나 로맨틱한 신랑 신부야.

하루캄은 추워서 이를 달달 떨며 어제 **고객**의 얼굴을 떠올린다.

기타칸토 지역의 한 작은 마을에서 열린 호텔 피로연에서였다. 하루캄의 스승인 난보쿠사이 덴초의 마술 공연이 끝난 뒤에, 고등학교 선생인 신부의 제자들이 깜짝 이벤트를 한답시고 줄줄이 등장해 아카펠라를 들려주는 통에 식장의 갈채를 몽땅 독차지해 갔다. 확실히는 모르겠지만 전교생이 총 3천 명이 넘는 매머드급 고등학교인 모양으로, 아카펠라 공연은 정말 무시무시할 정도로 박력이 넘쳤다. 이 길에 들어선 지 50년, 이제 곧 일흔에 이르는 사부의 고전적이고 기품 있는 만담 마술 공연이 이길 수 있는 상대가 아니었다.

—사부를 보조출연자 취급 하다니! 너네 로맨틱한 결혼식을 올리는 데만 온통 정신이 팔려 있으면 어떡해, 이 동네 부끄러운 줄도 모르는 멍청한 커플아.

모르는 사이에 또 혀를 차고 있었던 모양이다. 옆에 있던 남성이 다시금 한 발쯤 떨어졌다.

—하루캄, 네 녀석의 그 화는 대체 어디서 온 거냐? 그 화를 삭이지 않으면 마술 실력도 늘지 않을 게야.

입문한 지 5년. 사부는 하루캄에게 화가 터져 나오는 비등점이 낮다고 줄곧 주의를 줬다.

사부가 일껏 생각해준 예명, '난보쿠사이 덴페이'를 '싫습니다요' 하고 단번에 거절하고 자신이 생각해낸 '하루캄'을 썼을 때도, 난보쿠사이 문하생들 사이에 전해져오는 번개처럼 빠른 손동작을 특징으로 하는 일본 고유의 마술을 아직 익히지도 않았을 무렵부터 멋대로 해외 마술사를 참고한 마술을 하기 시작했을 때도, 모히칸 머리로 무대에 올랐을 때도, 전통 예능 전용 소극장보다 길거리에서 퍼포먼스를 하고 싶다고 직접 호소했을 때도, '부처님도 울고 갈 덴초'라고 예인 동료들 사이에서 칭해지는 사부는 파문 선언은커녕 질타 한번 하지 않았다. 그런 관용과 방임 사이를 오가던 사부가 하루캄의 툭하면 터져 나오는 '화'에 대해서만은 기회가 있을 때마다 끈질기게 주의를 줬다. 하지만 아직도 고쳐지지 않았다.

눈이 빠지게 기다렸던 전철이 플랫폼으로 들어온다. 하루캄은 하품을 했다. 평소라면 아직 자고 있을 시간이다. 전철 문이 열리자 줄을 서 있던 승객들이 일제히 움직이기 시작한다. 각자 발견한 빈자리를 찾아간다고 사방에서 은근히 밀어대는 통에 불쾌하기 짝이 없었다. 혼잡한 전철을 타지 않아도 되는 일에 종사한다고 생각했는데 오늘 아침은 아무리 해도 피할 도리가 없었다.

"우미하자마역— 종점, 이라."

전철 문 위에 붙어 있는 노선도를 손가락으로 가리키며 행선지를 확인하고 나서, 하루캄은 새삼 전철 안을 빙 둘러본다. 장신에 속하기 때문에 대개 사람들이 많이 모인 곳에서는 머리통 하나가 더 위로 나와 있다. 승객들이 서로 밀치락달치락하며 북적대는 전철 안에서도 전망만은 좋았다.

승객의 태반은 남자였다. 양복 차림은 적었고 대부분의 사람들이 편한 옷차림을 하고 있었다. 얼마 안 돼 그 이유를 알 수 있었다. 차창 위로 공장들이 늘어선 동네가 비치기 시작했다. 이 노선은 공장에서 일하는 사람들의 통근 전철인 듯하다. 아니나 다를까 역에 정차할 때마다 승객

수가 점점 줄어들었다.

그리고 그렇게 혼잡했던 전철 안이 승객 대부분이 앉아 있는 상태가 될 만큼 한산해졌을 즈음, 드디어 차내 안내방송이 종점, 우미하자마역에 도착한 걸 알린다. 투명한 유리가 달린 전철 문 앞쪽으로 공업지대와 은빛 바다가 보였다. 하얀 파도가 몹시 춥게 느껴졌다.

"세상의 종점 같네."

덜컹덜컹 흔들리며 천천히 속도를 줄여나가는 전철에 몸을 맡긴 채, 하루캄은 중얼거렸다.

하루캄 뒤에 내린 승객들은 쏜살같이 개표구를 빠져나갔다.

그들이 향하는 방향을 보니 커다란 정문이 자리하고 있었다. 문 너머에는 민트그린색의 평평한 지붕이 줄지어 늘어선 공장이 보였다.

정문 앞에서는 무서운 얼굴의 경비원이 떡 버티고 서서 공장 직원들을 맞이하고 있었다. 하루캄과 엇비슷할 만큼 키가 큰 것 같지만 사자머리 파마 때문에 머리통이 터무니없이 커져버려 스타일은 영 아니었다. 선글라스 너머로 보고 있는 데다가 역 안에서 공장 정문까지는 꽤 거리가 있는데도 경비원은 하루캄의 시선을 민감하게 알아차리고는 눈을 부릅뜨며 같이 노려보았다. 눈빛이 무시무시한데, 하루캄은 자기 행색은 생각지도 않고 기세에 압도돼 뒤로 물러선다.

선글라스 테를 잡으며 마치 아무 일도 없었다는 듯 태연히 경비원의 시선을 피한 순간, 벽이라고만 생각했던 곳이 드르르 옆으로 열렸다. 안에서 빨간 머리 역무원이 휴지통을 안고 나타난다.

그 빨간 머리와 얼굴은 하루캄의 시선보다 꽤 아래에 있었지만 바로 눈앞에 들이닥칠 것처럼 느껴졌다. 역무원의 회색 재킷 가슴팍에 달린 〈모리야스 소헤이〉라고 적힌 이름표를 보고는 저도 모르게 뒷걸음질을 친다.

소헤이 쪽도 하루캄의 출현에 놀란 것처럼 "아" 하고 작게 소리를 질렀다.

"안녕하세요. 야마토기타 여객철도 나미하마선 유실물 보관소에 볼일이 있어서 오셨나요?"

하루캄이 말없이 고개를 끄덕이자 소헤이는 다시 한번 "아" 하고 중얼거린다. 그의 눈은 손에 든 휴지통을 보고 있었다.

"으음 그럼, 우선 안으로 들어오세요. 난방장치를 이제 막 켜서 따뜻하지는 않을 것 같지만 들어오세요. 난 저, 으음 그러니까, 이걸 일단— 에헤헤, 실례합니다."

휴지통을 든 채 바스락바스락 소리를 내며 사무실로 되돌아가려고 한다. 하루캄은 선글라스 테를 잡으며 남자치고는 높다는 말을 자주 듣는 목소리를 되도록 낮게 냈다.

"저기, 잠깐. 휴지 버리러 가는 길 아니었어?"

"아, 네, 그렇습니다만—."

"갔다 와. 난 안에서 기다릴 테니까."

"그래도 될까요?"

"돼. 바로 올 거지? 전철 타고 휴지 버리러 가는 거 아니지?"

하루캄은 휴지통에서 나는 비릿한 냄새에 얼굴을 찌푸리면서 내치듯이 어서 가라는 손짓을 한다. 소헤이는 척 입꼬리를 올리며 붙임성 있게 웃더니 머리를 숙였다. 빨간 머리가 살랑살랑 흔들렸다.

"감사합니다. 그럼, 잠시만 기다려주세요."

소헤이가 개표구 옆에 있는 직원 전용 문을 열어 밖으로 나가는 걸 눈으로 좇으며 하루캄은 후아, 하고 크게 숨을 내쉰다.

—아, 깜짝이야, 진짜 쫄았어. 왜 하필이면 **저 녀석**이 여기에 있는 거야?

문득 시선이 느껴져 얼굴을 들자 앞쪽의 사자머리 파마를 한 경비원이 아직도 이쪽을 보고 있다. 하루캄은 허둥지둥 자세를 바로 하며 경비원의 시선을 피하려고 유실물 보관소 사무실로 뛰어 들어갔다.

사무실 양 옆면 끝까지 딱 들어차는 접수대 앞에 선다. 〈분실물센터〉라고 적힌 녹색 표찰이 천장에 매달려 있는 게 눈에 들어왔다. 아마 녀석이 직접 만들었을 테지. 하루 캄은 표찰을 매섭게 노려보며 다급하게 심호흡을 세 번 한다. 날뛰는 심장은 그런대로 평소처럼 돌아왔다. 마술 무대에도 서는데 이런 건 아무것도 아냐. 그렇게 자신에게 암시를 걸며 기다린다.

얼마 뒤에 소헤이가 돌아왔다. "많이 기다리셨지요", 느긋하게 말하더니 접수대 끝에 있는 나무 상판을 들어 올려 건너편으로 돌아간다. 그러고는 여전히 웃는 얼굴로 하루캄 앞에 섰다.

"그래서, 으음, 찾고 계신 건 뭐죠?"

"영국 국기가 그려진 토트백. 어제 야마토기타 여객철도 조쿄 본선 전철 선반에 깜빡하고 놔두고 내렸어. 고객센터에 문의했더니 여기 도착해 있다고 해서."

"유니언잭이 그려진 토트백이라고요. 괜찮으시다면 별 지장이 없는 범위 내에서 가방 안에 뭐가 들었는지 말씀해 주실 수 있나요?"

"옛날 우산이 여섯 개쯤 들어 있었을 거야."

"옛날 우산?"

"대나무 살에 방수 화지를 붙인 우산이야. 접은 상태에서 전체 길이 60센티미터. 펼치면 지름 80센티미터쯤 돼. 하나하나 다 색이 달라. 연지색, 창포색, 달개비색 그리고…… 어린 풀색, 황매화색, 노란빛이 도는 갈색이야. 모양은 전부 하얀 소용돌이가 그려져 있어."

목소리가 너무 높아지지 않도록 의식적으로 계속 조심하면서 하루캄은 필요한 최저한의 설명을 했다. 소헤이는 접수대 위에서 메모를 하며 몇 번이나 고개를 끄덕였다.

"자세히 설명해주셔서 감사합니다. 잘 알겠습니다. 그 물건들이 든 토트백은 분명 도착해 있습니다. 조죠 본선은 간토평야를 남북으로 가로지르는 노선인 까닭에 분실물이 아득히 먼 역의 분실물센터에 보관돼버리지요."

그 부드럽고 다정한 말투에 하루캄은 무심코 그만 입을 잘못 놀리고 말았다.

"맞아. 덕분에 난 꼭두새벽부터 일어나 도쿄에서 일부러—"

"도쿄에 살고 계시나 봐요."

태연하게 말을 받아줬지만 하루캄은 움찔 놀라며 화제를 바꾼다.

"도착해 있으면 들고 와줄래? 우산이 망가지지 않았는

지 확인하고 싶어."

옛날 우산은 전부 사부의 마술 도구였다. 전철 선반에 깜빡 놔두고 내렸다는 말 따위 입이 찢어져도 사부에게는 못 한다. 하고 싶지 않다. 사부는 오늘 쉬는 날로 내일은 도내 양로원이 기획한 마술쇼에 갈 예정이다. 그리고 하루캄은 여기에서도 조수 역을 맡는다. 옛날 우산을 쓸지 말지는 현장 분위기에 따라 달라지지만, 하루캄 입장에서는 무슨 일이 있어도 오늘 중에 잃어버린 물건을 회수해 아무일도 없었다는 얼굴로 들고 가고 싶었다.

총총히 로커로 향했던 소헤이가 유니언잭이 그려진 토트백을 안고 돌아온다. 틀림없이 하루캄의 백이었다. "그거야, 그거!" 접수대 앞으로 몸을 쑥 내민 하루캄을 보면서 소헤이는 빨간 머리를 흔들며 고개를 갸우뚱한다.

"안에 우산 말고 다른 물건도 들어 있어요."

"뭐? 아아, 문고본이지? 전철 기다리는 동안 시간 때우려고 사부랑 찻집에 들어갔는데, 거기가 찻집이 딸린 역 구내 서점이었어. 그래서 사부가 '맛있는 커피에 대한 답례로 책을 한 권 살까 하는데. 우리 제자가 읽을 만한 적당한 책으로 좀 준비해줘요', 뭐 그런 쓸데없는 소리를 꺼내는 바람에 기분이 좋아진 여자 점장이 열심히 골라준 책이야. 돌아오는 전철에서 읽으려고 했는데 자버렸어. 뭐야?

책 제목까지 말하지 않으면 내 물건이라는 걸 안 믿겠다는 거야?"

"아니에요. 설마 그런."

"아마 그게 삐에로…… 맞다, 『중력 삐에로』다! 그렇지? 내 말이 맞지? 내 물건이야, 그거."

접수대에 놓인 토트백을 확 낚아채 부둥켜안더니 하루캄은 재빨리 안에 든 물건을 꺼냈다. 옛날 우산 여섯 개를 순서대로 펼쳐서는 안쪽의 대나무 살이며 붙여놓은 화지에 망가진 데가 없는지 꼼꼼하게 확인한다. 그러자 잠자코 지켜보던 소헤이가 조심스럽게 말을 건넸다.

"선글라스를 벗는 편이 보기 편하지 않을까요?"

"……인상이 나빠서. 특히 눈빛이 흉악해 보이는 모양이야."

꼭 거짓말이라고는 할 수 없었다. 언젠가 유치원에서 마술쇼를 했을 때 하루캄이 잔뜩 치켜뜬 눈으로 노려보자(노려볼 작정은 아니었지만) 울어버린 원생이 있었다. 이후 '선글라스는 많은 결점을 가려준다'는 사부의 말에 따라 쓰고 있다.

깔끔하게 우산을 펴고 접을 수 있는지 시연까지 잊지 않고 해보고 나서, 하루캄은 후유 하고 한숨을 돌렸다.

옛날 우산을 토트백 안에 도로 집어넣고는 "자, 그럼" 하는 말을 남기고 가려는데 뜻밖에도 가방이 세게 확 끌어당겨져 도로 접수대 위에 놓여진다. 살펴보니 토트백 한쪽 손잡이를 소헤이가 단단히 쥐고 있다.

"잠시만 기다려주세요. 분실물을 받아 갈 때 수령증에 본인이나 대리인분의 성명을 기입하고 날인을 받게끔 돼 있습니다. 그리고 신분증 제시도 부탁드립니다."

"왜?"

따지려고 대든 순간 목소리가 원래 톤대로 높게 나오고 말았다. 하루캄은 허둥지둥 목소리와 감정을 가라앉혔다.

"조금 전에 나랑 같이 가방 안을 확인했잖아? 나, 문고본 제목까지 맞혔잖아?"

"네."

"그럼, 이게 내 물건인 건 당신도 잘 알겠네."

"99퍼센트는. 나머지 1퍼센트, 완전히 똑같은 분실물이 동시에 발생해서 서로 다른 물건을 건네고 만 경우도 과거에 있었어요. 만일을 위해 성명이나 주소 같은 연락처를 가르쳐주셨으면 합니다. 개인정보 취급엔 충분히 주의를 기울이겠습니다. 악용도 하지 않겠습니다."

소헤이는 하루캄의 겉모습에도, 몹시 거친 말투에도 겁내는 기색 없이 온화한 말투를 흐트러뜨리지 않는다. 부드럽고 유연하며 어떤 상황에서든 긴장하지 않고 본연의 모습 그대로 행동한다.

―나와는 정반대로.

하루캄은 압도당한 얼굴을 감추려는 듯 선글라스를 밀어 올렸다.

"싫어. 나한테도 사정이 있어. 다른 일이라면 뭐든 할 테니까 부탁해. 눈 딱 감고 그냥 좀 넘겨줘."

"사정―."

소헤이는 선글라스 너머에 있는 하루캄의 눈을 꿰뚫어 보는 듯한 시선으로 쳐다본다. 긴 앞머리 사이로 엿보이는 눈동자는 동그랗고 귀엽게 생겼지만, 색이 짙어서 다른 사람의 말과 행동을 있는 그대로 받아들일 것 같은 너그러움이 느껴졌다.

두 사람 사이에 침묵이 흐르는 가운데 노크 소리가 울린다. 소헤이가 대답을 하기 전에 미닫이문은 스르르 옆으로 열렸다.

문을 열고 나타난 건 조금 전 개표구 맞은편 공장 정문에 서 있던 경비원이었다. 가까이에서 보니 사자머리 파마의 박력은 엄청났다. 흉악해 보이는 눈빛도 하루캄이 동네 불량배 수준이라면 이쪽은 청부살인자 수준이리라.

경비원은 새까만 쇼핑백을 소헤이에게 공손하게 내밀었다. 위험한 흉기라도 들어 있는 게 아닌가 싶어 하루캄은 부들부들 떨었지만, 안을 들여다보니 반지르르하게 윤기가 도는 탐스럽게 생긴 귤이었다.

"이거, 고향에 계시는 어머니가 한 상자 가득 보내와서 나눠 먹으려고요."

"우와. 감사합니다."

"어머니 말씀으로는, 귤은 조몰락조몰락 잘 주물러주면 더 달콤해진대요."

경비원은 그리 말하고는 쇼핑백을 소헤이에게 건넨 후 울툭불툭 뼈가 튀어나온 거칠고 커다란 손으로 주먹밥을 싸듯이 조몰락조몰락해 보인다. "아이, 설마" 하고 엉겁결에 중얼거려버린 하루캄을 날카로운 눈빛으로 꿰찌르듯 쏘아보더니 다시 소헤이에게 시선을 돌렸다.

"근데, 찾았습니까?"

"아, 아니, 저기, 몬가 씨. 지금은 좀―."

소헤이는 흘끗 하루캄을 보며 누가 봐도 알 수 있게 허둥댔다. 몬가라고 불린 경비원을 미안해하며 두 손으로 막으려 했지만 몬가는 꿈쩍도 하지 않고 한 발짝 다가오며 말을 계속한다.

"나도 출근하자마자 제일 먼저 공장 부지 안을 샅샅이 찾아봤지만, 단서가 없습니다."

"그랬군요. 아침 일찍부터 일부러 그렇게까지 신경 써주

서서 감사합니다."

"걱정이네요. 이런 일은 처음이라서."

흠, 하며 입을 잔뜩 비쭉이 내밀면서 몬가는 팔짱을 꼈다. 하루캄의 존재는 완전히 무시하고 있다. 순식간에 인내심에 한계가 찾아온 하루캄은 "어이" 하고 소헤이에게 말을 걸었다.

"뭐야? 당신도 뭐, 잃어버린 거요?"

몬가가 입술을 내민 채로 눈알을 굴리며 흘낏 노려봤지만 하루캄은 선글라스를 밀어 올리며 가슴을 뒤로 젖혔다.

"저기, 그럼 이렇게 안 할래? 내가 당신 분실물을 찾아서 조건 없이 넘길게. 당신은 내 분실물을 마찬가지로 조건 없이 돌려주는 거야. 어때? 샘샘이잖아?"

"아니 무슨 그런 가당치도 않은 소리를."

소헤이는 그리 말하며 두 손을 들어 손사래를 쳤지만 몬가가 하루캄 앞에 기세 좋게 쑥 얼굴을 내민다.

"소헤이 씨의 분실물이 뭔지 알고 하는 소리요?"

"내가 어떻게 알아. 하지만 찾아낼 거야."

"남자가 한 입으로 두말하면 안 돼요."

청부살인업자가 한번 흘낏 쳐다보자 하루캄은 몸을 떨면서도 "아아" 하며 크게 고개를 끄덕였다.

소헤이는 그래도 여전히 망설이고 있었지만 몬가가 설

득하러 나선다.

"소헤이 씨, 한시라도 빨리 찾고 싶잖아요? 하지만 나나 소헤이 씨나 공교롭게도 하루 종일 일 때문에 우미하자마에서 움직일 수가 없어요. 이런 상황에선 한 번쯤은 어떤 얍삽한 조건이라도 수용할 수밖에 없어요."

"어이. 난 얍삽한 조건 같은 거 내민 적 없어. 샘샘이라고 했잖아."

하루캄은 몬가에게 항변하고는 소헤이에게 돌아섰다.

"교섭 성립으로 봐도 되지? 그치?"

"……네."

"좋아. 근데, 분실물은 뭐야?"

"펭귄이에요."

"펭귄, 뭐? 봉제 인형? 저금통? 노트? 스마트폰 케이스? 아, 우산인가?"

"아니요. 펭귄 그 자체를 말해요."

소헤이의 빨간 머리가 살랑살랑 흔들리면서 동그란 눈동자가 선글라스를 뚫고 지나와 하루캄의 눈을 관통한다. 하루캄은 저도 모르게 숨이 막혔다.

"그 자체라니, 살아 있는? 날지 못하는 새, 펭귄?"

"맞아요."

아주 성실하게 고개를 끄덕이는 소헤이의 얼굴에서 시

선을 돌리며 하루캄은 사무실을 빙 둘러본다. 컴퓨터 책상, 접수대, 천장에 매달린 녹색 표찰. 맞다. 이곳은 역 〈분실물 센터〉다. 동물원이 아니다.

"그쪽이 키우는 펭귄을 찾으라는 거야?"

"아니에요. 돌보고는 있지만 내가 키우는 펭귄은 아니에요. 역에서 맡고 있어요. 분실물로서."

"잠, 잠시만 기다려. 한번 정리 좀 하자고. 으음, 그러니까…… 분실물센터에서 맡고 있던 분실물인 펭귄이 사라지는 통에 분실물이 또다시 분실물이 돼버렸다, 고? 아, 뭐야. 이거 완전 간장 공장 공장장 놀이를 하는 것 같잖아!"

하루캄이 모히칸 머리를 쥐어뜯자 몬가가 침착하게 말 참견을 했다.

"고양이 역장이 있는 역도 있는 세상에 펭귄을 돌보는 역이 있는 게 뭐가 이상해요? 그 펭귄이 그냥 길을 잃어버렸다는 얘기잖아요."

"아, 그렇구나. 요는 길 잃은 펭귄이라는 거네."

딱, 소리가 날 정도로 상황이 잘 이해가 돼 하루캄은 손뼉을 쳤다. 한편 소헤이는 곤혹스러운 듯 눈썹을 잔뜩 찌푸리며 표정이 어두워졌다.

"원래부터 제 좋을 때 제 마음대로 전철을 타고 외출하는 펭귄이긴 했지만, 어제 마지막 전철이 올 때까지 기다려도 돌아오지 않았어요. 이런 일은 처음이에요. 걱정이 돼서 몬가 씨한테도 도와달라고 부탁했고, 나도 오늘 아침에는 출근 전에 갈 만한 역을 찾아보고 왔지만 발견하지 못했어요."

"집을 떠나 어디 여행 간 거 아냐?"

하루캄의 말에 소혜이는 뺨이라도 맞은 듯한 얼굴이 된다. 꽉 아랫입술을 깨물고는 고개를 몇 번이고 가로저었다.

"그럴 리 없어요. 그럴 턱이 없어요. 그건 곤란해요. 갑자기 사라지다니—."

당장에라도 울음을 터뜨릴 것 같은 소혜이를 감싸듯이 몬가가 앞으로 나선다.

"펭귄을 찾을 거요, 안 찾을 거요?"

"찾을 거야! 찾으면 되잖아. 찾아주면."

마지막에는 서로 시비조로 대화를 하게 됐지만 어쨌든 교섭은 성립됐다.

하루캄은 소혜이에게 이 부근 역이 모두 그려진 노선도를 빌려달라고 했다.

소혜이는 몇몇 로커 문을 열어 하루캄이 요청한 걸 찾다가 얼마 안 돼 커다란 노선도를 한 장 들고 온다.

"이걸 써주세요. 드릴 테니."

"나 줘도 돼?"

"아직 예비로 남겨둔 게 있어서 괜찮아요."

하루캄은 그 말을 듣더니 펭귄이 들를 만한 역 이름이며 목격 정보, 역이나 전철 안에서 평소 어떤 행동을 보이는지, 더 나아가 펭귄의 종류며 외견적 특징까지 소헤이에게서 얻은 정보를 노선도에 직접 적어 넣었다.

자습서처럼 돼버린 노선도를 비스듬히 멘 낡은 천 가방에 던져 넣은 하루캄에게 소헤이는 한자와 숫자가 적힌 메모를 건네준다.

"내 이름과 휴대전화 번호예요. 무슨 일이 있으면 바로 연락 주세요."

"아, 감사."

하루캄이 그걸 아무렇게나 주머니에 집어넣자 소헤이는 작은 목소리로 덧붙인다.

"무슨 일이 없더라도 연락해주세요. 괜찮으시다면."

몬가가 뭔가 할 말이 있는 듯이 소헤이를 봤지만 결국에는 "자, 난 일하러 돌아갈게요" 하며 양해를 구하더니 한발 먼저 사무실을 나갔다.

갑자기 분위기가 어색해져 하루캄은 허둥대며 할 말을 찾는다.

"맞다. 다른 분실물이 있으면 말해. 가는 김에 찾을 만하면 찾을 테니까."

"다른 분실물, 말인가요?"

소헤이는 마치 소리라도 날 것처럼 눈을 깜박거리면서 생각에 잠겨 있다가 하아, 하고 살짝 숨을 내쉰다.

"다른 분실물이 하나 더 있긴 한데 그건 또 나중에."

"음. 우선은 펭귄을 찾는 게 급하지. 알겠어. 내 분실물, 잘 보관해줘."

"알겠습니다. 그럼, 다녀오세요. 펭귄 잘 부탁드립니다."

소헤이가 온화하게 말하며 미소를 짓자 사르르 긴장됐던 분위기가 풀린다. 그 분위기에 취해 기분이 좋아지려고 하는 자신을 부정하고 싶어서 하루캄은 한층 더 거칠게 발소리를 내며 유실물 보관소를 뒤로했다.

*

펭귄이 자주 목격된다고 소헤이가 열거했던 몇몇 역 중 한 곳인 유다라이역에 내려선다. 플랫폼이 여러 개 있고 다양한 노선이 지나가는 제법 큰 역이었다.

─우선은 목격자를 찾아야지.

하루캄은 좀 더 사람이 많은 플랫폼으로 이동한다. 의욕에 넘쳐 탐문을 시작한 건 좋았는데 하루캄의 겉모습을 보더니 대부분의 승객들은 그가 다가오기도 전에 슬그머니 도망쳐버렸다. 전혀 성과를 못 올리고 있는데 몸은 점점 더 추워지고 괜히 신경질만 늘어났다. 라이더 재킷은 어쨌거나 진짜 가죽이지만 안에 입은 맨투맨 셔츠는 흐물흐물해진 낡은 옷이라 찬 바람이 스며들고 만다.

"제기랄. 다음에 보이는 녀석은 절대로 안 놓칠 거야."

강풍에 못 이겨 비쩍 마른 몸이 획 뒤집혔을 때, 전철을 타려고 늘어선 사람들 틈에서 살짝 벗어나 등을 꼿꼿이 세우고 서 있는 한 여고생이 눈에 들어왔다. 단발머리에 분홍색 목도리를 둘둘 감고 있는 그 여학생은 딱히 이성의 눈을 끄는 타입이 아닌 데다 교복을 차려입은 모습도 딱 적당히 성실해 보였다.

—이런 타입의 고객은 대개 의리가 있고 성실해. 내 마술을 끝까지 봐주고 팁도 주지. 성격상 도중에 도망을 못 가거든.

길거리 퍼포먼스의 경험에 기대 목표를 설정, 하루캄은 여고생에게 다가갔다.

말을 걸고 펭귄에 대해 묻자, 바로 조금 전에 전철 안에서 봤다는 대답이 돌아왔다. 하루캄은 이 귀중한 정보를 놓치면 안 된다 싶어 퍼뜩 여고생의 팔을 잡았다.

펭귄이 탔다는 전철 차량까지 데려다달라고 끈덕지게

달라붙는 하루캄에게 여고생은 당혹감과 공포심을 있는 대로 드러내며 잡힌 팔을 빼내려고 바둥거렸다. 그러던 중 힘이 너무 들어가버린 여고생의 손이 빗나가면서 하루캄의 뺨을 쳐버렸다. 그 충격으로 선글라스가 휙 날아가 안경다리가 부러졌고 하루캄 자신도 휘청거렸다. 게다가 천가방 입구까지 벌어지는 바람에 수갑, 검은 눈가리개, 길이가 다른 몇 개나 되는 밧줄 같은 마술 도구가 여기저기 플랫폼 바닥에 쏟아지고 말았다. 여고생이 눈물이 그렁그렁한 눈으로 숨을 삼키는 소리가 분명히 전해져왔다. 플라스틱으로 된 안경다리가 톡 부러져버린 선글라스를 거칠게 가방에 쑤셔 넣으면서 하루캄은 분개했다.

　—어이 어이, 선글라스는 완전히 망가진 데다 뺨까지 맞아서 울고 싶은 건 내 쪽이거든.

　그때 여고생을 "요모 씨" 하고 부르며 나타난 한 남자 고등학생이 있었다. 그녀를 등 뒤로 숨기며 하루캄 앞을 막아선다. 피부는 하얗지만 어깨가 넓은 건장한 체격의 소년이었다. 요모 씨는 그를 "우에조노 군"이라고 불렀다.

　우에조노 군은 "우리는 중요한 볼일이 있어서"라고 말하며 요모 씨를 재촉하더니 하루캄 곁에서 데리고 사라져버렸다.

　영락없이 남자 친구가 여자 친구를 구하러 나타났나 싶

었더니만 우에조노 군은 요모 씨의 "남동생이에요"라고 말했다. 성이 다른 걸 보니 아마 피가 섞인 남매는 아닐 것이다. 그래도 남매는 남매다. 누나를 지켰다는 마음에 의기양양해하는 우에조노 군의 등을 하루캄은 화내는 것도 잊은 채 멍하니 눈으로 좇고 말았다.

혼자가 되고 나서 정신을 차린 하루캄은 요모 씨가 펭귄을 봤다고 한 전철로 허둥지둥 뛰어올랐다. 그대로 승객들 사이를 누비며 긴 차량을 맨 앞 칸부터 마지막 칸까지 두 번이나 왕복했지만, 펭귄은 찾을 수 없었다.

세 번째 왕복을 할지 말지, 천장에 매달린 광고판을 무심히 보면서 생각에 잠겨 있는데 전철은 미슈쿠역에 멈춰섰다. 비교적 큰 역인 터라 많은 승객이 내렸다.

하루캄은 차창으로 시선을 옮겨 바깥 플랫폼에 넘쳐나는 인파를 응시하고 있었지만, 그의 눈이 갑자기 딱 한곳에 고정된다. 하차한 승객들의 발밑 사이를 빠져나가듯 자박자박 걸어가고 있는 펭귄을 포착했기 때문이다.

하얀 가슴을 떡 뒤로 젖히고 뒤뚱뒤뚱 좌우로 몸을 흔들고 있는 모습은 기특하다는 말이 너무도 잘 어울렸다.

바람이 불거나 발이 엉켜 넘어질 것 같으면 날개를 사뿐히 들어 올려 균형을 잡았다. 자그마한 머리통에 하얀 아치형 머리띠 같은 무늬가 들어가 있다— 전부 다 소헤이에게서 들은 특징이나 모습 그대로였다.

하루캄은 눈을 잔뜩 치켜뜨며 창문에 찰싹 달라붙었다.

"어이, 기다려, 펭귄."

그 목소리가 전해졌을 리 없는데도 펭귄은 발을 멈추더니 주둥이를 하늘을 향해 벌렸다.

"까아아, 아아아아아아."

승하차를 위해 열려 있는 문을 통해 상상했던 것보다 큰 소리가 들려왔다. 그 울음소리 위로 출발을 알리는 멜로디 소리가 겹쳐서 들렸다. 하루캄은 허둥지둥 조금 떨어져 있는 문을 향해 갔지만 이미 적지 않은 승객이 올라타고 있어 그 인파를 거꾸로 헤치고 나가는 건 쉽지 않았다.

"아, 죄송해요. 잠시, 내리—."

하루캄이 그리 소리치기 전에 전철 밖에서 삐이, 하는 호각 소리가 드높게 울렸다. 플랫폼에 서 있는 역무원이 승차 종료를 알리는 신호였다. 하루캄의 눈앞에서 전철 문이 천천히 닫혀버린다.

하루캄은 머리를 감쌌다. '제기랄' 하고 소리치고 싶은 마음을 가까스로 참은 탓인지 크흐흐, 하는 이상한 신음 소리가 나오고 말았다.

다음 역에서 돌아와 다시 미슈쿠역에 내려선 하루캄이 바로 미슈쿠 수족관으로 향한 건, 소헤이가 준 펭귄의 목격 정보에 운을 걸었기 때문이다.

─미슈쿠역에선 개표구를 나와 수족관까지 걸어가기도 하는 모양이더라고요.

그 말을 들었을 때는 '펭귄이 수족관에 돌고래 쇼를 보러 가나? 그거 진짜야?' 하며 웃었지만, 지금은 지푸라기라도 잡고 싶은 심정이었다.

도중에 지나가는 사람들에게 가는 길을 물어가며 겨우 당도한다. 〈미슈쿠 수족관〉이라고 적힌 간판 한쪽 옆에 사람처럼 묘사한 돌고래가 그려져 있었다. '어서 오세요!'라는 친근한 느낌의 말풍선을 보고 '딱히 오고 싶어서 온 거 아니거든' 하고 되받아친 건 다른 이유가 있다기보다 바로 하루캄의 심기가 잔뜩 뒤틀려 있었기 때문이다.

평일이지만 수족관은 가족 나들이를 온 사람들이며 단체 여행 온 초등학생들로 북적거렸다. 초등학생 남자아이들 중에는 수조를 들여다보는 게 싫증이 나 몰래 친구들끼리 술래잡기를 하는 아이도 있었다. 느닷없이 기둥 뒤에서 튀어나오는 아이들을 화려한 몸놀림으로 피해가며 하루캄은 환하게 조명이 비치는 수조 안이 아니라 감상 중인 사람들의 발밑이나 모퉁이 같은 으슥한 데를 눈이 뚫어지게 살폈다.

천장에 닿을락 말락 한 높이까지 설치된 거대한 수조에는 정어리, 상어, 넙치, 거북 등 갖가지 해양 생물이 함께 헤엄쳐 다니고 있다. 감상 중인 사람들은 머리 위로 왔다 갔다 하는 그들을 정신없이 보고 있다. 해양 생물들 바로 아래에서 감상한다는 신기한 각도에서 한발 더 나아가, 더욱 자세히 관찰할 수 있게끔 수조 모양을 고안해 수중 터널 형태로 만든 에스컬레이터가 설치돼 있었다.

1층, 2층을 차례로 살폈지만 이렇다 할 수확은 얻지 못한 채 3층으로 올라왔다. 이제 곧 돌고래, 물개 쇼가 시작돼서 그런지 옥상으로 급히 가는 사람들이 많아 2층과 3층에는 거의 사람이 없는 상태였다.

하루캄은 발을 바삐 떼며 실내를 가로질러 가다 문득 발을 멈춘다.

안쪽에서 "까아아아아아" 하는 소리가 들려왔기 때문이다. 그 소리는 미슈쿠역 플랫폼에서 들었던 펭귄의 울음소리와 아주 비슷했다.

"이쪽인가!"

하루캄은 그 울음소리를 따라 어스레한 실내를 무턱대고 달려갔다.

이윽고 보이기 시작한 유리로 돼 있는 사육장 앞에서 하루캄은 맥이 빠져 멍하니 서 있었다.

사육장 안에 펭귄들이 다닥다닥 붙어서 빼곡히 들어차 있었기 때문이다. 펭귄 코너에 와버린 듯했다. 그 펭귄이 만약 이 무리 안에 섞여버렸다면 끝장이다. 하루캄은 입술을 깨물었다.

등 뒤에서 소리가 들렸다. 험악한 눈초리로 돌아보니 **남자** 초등학생 둘이 눈을 똥그랗게 뜬 채 하루캄을 뚫어지게 보고 있었다. 생김새나 체격은 서로 달라도 둘의 표정은 완전히 똑같았다. 조금 전 유다라이역 플랫폼에서 말을 걸었던 고등학생 남매와는 달리 피가 섞인 형제구나 하고 곧바로 짐작할 수 있었다.

하루캄은 어깨를 건들대며 그 형제에게 성큼성큼 다가갔다.

"저기, 이 근처에서 펭귄 못 봤어?"

마른 몸 위에 얼룩덜룩한 군복 무늬의 긴 후드티를 걸친 턱이 갸름한 **남자아이**가 "못 봤어요", 모자를 쓴 영리해 보이는 남자아이가 "봤어요" 하고 동시에 반대되는 대답을 했다. 형이나 동생 어느 한쪽이 거짓말을 한 듯하다. 즉 어느 한쪽이 하루캄을 수상쩍게 여기고 있다.

하루캄은 금세 속이 부글부글 끓어올라 얼굴을 찌푸렸다. 불룩 나와 있는 천 가방을 손으로 탕 친다.

"곤경에 처한 사람한테 거짓말하면 못써."

결국 '봤어요' 하고 대답했던 모자를 쓴 남자아이 쪽이 군복 얼룩무늬의 긴 후드티를 입은 남자아이를 뒤로 숨기며 펭귄이 걸어간 방향을 가르쳐줬다. 이 녀석이 형이구나, 하고 하루캄은 생각했다. 엄지를 척 치켜세우고는 발길을 돌린다.

"땡큐. 방해해서 미안해. 그쪽에 있는 거짓말쟁이 **꼬맹이 녀석**도 어쨌거나 땡큐야."

뒤에서 형제가 뭔가 시끄럽게 떠들었지만 하루캄은 신경도 안 쓰고 계속 달려갔다.

모자를 쓴 남자아이가 알려준 방향으로 걸어갔더니 전시 공간에서 벗어나 〈관계자 이외 출입금지〉라는 주의 문구가 붙어 있는 공간이 나왔다. 하루캄은 꼼꼼히 그 문구를 읽었고 이해도 했지만 아무런 망설임도 없이 무시했다.

여닫이문을 밀어서 열자 좁은 복도가 길게 이어져 있었다. 뒤쪽 창고로 연결돼 있는 듯하다. 바닥은 전시 공간처럼 카펫이 아니라 미끌미끌한 비닐 소재였다. 조명은 더 어두워졌고 천장은 낮은 데다 길폭은 좁아졌다. 인기척은 없지만 기계 모터 소리나 펭귄 소리 같은 여러 울음소리가 쉴 새 없이 울려 퍼졌다. 비릿한 냄새도 지독하게 났다. 하루캄은 숨을 죽이고 발소리가 나지 않도록 조심하면서 가능한 한 빨리 앞으로 걸어갔다.

이윽고 이곳의 어둠에 눈이 익숙해지자 50미터쯤 앞에 펭귄의 붕긋한 등이 보였다. 머리에는 아치형 머리띠 같은 하얀 무늬가 들어가 있다. 저거야말로 젠투펭귄의 가장 알기 쉬운 특징이라고 소헤이가 말했다. 즉 눈앞에 걸어가고 있는 건 우미하자마역에 사는 펭귄임이 거의 틀림없었다.

—허둥대지 마. 허둥대지 마, 너. 놀래지 않도록 살그머니 간다.

하루캄은 금방 마음이 조급해지는 자신에게 타이른다. 그러고는 발소리를 죽이면서 성큼성큼 다가갔다. 한편 펭귄은 추적자의 존재를 아는지 모르는지 오로지 행진만 계속하고 있다. 두툼한 발로 자박자박 바닥을 내리칠 때마다 작은 머리통이 뒤뚱뒤뚱 흔들렸고 그 여파가 몸에 전해져 크게 흔들리게 되면 날개를 사뿐히 들어 균형을 잡았다.

아슬아슬하게 잡을 수 있는 지점까지 다가가 팔을 내민 순간, 불쑥 소리가 들렸다.

"뭐야? 또 왔어?"

낮고 구성진 목소리였다. 한순간 펭귄이 말했나 싶어 하루캄은 기겁할 뻔했지만, 바닥에 드리워진 사람 그림자가 눈에 들어와 허둥지둥 복도 구석에 높다랗게 쌓여 있던 골판지 상자 뒤로 숨었다. 아슬아슬한 차이로 모습을 드러낸 건 파란색 점프슈트 작업복을 입은 남자 사육사였다. 머리도 수염도 텁수룩하게 기른 모습이 지금 막 정글에서 생환했다고 해도 믿어버릴 것 같은 얼굴을 하고 있다. 그 얼굴에 어울리는 낮은 목소리가 기분 좋게 울려 퍼졌다.

"먹이는 이미 배 터지게 먹었잖아?"

아무래도 펭귄에게 말을 걸고 있는 것 같다. 펭귄은 어쩌나 하면 머리를 꺄우뚱하며 날개를 파닥파닥 움직이고 있다. 경계하는 기색은 전혀 없었다.

—아는 사이인가? 친구인가? 아니면 저 녀석은 원래 수족관에 사는 펭귄인가?

하루캄이 골판지 상자 뒤에서 숨을 죽이며 상황이 어떻게 되는지 지켜보고 있는데 돌연 펭귄이 뒤뚱뒤뚱 몸을 흔들며 뒤로 돌았다. 그대로 자박자박 일직선으로 복도를 되돌아온다.

"오? 왜 그래? 벌써 가는 거야?"

사육사가 말을 걸어도 펭귄은 돌아보지 않았다. 딱 하루캄이 숨을 죽이며 숨어 있는 골판지 상자 옆을 지나갈 때만 흘끗 곁눈질로 하루캄을 보았다. 분명히 보고 있었다. 움직이고 싶어도 움직일 수 없는 하루캄을 보는 그 얼굴이 득의양양한 데다 즐거워 보인 건 기분 탓일까?

—틀림없어. 이 녀석은 역에 사는 펭귄이야.

하루캄은 알아차렸다. 한편 남자 사육사는 의아해하며 중얼거렸다.

"뭐 하러 왔지, 대체?"

아무래도 펭귄의 뒷모습을 바라보고 있는 듯했다. 지켜보는 눈이 있는데 골판지 상자 뒤에서 튀어나와 펭귄을 쫓아갈 수도 없는 노릇이라 하루캄은 이를 부드득 갈았다.

펭귄이 여닫이문을 머리로 통 쳐서 열고는 다시 전시 공간으로 나가 하루캄의 시야에서 유유히 사라져버린 뒤에도 사육사는 그 자리를 떠나지 않았다. 청소기를 돌리는 소리가 들려왔다. 하루캄은 초조하고 짜증이 나 관자놀이의 혈관이 끊어질 것 같았지만 꼼짝달싹도 하지 못하고 계속 숨어 있었다.

드디어 사육사가 떠나고 하루캄이 복도를 되돌아갔을 때는 펭귄이 사라진 지 족히 30분은 지나 있었다. 사육사에게 마지막까지 발견되지 않고 넘어간 건 다행이지만 펭귄을 놓친 건 뼈아팠다. 하루캄은 펭귄을 다시 만날 수 있기를 기도하면서 발길을 재촉했다.

1층에서 옥상까지 건물 안을 사방으로 뛰어다녔지만 펭귄은 눈에 띄지 않았다. 하루캄은 망설이면서도 일단 밖으로 나가보았다. 미슈쿠 수족관의 부지는 아주 넓다. 어울림 마당이라 불리는 광장 쪽에서 맛있는 냄새가 솔솔 나는 터라 그쪽으로 발길을 돌려본다. 소헤이가 이르길 '걸신도 울고 갈 먹보'라는 펭귄도 냄새에 혹해 올 것 같은 기분이 들었기 때문이다. 아니나 다를까, 광장으로 이어지는 내리막길을 가던 도중 길옆에 심어놓은 나무와 풀들 사이에서 펭귄이 난데없이 모습을 드러냈다.

"있다!"

엉겁결에 소리를 지르고 말았지만 주위에 보는 눈도 있는지라 지금 여기서 붙잡을 수도 없는 노릇이다. 애초 어떻게 포획하는지 전혀 생각해두지 않았다는 걸 여기서 처음 깨닫는다.

"무턱대고 만지면 안 된다고 그 녀석이 말했었는데."

하루캄은 어떻게 하면 좋을지 몰라 천 가방 안에서 하얀 밧줄을 꺼낸다.

"이걸로 고리를 만들어 몸통에 탁 건 뒤에 개 산책시키는 것처럼 잡아당기는 건…… 역시 학대일까?"

하루캄이 혼자 중얼거린 소리가 들렸을 리도 없을 텐데 불온한 공기를 감지한 게 틀림없다. 뒤뚱뒤뚱 걷고 있던 펭귄이 날개를 사뿐히 들어 올려 달리기 시작했다. 그러고는 발소리가 자박박박박박, 총총대며 내달리는 소리로 변한다.

"아, 잠시 기다리라니까—."

하루캄도 죽을힘을 다해 전속력으로 달렸다. 말이 안 통한다는 걸 알면서도 묻고 만다.

"어이, 왜 안 돌아가는 거야? 우미하자마역 분실물센터가 네 녀석 집이잖아?"

앞서가는 펭귄의 꼬리가 척 들리는가 싶더니 갑자기 희끄무레한 액체가 발사되었다. 똥오줌이다. 하마터면 정면으로 맞을 상황이라 하루캄은 황급히 피한다. 쓴웃음이 새어 나왔다. '다른 사람이라면 몰라도 네 녀석한테만은 그런 소리 듣고 싶지 않아' 하고 펭귄이 말하는 것 같았기 때문이다.

펭귄은 하루캄의 예상과는 반대로 광장을 우회해 수족관 출구 쪽으로 가고 있었다.

그때 어딘가에서 "어서 달려!" 하는 새된 소리가 들려왔다. 그 절박한 목소리가 신경이 쓰여 하루캄은 달리면서 펭귄을 좇던 시선을 돌려 주위를 빙 둘러보았다.

검은 점퍼와 그 밑에 받쳐 입은 군복 얼룩무늬의 긴 후드티를 바람에 나부끼며 한 **남자아이**가 가늘고 긴 다리를 있는 힘껏 내저으면서 원형 광장을 냅다 달려 빠져나온다. 어린 사슴처럼 달리면서 몇 번이고 돌아보며 큰 소리로 형을 불렀다. 조금 전에 본 형제 가운데—하루캄이 예상한 대로라면—**남동생** 쪽이다.

시선을 이리저리 돌리자 동생보다 한참 뒤에서 모자를 쓴 형 역시 광장 바로 앞을 달리고 있었다. 형이 달리는 모습은 동생과는 완전 딴판으로 물에 빠져 허우적대고 있는 산양처럼 보였다. 손발을 오로지 죽을 둥 살 둥 버둥대고 있지만, 전혀 바람을 헤치며 앞으로 치고 나오지 못했고 움직임도—아마 본인이 떠올리고 있는 모습보다—상당히 둔했다.

때마침 점심밥을 먹을 시간이라 광장 곳곳에서는 도시락이나 광장 가판대 음식을 볼이 미어지게 먹고 있는 광경을 쉽게 볼 수 있어 느긋한 분위기가 감돌았다. 그런 까닭에 형제가 온몸으로 발산하는 긴장감은 너무나 이질적인 느낌이 들어 광장에 있는 사람들도 무슨 일이 있나 하는 시선을 보내고 있다.

하루캄은 형의 뒤에서 쫓아오는 제복 차림의 경비원을 보고서야 형제가 무슨 잘못을 저질렀구나, 하고 사태를 대충 짐작할 수 있었다.

—멍청한 형제 같으니라고.

하루캄은 다시 펭귄에게 눈을 돌려 쫓아가려고 했지만, 시야 한구석에 형이 넘어지는 모습이 잡히자 순간적으로 동생 쪽을 보고 만다.

예상대로 동생은 돌아보지 않았다. 발도 멈추지 않았다. 그러나 하루캄에겐 먼발치지만 동생이 금방이라도 울 것 같은 얼굴로 달리고 있는 게 보였다. 필사적으로 형이 넘어진 걸 모르는 척하는 동생의 마음이 전해져왔다. 경비원에게 붙들릴 것 같은 형을 돕고 싶지만 무서워서 발을 멈출 수 없는 것이다. 그런 자신이 분하고 한심한 것이다. 그리고 무엇보다 둔해빠진 형이 원망스럽기도 한 것이다. 무슨 형이 저래, 하면서.

"아아, 제기랄. 어쩔 수 없네!"

하루캄은 출구 쪽으로 멀어져가는 펭귄에게서 등을 돌리고는 천 가방에서 꺼낸 마술용 밧줄로 재빨리 자신의 두 손목을 묶은 뒤, 형을 붙들려는 참인 경비원을 향해 "저기요" 하고 외쳤다.

30분 후 하루캄은 수족관 1층의 사무실에 있었다. 책상을 사이에 두고 건너편에는 경비원과 수족관 직원이 나란히 무서운 얼굴을 하고 서 있다.

광장에서 하루캄은 밧줄 풀기 마술을 응용해 경비원의 두 손을 밧줄로 꽁꽁 묶었다. 형제 중 형 쪽을 무사히 도망치게 해주고 나서 밧줄을 푼 참에 경비원 손에 단박에 제

압당해 어어, 이거 왜 이래 하며 우왕좌왕하는 사이에 연행되고 말았다.

이 심상치 않은 사태에 하루캄은 몇 번이나 사과했지만 버스는 이미 떠난 뒤였다. 경비원의 말에 따르면 '모히칸 머리를 한 청년이 펭귄을 사방으로 쫓아다니고 있다'는 여러 건의 신고가 있었기 때문에 초등학생 형제의 일이 아니더라도 하루캄을 발견하면 사무실로 한번 오라고 할 작정이었던 모양이다.

하루캄은 짜증스럽게 책상을 손톱으로 탁탁 튕기며 몇 번을 말했는지 모르는 주장을 반복한다.

"그러니까 말이에요, 난 펭귄 도둑이 아니라니까요."

"네. 저희도 고객님을 도둑 취급 하는 게 아닙니다. 확실히 하기 위해서 그냥 얘기를 여쭤보려는 것뿐입니다."

경비원 역시 몇 번째인지 모르는 설명을 공손하게 했지만 의심하는 건 분명했다.

"설마 그 초등학생들도 고객님과 한편인 건 아니지요?"

"그럴 리 있겠어요!"

"그럼 왜 경비원을 방해까지 하면서 생판 모르는 남인 그 아이들을 도망치게 해준 겁니까?"

"아니, 그러니까 난 그런 호들갑스러운 일을 하려고 한 게 아니라 그냥—."

조금 전부터 다람쥐 쳇바퀴 도는 듯한 대화는 항상 이 부분에서 하루캄이 말문이 막혀 우물대다 맨 처음으로 돌아가버렸다.

—거기서 형이 잡혀버리면 동생은 자기가 겁을 먹고 형을 버린 걸 평생 후회하게 돼.

마음속으로 몇 번을 외쳤는지 모르는 소리를 하루캄이 속으로 삼킨 참에 사무실 문이 열려 다람쥐 쳇바퀴 도는 듯한 대화는 가까스로 중단된다. 들어온 직원의 얼굴을 보고 하루캄은 하마터면 소리를 지를 뻔했다.

파란 점프슈트 작업복을 입고 있는, 수염도 머리도 지나치게 수북하다 싶을 정도로 텁수룩하게 기른 그 사육사를, 펭귄 코너 뒤에 있는 창고에서 바로 조금 전에 봤기 때문이다. 그러나 골판지 상자 뒤에서 하루캄이 자신과 펭귄의 교류를 지켜본 일 따위 전혀 알 길이 없는, 산 사나이처럼 생긴 사육사는 건너편의 경비원과 직원에게만 눈길을 보냈다.

"문의하신 건 말입니다만, 미슈쿠 수족관의 펭귄 수는 평소와 같습니다. 늘지도 않았고 줄지도 않았어요."

"아, 그래요. 확인해주셔서 감사합니다."

"거봐요. 난 억울하게 죄를 뒤집어쓴 거라니까요."

여봐란듯이 으스대며 가슴을 펴는 하루캄을 경비원은

얄미워 죽겠다는 듯 노려본다.

"펭귄철도의 펭귄은 어때요? 그쪽을 유괴한 건?"

"유괴라니. 저기 말이에요, 정 안 되겠다 싶으면 나도 명예훼손으로 확 고소할 거예요. 아니라니까요. 난 우미하자마역 분실물센터로부터 직접 펭귄을 찾아달라는 부탁을 받았을 뿐이라니까요."

하루캄과 경비원의 대화를 듣고 있던 사육사가 끼어들었다.

"혹 괜찮으시다면 내가 문의해볼까요? 그곳 역무원한테 펭귄 사육법에 대해 상담을 해준 적이 몇 번인가 있어서 개인 연락처를 알고 있어요."

"부탁드립니다!" 하루캄과 경비원이 동시에 외쳤다.

사육사는 침착하게 전화를 걸었고, 이후 소헤이가 직접 경비원에게 하루캄은 죄가 없다는 점과 사정을 설명했다.

이렇게 해서 자신의 결백이 증명되고 경비원과 수족관 직원으로부터 정중하게 사과를 받고 나서 하루캄은 겨우 한숨을 돌렸다. 사무실 안 분위기도 단숨에 느슨해진 참에 사육사가 스마트폰을 켠 채로 하루캄을 손짓하며 불렀다. 소헤이가 통화를 하고 싶어 하는 듯했다. 무슨 소리를 할까? 하루캄은 조금 경계를 하면서 스마트폰을 귀에 갖다 댔다.

"뭔가 엄청난 일을 겪은 모양이던데 어려운 부탁을 해서 정말 죄송해요. 수고를 끼치게 됐네요."

전화기에서 들려오는 소헤이의 목소리는 직접 듣는 것보다 더 가늘고 다정했다. 하루캄은 모히칸 머리를 매만지듯이 긁적였다.

"아, 아니, 내가 멋대로 휘말린 거라서."

"펭귄, 미슈쿠 수족관에 있었군요."

"맞아. 잠깐 동안은 분명히 있었어. 나도 봤어. 하지만 미안해. 이 정신없는 소동을 치르느라 다시 놓치고 말았어."

말을 하면서 하루캄의 등이 잔뜩 굽어진다. 마치 그 모습이 보이는 것처럼 소헤이가 "괜찮아요" 하고 속삭였다.

"바로 조금 전에 아는 분한테서 전화가 왔는데 유력한 정보를 받았어요."

"뭐? 펭귄을 봤다는 정보야?"

"아, 아니에요. 펭귄이 앞으로 나타날 것 같은 장소에 대한 정보예요."

"헤. 어디야? 무슨 역이야?"

하루캄이 스마트폰을 귀와 어깨 사이에 끼우고는 천 가방에서 노선도를 꺼내 펼치자, 소헤이가 쓱 숨을 들이켜는 소리가 들려온다.

"시오다이타역에서 내려 시오다이타 병원 쪽으로 가주

세요."

내가 갈 수 있으면 좋겠지만 이제부터 분실물을 찾고 있는 초등학생 **남매**가 온다는 연락을 받은 터라, 하며 이어지는 소헤이의 말을 하루캄은 오른쪽 귀로 듣고 왼쪽 귀로 흘려버렸다. 귓속에는 '시오다이타 병원'이라는 단어만 들러붙듯이 남아 있었다.

"여보세요?" 소헤이가 전화기 너머로 말을 걸어와 하루캄은 자신이 오랫동안 입을 꾹 다물고 있었다는 걸 알아차린다. 허둥지둥 "네네" 하고 응답했다. 재빨리 호흡을 가다듬고는 단숨에 내뱉듯 말했다.

"시오다이타역에서 내려 시오다이타 병원 쪽으로 가면 되는 거지? 거기에 펭귄이 온다는 말이지?"

"네, 반드시. 부탁드립니다."

일부러 꾸밈없이 담담하게 '시오다이타 병원'을 말해봤지만 소헤이의 대답도 담백했다. 하루캄은 반쯤 오기가 생겨 그 이상은 아무것도 묻지 않기로 마음먹었다.

"알겠어. 그럼 이만" 하고 살짝 난폭하게 전화를 끊었다.

하루캄이 시오다이타역에 내려선 건 처음이 아니었다. 하지만 역 구조부터 역 앞 풍경까지 어느 것 하나 기억하고 있는 게 없었다. 단지 이곳에 온 게 10년도 전이라는 이유 말고도 잊고 싶은 기억과 연결되는 역이기 때문일 터다.

곧바로 시오다이타 병원으로 향할 마음이 생기지 않아 하루캄은 역 앞에 있는 메밀국숫집에서 늦은 점심을 먹었다. 오래된 만화잡지를 다섯 권이나 읽고 나서야 겨우 무거운 엉덩이를 들었다.

거리에 대한 기억이 없는데도 시오다이타 병원으로 가는 길은 무슨 일인지 기억하고 있었다. 잠자코 있어도 발이 멋대로 그곳을 향해 갔다. 모퉁이를 몇 개인가 돌고 나서 멋진 하얀 건물이 보이자 위화감을 느꼈다. 바로 그 원인이 옥상 난간대에 달린 거대한 간판 때문이라는 걸 알게 된다. 병원 이름이 아주 큼직하게 적힌 그 간판은 10년 전에는 없었다. 옥상도 바뀌었을까.

—두 번 다시 그런 일이 없기를.

하루캄은 가만히 간판을 매섭게 노려본다. 앞에서 불어오는 바람은 아플 정도로 차가워 심신이 다 꽁꽁 얼어붙었을 터인데도 머릿속만은 열에 들떠 있었다.

간판이 내내 시야에 들어오기 때문에 시오다이타 병원으로 가는 길은 애초 잘못 들어설 수가 없었다. 채 5분도 되지 않아 하루캄은 병원 부지 안에 발을 들여놓았다.

펭귄을 찾아 우선 건물 밖을 돌아다녔다. 하지만 눈에 띄지 않았다. 시험 삼아 병원에서 나오는 사람들을 몇몇 불러 세워봤지만, 병원 안이나 주변에서 펭귄을 본 사람은 아무도 없었다. 그 가운데 한 사람—지팡이를 짚고 있는 노부인—은 "이런 우울한 곳엔 펭귄도 안 오고 싶어 해"라며 자조하듯 말했다. 하루캄도 내심 동의했다.

일찍 해가 지는 겨울날에 맞춰 태양은 힘차게 기울어갔다. 하루캄은 시간이 흐르면서 점점 가늘고 약해지는 햇살을 열심히 쫓아다니며 펭귄을 찾아봤지만 채 한 시간도 안 돼 손을 들어버렸다.

"안 돼, 안 돼. 이러다 얼어 죽어."

참다못해 발을 들여놓은 건물 1층은 외래 환자의 통합 접수처로 운영되고 있어 대기실은 사람들로 북적댔다. 마침 학교에서 돌아온 아이들이 진찰을 받으러 방문하는 시간대인 듯했다. 아이들의 드높고 날카로운 목소리와 아이들에게 주의를 주는 엄마들의 목소리가 그곳에 있는 모자의 수만큼 여기저기서 들려와 하루캄의 고막은 윙 귀가 아플 정도로 울렸다.

대기실에서 빈자리를 찾아 앉는다. 그 자리에서는 창문이 가까워 유리창 너머로 옅은 저녁노을이 보였다. 하루캄은 그 모습이 무척 의외로 느껴졌다.

—내가 여기 올 땐 항상 비가 내렸었는데.

노란 우산을 쓰고 할머니와 같이 처음 이곳에 왔을 때 초등학교 4학년이었던 하루캄은 단순하게 기뻐했다. 초등학교에 들어갔을 무렵부터 같이 살지 않아서 제대로 얼굴도 보지 못했던 부모님을 여기서 만날 수 있다는 얘기를 들었기 때문이다.

할머니를 대기실에 남겨두고 혼자서 지정된 방으로 향했다. 어쩌면 간호사님이 데리고 갔는지도 모르겠지만 긴 복도를 혼자서 걸었던 기억이 남아 있다. 노크하는 걸 까먹고 그냥 확 문을 열자 도서관처럼 책이 가득한 작은 방이 보였다. 하루캄은 그 방에서 실제로 부모님을 만날 수 있었다. 하지만 그 재회는 하루캄이 상상하고 있었던 것처럼 즐겁지 않았다.

"형을 도와줘."

엄마는 입을 열자마자 그리 말하며 정신없이 울었다.

어른이 온 힘을 다해 우는 모습을 본 적이 없던 하루캄은 그것만으로도 혼란스러웠고, 당황했고, 공포심마저 들었다.

잠자코 있는 하루캄에게 아버지가 입원 중인 형의 병에 대해 설명해주었다.

혈액에 문제가 생겨 회복되기 어려운 병이라는 것. 이미 몇 번이나 생명의 위기를 맞았다는 것. 겨우 최저한의 체력이 돌아왔기 때문에 당장이라도 골수이식을 하고 싶다는 것. 그게 성공하면 나을 가능성이 훨씬 높아진다는 것. 골수 제공자를 도너라고 부르는데 좀처럼 일치하는 형태를 가진 사람을 찾을 수 없다는 것. 그래서 우선 가족 중에 누군가 도너가 돼줄 수 없는지 검사하고 싶다는 것. 하루캄도 꼭 협력해주길 바란다는 것.

아버지의 설명은 솔직히 반도 이해할 수 없었다.

—뭔가 형아한테 큰일이 생겼나 봐. 동생인 나도 포함해서 가족의 협력이 필요한가 봐.

이해한 건 그 정도였다. 그즈음에는 엄마의 통곡 소리에도 익숙해져서 하루캄은 몰래 입을 삐죽댔다.

—난 이미 할 수 있는 건 다 협력하고 있는데.

형이 쓰러지고 입원하게 되자 부모님은 곧바로 하루캄을 할머니에게 맡겼다. 어릴 적부터 친하게 지내왔던 친구들과 헤어지고 할머니 집에서 다닐 수 있는 초등학교로 전학 갔을 때는 마음 붙일 데가 없어 불안했고, 옛날 음식을 주로 내놓는 할머니 집 밥은 그다지 입에 맞지 않았다. 유치원 때부터 배웠던 자유형을 이제 막 할 수 있게 된 수영 교실은 '할머니한테 데려다주고 데리고 오는 일까지 부탁하는 건 너무 미안해서'라는 마음에 엄마 몰래 탈퇴 신청서를 냈다.

자신의 의지와는 상관없이 생활이 완전히 달라져버린 걸 '형아가 병에 걸렸기 때문에 어쩔 수 없어' 하며 참아왔다. 부모님이 좀처럼 할머니 집에 들러주지 않았던 일에도, '형아 병문안 가고 싶어'라는 하루캄의 소원을 부모님이 계속 무시한 일에도 불평할 생각은 없었다. '병문안 가면 형아한테 보여줘야지' 그 마음 하나로 동전 마술을 엄청 열심히 연습했는데, 하고 아쉽게 생각한 적은 있어도.

하루캄은 그저 인정해주길 바랐다. 지금까지 자신 역시 형이나 부모님에게 협력해왔다는 사실을.

"아빠랑 엄마랑 오랫동안 못 만나서 외로웠지? 넌 진짜 잘하고 있어."

결국 그날 하루캄이 가장 듣고 싶었던 말을 해준 사람은 하루캄과 부모님이 다시 만나는 방에 동석했던 하얀 가운을 입은 남자였다.

"니, 하—?"

하얀 가운 가슴팍에 달린 이름표의 한자를 하루캄이 소

리 내어 읽자 그는 인자한 미소를 지었다.

"맞아, 맞아. '니二'와 '하葉'라고 적고 '후타바'라고 읽는단다."

"후타바 선생님은 형을 담당하는 의사 선생님이셔."

병원에 있는 사람들의 담임선생님 같은 거네, 하고 하루캄은 이해했다. 자기 반의 히스테릭한 담임선생님보다 이쪽 선생님이 상냥해 보여 훨씬 좋다고 생각했다.

후타바는 단순하고 알기 쉬운 단어를 선택해 아버지의 설명에 몇 개인가 보충을 해주었다.

도너가 될 가능성은 부모보다 형제인 하루캄 쪽이 높다는 것. 도너가 되면 하루캄도 입원해야 한다는 것. 골수를 검사할 때는 주사를 맞아야 하고 골수를 채취하는 걸로 결정이 나면 전신마취 수술이 기다리고 있다는 것. 학교를 며칠 정도 쉬어야 한다는 것. 어쩌면 수술 뒤에도 허리 통증이 남아 있을지도 모른다는 것. 그 통증이 완치되는 데 걸리는 날수는 사람에 따라 다르다는 것.

"마지막으로 중요한 일이 하나 남아 있어."

후타바는 부모님 쪽을 보지 않고 하루캄을 똑바로 마주보며 말했다.

"지금부터 잘 생각한 뒤에 넌 네가 원하는 대로 답을 내려도 돼. 도너가 될지 말지, 원래는 도너가 될 수 있을지 없을지 알아보는 검사를 받을지 말지도, 네가 정해도 되는 거란다. 어려울지도 모르겠지만 아버지도 엄마도 형도 할머니도 아닌 너 자신이 스스로 결정해주길 바라."

그 말을 듣고 부모님이 뭔가 말을 하고 싶은 것처럼 후타바를 본 걸 기억하고 있다. 그때 방에 후타바가 없고 가족끼리만 얘기를 끝냈다면 부모님은 후타바가 보충해준 말을 하루캄에게는 끝까지 안 하고 넘어갔을까? 말하면 하루캄이 겁을 먹고 망설일 것 같아서?

그런 걱정은 기우였다. 하루캄은 후타바의 말에 온순한 얼굴로 고개를 끄덕였지만 역시 아무것도 이해를 못 하고 있었고 깊이 생각하지도 않았다.

도너가 되는 걸 할머니가 만든 요리를 먹거나 수영 교실을 그만두는 것과 같은 수준의 일로 봤고, 그 도너나 뭐라나 하는 게 되면 부모님의 관심이 형에게서 자신에게로 옮겨올지도 모른다는 얄팍한 기대감에 형태가 적합하기를 간절히 바라고 있었다.

후타바가 방을 나간 뒤 전에 없던 열의와 흥미를 가지고 자신을 뚫어지게 보는 부모님 앞에서 하루캄은 검사를 받고 적합하면 도너가 되겠다는 자신의 의지를 전했다.

"장하다, 우리 아들"이라거나 "고마워"라거나 "용기가 대단한데" 하는 기분 좋은 말을 쏟아내주는 부모님에게 하루캄은 의기양양하게 약속했다.

"나한테 맡겨."

예상대로 하루캄은 도너에 적합했다. 이때도 아직은 기뻐서 어쩔 줄 몰라 했다.

수술하기 위해 입원했을 때 형제가 같이 수술이 끝나면 이번에야말로 형에게 마술을 보여주려고 동전 마술 도구를 입원용 파자마 사이에 숨겨 올 만큼 여유가 있었다.

"이제 싫어. 힘들어. 괴로워. 집에 돌아가고 싶어." 그렇게 소리치며 울게 된 건 골수 채취가 끝나고 꼬박 이틀 동안 고열이 내려가지 않았을 때였다. 빈혈 때문에 어질어질했고, 요도에서 소변을 빼내는 도관을 끼웠던 자리가 오줌을 눌 때 엄청 아팠다. 걷는 것도 보통 일이 아니어서 형의 병실을 찾아갈 여유 따위 없었다. 오히려 "내가 지금 이렇게 힘든 건 다 형아 때문이야" 하고 따질 것 같아서 찾아가고 싶지 않았다.

결국 하루캄은 형과 만나는 일 없이—마술도 보여주지 않은 채—퇴원했다. 허리 통증은 퇴원 후 일주일 만에 사라졌지만, 그러는 동안 '통증이 평생 계속되면 어쩌지?' 하는 생각에 밤에도 잠을 설쳤던 걸 기억하고 있다.

힘들었던 일주일이 지나고 겨우 반 친구와 쉬는 시간에 축구를 할 수 있게 되었을 때 하루캄은 건강의 소중함과 병원에 대한 두려움을 기억 속에 단단히 새겨 넣었다.

형을 위해 시작한 마술은 그 후 가장 중요한 형에게는 한 번도 보여주지 못한 채 수영을 대신해 하루캄의 취미이자 동시에 특기가 되었다.

몸이 따뜻해지자 졸음이 엄습해왔다. 아주 잠깐만 눈을 감을 생각으로 있었는데, 누군가가 어깨를 치는 통에 후닥닥 몸을 일으켜 둘러봤지만 주위에는 아무도 없었다.

엄마뻘쯤 돼 보이는 여성이 하루캄을 내려다보고 있다. 반소매 형태의 간호사복 위에 파란 카디건을 걸치고 있었다. 접수처 직원이거나 혹은 간호사. 어쨌든 병원 직원인 건 틀림없었다.

"죄송한데 오늘은 외래 진료를 받으러 오셨나요? 아니면 병문안하러?"

"병문안—."

몸을 녹이고 있었다는 말은 차마 할 수가 없어 순간적으로 거짓말을 했다. 간호사복을 입은 여성이 후우, 코로 숨을 내쉬며 안도한다.

"병동에 접수는 하셨나요? 앞으로 한 시간쯤 뒤엔 면회시간이 끝나요."

"아, 네. 죄송해요. 근데, 오늘 병원 안에서 펭귄 못 보셨나요?"

"펭귄?"

여성이 미간을 잔뜩 찌푸리며 생각에 잠긴다. 명백히 짐작 가는 데가 없는 얼굴이다. 하루캄은 부랴부랴 손을 흔들었다.

"아, 아무 일도 아니에요. 죄송합니다."

"근데 저기요, 어디 가세요? 입원 병동은 이쪽 복도랑 연결돼—."

"아니 잠시 병문안하러 가기 전에 전화를 한 통 하려고."

하루캄은 군색한 변명을 하며 허둥지둥 건물을 나왔다.

해는 이미 져버려 하얀 입김이 선명하게 보인다. 라이더 재킷의 지퍼를 잠갔지만 그대로 드러나 있는 목덜미에서 스르르 한기가 타고 들어와 일껏 따뜻하게 녹인 몸이 단박에 차가워졌다.

이를 달달 떨면서 하루캄은 밤하늘의 별을 올려다본다. 겨울 별자리라고 해봐야 오리온자리 정도밖에 알지 못했다. 그래도 밤하늘에 수놓아져 있는 깜빡이는 별들을 보면 뭔가 의미나 모양을 찾아내려는 마음이 들고 만다.

어딘가에서 새가 울고 있었다. 새에게 밤하늘의 별은 어떤 존재일까. 어설피 하늘을 날 수 있는 그들이니까 언젠가 별을 쪼아 먹을 수 있을지도 모른다는 생각을 할 때도

있을까? 별은 가까운 것 같아도 실은 아득히 먼 곳에 있다
는 걸 알게 되면 새는 절망할까?

흘려 넘겼던 새 울음소리가 점점 크게 들려왔다. "까아
까아호호" 소리가 조금 시끄럽다. 자세히 귀를 기울이자
그 소리는 지면과 가까운 앞쪽에서 들려오고 있었다.

하루캄은 시선을 내려 어둠 속에서 뚫어지게 앞을 본다.

병원 차량 전용 출입구로 돼 있는 경사로를 뒤뚱뒤뚱 올
라오고 있는 형체가 보였다. 아래로 내려가면서 옆으로 퍼
지는 몸의 형체. 커다란 발. 작은 날개. 그리고 뒤뚱대는 걸
음걸이. 절대로 틀릴 수가 없다.

"왔구나, 펭귄."

하루캄은 정신없이 달리기 시작했다. 자신을 향해 바싹
다가오는 하루캄을 놀리는 것처럼 펭귄은 갑자기 구령에
맞춰 움직이듯 몸을 뒤로 딱 돌린다. 펭귄의 갑작스러운
방향 전환에 하루캄도 놀랐지만 펭귄도 몸이 따라가지 못
했던 것 같다. 두툼한 발이 허공을 가르는가 싶더니 크게
뒤로 휘청댄다. 날개를 파닥거리며 균형을 잡으려 했지만
허망하게 엉덩방아를 찧었다. "크야옹." 이번에는 고양이
같은 울음소리를 낸다.

"어이, 어이. 뭘 하는 거야?"

하루캄이 어이가 없어 말하자 기분이 상했는지, 실패를

얼버무리려고 그러는지, 펭귄은 지그재그로 엉덩이를 비틀며 일어서더니 갑자기 전속력으로 달려가기 시작했다. 양쪽 날개가 팔랑 들리더니 자박박박박박, 숨 가쁘게 이어지는 발소리가 금세 멀어져간다.

"또 나 잡아봐라 놀이를 하자는 거야? 이제 진짜 좀 참아줘."

하루캄은 넌더리를 치면서도 펭귄의 뒤를 쫓아 〈직원 이외의 출입은 삼가주세요〉라고 적힌 간판을 그냥 무시하며 바로 직원 전용 주차장에 들어선다. 누군가에게 발견되면 곤란한지라 허리를 낮춘 채 정차 중인 차 뒤에 숨어서 앞으로 나아간다.

주차장의 막다른 곳까지 오자 펭귄은 딱 발을 멈췄다. 그 앞에 길이 없는 게 이상해서 견딜 수가 없다고 말하고 싶은 것처럼 고개를 갸우뚱했다. 왼쪽으로 갸웃, 오른쪽으로 갸웃, 다시 한번 왼쪽으로 갸웃하더니 그대로 꼼짝도 하지 않는다.

하루캄은 몸을 숙여 두 손을 바닥에 짚고는 하얀 경차 뒤에 숨어 3분쯤 지켜봤지만, 펭귄은 미동도 하지 않았다.

"선 채로 자나?"

좀 더 다가갈까, 조금만 더 여기서 상황을 지켜볼까, 하루캄이 다음 행동을 결정하지 못하고 있는데 불쑥 활기찬 여성의 목소리가 들린다.

"거기서 뭐 하는 거예요?"

히익, 제대로 말도 못 하고 비명을 지르며 하루캄은 펄쩍 뛰어올랐다. 여성의 목소리는 주차장 막다른 곳까지 도달했는지, 펭귄도 두 발을 가지런히 모아 폴짝 뛰어올랐다. 도망치면 어쩔 건데, 하며 안달이 난 하루캄은 여성의 목소리가 들린 쪽을 향해 소리를 질렀다.

"거참, 시끄럽네. 조용히 해."

그러나 여성은 가만히 있지 않았다. 오히려 더 크게 소리를 지르며 다가왔다.

"혹 관계자 이외의 분이시면 지금 거기에 있는 건 위법입니다."

"어이, 입 다물어. 이쪽으로 오지 마."

펭귄이 흘끗 하루캄을 돌아보았다. 그 동그란 까만 눈동자 안에 질 수야 없다는 대담무쌍하고 오기에 찬 불꽃이 확 피어올랐다. 하루캄이 주의를 소홀히 한 순간을 놓치지 않고 펭귄은 다시 달리기 시작했다. 주차장 끝까지 오더니 두 발을 가지런히 모아 화려한 점프를 해 보이며 나무며 풀을 심어놓은 화단으로 뛰어내렸다. 하루캄도 허둥지둥 쫓아갔지만, 화단에 있는 가시에 손이 찔려 주춤하는 사이에 쏴아아아아, 파도가 해변을 빠져나가는 듯한 소리를 내며 펭귄은 멀어져갔다.

하루캄은 밤하늘을 올려다보며 "제기랄" 하고 포효하듯
외쳤다. 부글부글 끓어오르는 짜증을 억누를 수가 없어 화
단을 뛰어나오자, 하루캄에게 말을 걸었던 상대가 어둠 속
에 서 있었다. 호리호리한 장신의 여성이었다. 피가 머리끝
까지 솟아 있던 하루캄은 바싹 다가가 고래고래 소리를 질
렀지만, 옥외등 불빛이 여성의 얼굴을 비춘 순간 침을 삼
켰다.

―니무라 선생님?

하마터면 말이 나올 뻔했다. 하루캄은 잔뜩 치켜뜬 눈
을 부라리며 눈앞에 있는 여성을 뚫어지게 보았다. 촉촉하
게 빛나는 검은 머리도, 가마가 있는 자리 때문에 앞머리
가 저절로 벌어져 총명해 보이는 넓은 이마가 들여다보이
는 부분도, 꼿꼿하게 서 있는 모습도 예전과 변함이 없었
다. 열두 살이었던 하루캄을 의연하게 마주 봐주던 수련의
니무라 세이코가 그곳에 있었다. 당연히 10년이 지났으니
까 직함은 바뀌었으리라.

귓속에서 그때 그녀가 해준 말이 되살아난다.

―난 오히려 네가 걱정이야.

그녀는 열두 살이었던 하루캄에게 자신과 여동생 사이
에 일어났던 불행한 사건을 숨김없이 얘기해줬다. 그리고

마지막에는 의외로 긴 속눈썹을 드리우며 물었다.

—'도움의 손길을 내밀어주지 않는다'는 선택지는 의식적이든 무의식적이든 그걸 선택한 시점에서 자신이 피폐해지는 법이야. 너, 정말로 괜찮겠어?

10년이라는 세월만큼 나이를 더 먹은 세이코는 하루캄이 시선을 거둘 생각도 하지 않고 계속 쳐다보고 있자 거북한 듯 몸을 비틀었다. 그때 열두 살이었던 소년과 지금 눈앞에 있는 모히칸 머리의 하루캄이 동일 인물이라고는 꿈에도 생각하지 못할 것이다.

세이코가 휴일에 담당 환자의 상태를 보러 왔다고 하는 말을 듣고 하루캄은 저도 모르게 목소리를 높였다.

"선생님은 변함없이 사람을 살리느라 여념이 없구나."

"혹시 당신, 내 환자였어?"

화들짝 놀라며 묻는 세이코의 말을 무시해버리고 하루캄은 "자, 그럼" 하는 말을 남기고는 달리기 시작했다.

그때 환자도 아닌 자신을 위해 할 수 있는 모든 말을 동원해 수련의가 해준 충고를 왜 순순히 듣지 않았을까?

—니무라 선생님의 충고를 따랐다면 난 가족들한테서 도망치지 않아도 됐을까?

하루캄은 지금 분명히 후회하고 있었다.

*

    외래 병동과는 별도로 들어서 있는 여러 개의 건물들 가운데 가장 안쪽에 자리한 병동 앞까지 와버렸다. 여기까지 오는 동안 화단이며 쓰레기통이며 건물 사이의 틈새 등 숨을 만하다 싶은 장소는 싹 다 들여다봤지만, 펭귄은 찾지 못했다.

    완전히 지쳐버린 하루캄은 차가운 외벽에 등을 기댄 채 웅크리고 앉았다. 하얀 입김이 잇달아 몽글몽글 피어오른다. 어깨에 멘 천 가방을 열어 동전을 꺼냈다. 먼저 동전을 엄지손가락 안쪽 끝에 올린 뒤 검지, 중지, 약지 순으로 옆에 있는 양 손가락 사이에 끼워 손등을 타고 지나가듯 획획 뒤집으며 굴려나간다. 새끼손가락까지 동전이 오면 엄지손가락을 내밀어 앞으로 끌고 와서는 다시 처음부터 같은 동작을 반복한다. 우선은 밥 먹는 손인 오른손으로 동전을 굴리다 다음에는 왼손으로 굴리고 그러다 동전을 하나 더 보태 양손으로 동시에 동전을 굴려나간다. 불안과 초조함, 그리고 후회스러운 마음을 진정시키려는 것처럼 하루캄은 몇 번이고 그 동작을 반복했다. 사부에게 배운 대로 일정한 리듬을 타면서 호흡이 너무 빨라지지 않도록 침착하게— 하루캄의 손가락은 손톱 *끄트머리*까지 추위로 곱아 있지만, 동전은 마치 그 자체가 살아 있는 생명체처럼 휙휙 뒤집히면서 거침없이 물 흐르듯 손가락 사이를 굴러갔다.

"굉장해. 마치 음악 소리가 들려올 것 같은 손놀림이야. 완벽해."

불쑥 들려온 목소리와 그 너무도 독특한 표현에 정신을 쏙 빼앗긴 하루캄은 동전을 떨어뜨렸다.

"어머, 미안해요. 내가 놀라게 했으려나?"

미안해하며 작게 소리를 낮춰 말하는 상대를 말없이 올려다본다.

병동 현관의 전등불 밑에 쇼핑백과 핸드백을 양손에 든 노부인이 한 명 서 있었다. 전등 불빛에 반사돼 고상하게 한데 묶은 백발이 빛나고 있다. 살짝 굽은 등과 때가 묻은 것처럼 칙칙한 갈색이 도는 색감의 코트가 할머니를 떠올리게 했다. 부모님 대신 길러줘서 고맙다는 인사도 못 한 채 집을 나온 이래로 연락드린 적이 없어 죄송한 마음이 생긴다. 무엇보다 건강하게 잘 지내시는지 신경이 쓰였다.

아마 노부인은 하루캄이 눈을 잔뜩 치켜뜨고 노려보고 있다는 느낌을 받았을 것이다. 하지만 아주 즐거워하며 오히려 한 발짝 더 다가왔다.

"저기, 마술을 할 수 있는 거야?"

"네. 이래 봬도 어쨌거나 마술사라서."

이 할머니 참 붙임성 있네 싶어 놀라면서 하루캄은 직접 만든 명함을 건넸다.

"하지만 이 코인롤이라는 건 마술이 아니라 플러리시— 으음, 그러니까 곡예 같은 거예요."

"그래? 하지만 나한테는 마술로 보였다네. 일상에서 한 발짝 밖으로 뛰쳐나와 바라보는 경치라고 할까? 센스 오브 원더^{경이로움, 혹은 감동하는 마음}를 느꼈어."

"헤. 고맙습니다."

노부인은 하루캄의 명함을 세심하게 바라보고 있다가 문득 얼굴을 들더니 사뭇 무게를 잡으며 말을 꺼냈다.

"에이치, 에이, 아르, 유, 케이, 에이, 엠 씨."

"아. HarukaM이라 쓰고 하루캄이라고 읽어요."

"어머, 그런 거였어. 아이고 이거 실례가 많았네. 그럼 하루캄 씨, 실은 나도 마술을 좀 할 줄 아는데. 지금 여기서 선보여도 될까?"

"마술을요?"

"응. 하루캄 씨에 대해 정확히 알아맞혀볼게."

자신만만하게 선언하더니 노부인은 장난꾸러기 아이 같은 눈빛으로 하루캄을 뚫어지게 쳐다보았다.

"당신은 펭귄을 찾고 있지요?"

하루캄은 정신없이 눈을 깜빡거렸다. 너무 놀라 입도 뻥 긋 못 하는 그 얼굴을 실컷 보고 나서 노부인은 픽 웃음을 터뜨렸다.

"뭐, 그렇다는 얘기야. 미안해. 이 마술엔 숨겨진 내막도 있고 속임수도 있다네."

"마술이라는 게 원래 그래요."

하루캄은 간신히 침착한 체한다. 노부인은 어깨를 으쓱하며, 실은 분실물센터의 소혜이에게서 펭귄을 찾아달라고 부탁한 인물이 병원에 온다는 얘기를 들었다고 털어놓았다.

"우연히 오늘 말이야, 여기에 오기 전에 미슈쿠역에서 물건을 잃어버려 어쩔 줄 몰라 하는 초등학생 남매와 마주치는 통에 우미하자마역 분실물센터를 찾아가라고 가르쳐줬어. 그랬더니 아이들끼리만 전철을 갈아타고 간다지 뭐야. 내가 걱정이 돼서. 쓸데없는 참견이지 싶었지만 먼저 소혜이 씨한테 연락을 넣어뒀어. 남매를 잘 부탁한다고."

"헤."

하루캄이 별 감흥 없이 맞장구를 치자 노부인은 검지로 관자놀이를 쿡쿡 찔렀다.

"근데, 무슨 얘기를 하고 있었더라? 아아, 맞다. 마술의 숨겨진 내막과 속임수에 대한 얘기를 하고 있었지."

혼자서 생각을 해내고는 "웅웅" 하며 고개를 끄덕이더니 노부인은 하루캄을 보며 웃었다.

"그 뒤에 소혜이 씨가 '남매의 분실물은 무사히 본인 손으로 돌아갔어요' 하며 일부러 연락을 해줬어. 전화가 온 김에 잠시 근황을 얘기하고 있었더니 화제가 펭귄으로."

"왜요?"

하루캄 입장에서는 가장 의문스러운 일이었지만 노부인에게는 거기서 하루캄이 놀라는 게 의외였던 모양이다. "왜냐면" 하고 말을 꺼내다 생각을 바꾼 것처럼 자세를 바로잡는다.

"그러네. 모르는 사람도 있겠네. 간단하게 설명하면 그 펭귄은 원래 우리 남편이 기르던 펭귄이야. 지금은 우리 부부가 돌봐줄 수 있는 상황이 아니라서 소혜이 씨가 분실물센터에서 맡아주고 있는데—."

할 말을 찾듯이 밤하늘을 올려다보고 있었지만 결국 노부인은 "정말 고마운 일이야" 하고 중얼거렸을 뿐, 더 이상 말을 잇지 않는다. 그러고는 스스로 기분을 전환하듯이 탁 손뼉을 쳤다.

"지금부터가 가장 중요한 이야기야. 어젯밤부터 펭귄이 우미하자마역에 돌아오지 않는다는 얘기를 소혜이 씨한테 듣고는 깜짝 놀랐어. 왜냐면 어젯밤 이맘때 난 여기 시오다이타 병원에서 펭귄을 봤거든."

소헤이에게 유력한 정보를 줬다는 아는 사람은 그녀인 듯하다. 하루캄은 귀를 바짝 기울였다.

"이 병동 앞에서 꼼짝도 안 하고 서 있었어, 그 아이. 꼼짝도 안 하고 말이야, 위를 보며 그냥 거기에 장식해둔 물건처럼. 30분쯤 같이 있다가 너무 추워서 난 먼저 돌아와버렸어. 펭귄이 설마 우미하자마역— 아니, 소헤이 씨 곁으로 돌아가지 않을 줄은 생각지도 못했거든."

"마지막 전철로도 돌아오지 않았다고 하던데."

"그랬나 봐. 그렇다면 펭귄은 아마 이곳에 밤새도록 있었던 것 같아. 그리고 오늘 밤에도 올 것 같아. 소헤이 씨도 그리 생각했던 게 아닐까? 자기는 일 때문에 못 가니까 먼저 대신 찾아줄 사람을 여기로 보낸다고 했어. 그래서 나, 마술사님을 보자마자 바로 딱 느낌이 오더라고. '소헤이 씨를 대신해서 온 사람이 이분이구나' 하고."

"아하, 그렇구나. 그게 말씀하신 마술의 숨겨진 내막과 속임수라는 거군요. 네, 내가 그 사람을 대신해서 펭귄을 찾으러 온 게 맞아요. 그리고 조금 전에 발견했어요. 바로 놓쳐버렸지만."

하루캄은 그리 말하고는 노부인의 얼굴에서 손으로 시선을 내린다. 그녀 손에 들린 쇼핑백에는 여러 가지 물건이 가득 들어 있는지, 불룩하니 꽤 무거워 보였다. 위에서 내려다보니 몇 장이나 되는 수건과 보자기에 싼 물건이 살짝 엿보였다.

이 말을 했다 저 말을 했다 정신이 없었지만, 노부인이 전해준 얘기와 그 쇼핑백을 조합해보니 하나의 답이 나왔다. 하루캄은 그걸 말하지 않고는 배길 수가 없었다.

"혹시 남편분은 지금 여기에 입원해 있나요? 펭귄은 남편분의 병문안을 온 게 아닐까요?"

노부인은 긍정도 부정도 하지 않은 채 "글쎄?" 하며 고개를 갸우뚱했다. 웃고 있는 것도 같고, 눈물을 참고 있는 것도 같은 복잡한 표정을 지으며 말한다.

"아마도 그런가 봐. 남편은 그저께 쓰러져서 구급차로 실려 왔어. 응급의료센터 선생님이 처치해준 덕분에 이제 의식은 돌아온 데다 다시는 퇴원할 수 없다는 선고를 받은 것도 아닌데, 작년 초여름에 큰 수술을 하고 나서 수술 경과도 좋았던 만큼 누구보다도 본인이 가장 의기소침해져서……."

노부인은 할 말을 찾지 못하고 있다가 이번에는 분명하게 웃었다.

"우리 남편의 그런 마음은 바람을 타고 펭귄이 있는 데까지 실려 가는 걸까? 남편의 재입원은 너무 갑작스러운 일이어서, 소혜이 씨한테도 아직 알리지 않았는데 무슨 연유인지 어젯밤따라 펭귄이 불쑥 나타났지 뭐야. 난 정말 이상하기도 하고 기쁘기도 하고."

마지막에는 울먹이며 웃었다. 하루캄은 병동 외벽에 다시 기댔다. 이제 그다지 차갑지 않았다.

"그럼, 여기서 기다리면 펭귄은 다시 나타나겠군요, 틀림없이."

"나타나면 내가 붙잡아둘게. 그러니까 저기, 갑작스럽고 낯 두꺼운 부탁이지만 하루캄 씨, 괜찮으면—."

노부인은 코트 주머니에 일단 넣어뒀던 하루캄의 명함을 꺼내 들며 '마술사'라고 적힌 직함을 손가락으로 가리켰다.

"지금부터 병실로 가서 남편한테 마술을 보여주면 안 될까?"

"네?"

"물론 그에 대한 사례금은 낼게."

"어, 그건 감사하지만…… 왜요?"

"마술로 그 사람한테 센스 오브 원더와 함께 다시 한번 살아갈 기력을 불어넣어줬으면 해. 남편은 원래 아주 강한 사람이야. 지금까지 살아오면서 몇 번이나 힘든 일을 겪었지만, 그때마다 털고 일어났어. 그러니까 뭔가 계기가 있

으면 분명 다시 내일을 향해…… 미래를 향해 나아가줄 거
야."

"그런 막중한 임무는 내 마술로는 도저히 할 수 없거든
요."

여전히 거친 어투로 하루캄은 발을 빼려고 한다. 자신이
가장 싫어하는, 겁을 내는 소심한 자신이 얼굴을 내밀었다.

할 수 없다는 말은 제발 하지 말아달라고 노부인은 빌
듯이 손을 모았다.

"나, 그 사람이 좀 더 살아줬으면 좋겠어. 아직 헤어지고
싶지 않아. 아직 혼자가 되고 싶지 않아. 같이 가고 싶은 곳
도, 먹고 싶은 음식도, 하고 싶은 일도— 아직 산더미처럼
남아 있어. 도와줘."

노부인의 목소리는 떨렸고 눈물을 줄줄 흘리고 있었다.
'지푸라기라도 잡고 싶다'는 말을 떠올리게 하는 그녀의
모습은 예전 형의 쾌유를 빌던 부모님의 모습과 겹쳐졌다.

그리고 하루캄은 생각이 났다. 그때 자신 역시 그렇게
빌고 있었던 일이.

—형아, 죽지 마.

까마득히 오래전에 분명 하루캄은 빌었다. 하느님에게
는 말할 것도 없거니와 아침노을이 깔린 바다며 눈앞을 가
로질러 가는 얼룩 고양이한테까지 빌었을 거다.

―형아랑 다시 같이 살 수 있게 해주세요.

"펭귄도 빌고 있는 거겠지."

하루캄은 자신을 독려하듯 중얼거리며 노부인이 여전히 손에 들고 있는 명함을 손가락으로 탁 튕겼다. 실망시킬까 봐 두렵고 노부인의 기대가 부담스러워 지금 당장 뒤돌아 냅다 도망치고 싶은 기분을 억누르며 말했다.

"알겠어요. 나한테 맡겨요."

두 번 다시 누구에게도 말하지 않겠다고 마음먹었던 말이 입 밖으로 나왔다.

*

면회 시간은 이미 끝났지만 노부인이 사정을 말해 수간호사에게 허락을 받아준다. 더 옥신각신할 줄 알았는데 온몸에 베테랑 면모를 물씬 풍기는 수간호사는 선뜻 승낙해주었다. 병실까지 안내해주겠다는 수간호사에게 머리 숙여 인사한 뒤, 노부인은 "난 여기서 기다릴게" 하며 손을 흔든다.

"밖은 추울 텐데?"

"옷을 많이 껴입어서 괜찮아. 이제 곧 펭귄도 나타날 테니까 같이 기다릴게. 게다가 아마…… 공연할 땐 내가 없는 편이 좋아. 그 사람, 나한테는 약한 구석을 보이고 싶지 않을 테니까."

하루캄은 고개를 끄덕이고는 그 이상 아무 말도 하지 않고 수간호사를 따라갔다.

가당찮게 넓은 엘리베이터를 타고 병동 제일 위층까지 올라갔다. 긴 복도를 따라서 안쪽으로 갈수록 문과 문 사이의 간격이 벌어졌다. 수간호사는 가장 안쪽에 있는 문 앞에서 발을 멈췄다.

하루캄은 환자 이름표를 재빨리 훑어보며 이름을 소리 내 읽는다.

"후지사키 준페이―?"

"네. 후지사키 전기를 본인 대에서 만드신 전 회장님이세요. 모르세요?"

"공교롭게도."

"그렇구나. 업무용 주방 관련 기기를 주로 제조하는 큰 회사예요. 오직 후지사키 전기 공장에서 일하는 사원들을 위해서 역이 만들어졌을 정도로."

"역이? 일부러?"

"네. 우미하자마역. 여기서 비교적 가까운 역이에요. 지금은 근처에 공원이 생겨서 일반인들도 개표구를 빠져나갈 수 있지만, 옛날엔 사원증이 없으면 역에서 밖으로 나가지도 못했다고 해요."

하루캄은 우미하자마역 개표구에서 봤던 평평한 민트그린색 지붕이 쭉 늘어선 공장의 모습과 몬가가 무서운 얼굴을 하고 떡하니 서 있던 정문을 떠올린다. 그곳이 후지사키 전기였던 모양이다. 분실물센터와 노부인의 남편―후지사키 준페이―의 관계를 알 것 같았다.

"음, 그렇게 된 거로구나"하며 고개를 끄덕이는 하루캄의 온몸을 새삼 다시 바라보며 수간호사는 헛기침을 했다.

"사모님 말씀으론 마술을 선보인다고 하던데?"

"아, 뭐, 네."

"완전히 방음이 되는 특실이라고는 하지만 너무 큰 소리를 내거나 주변 물건을 부수는 듯한 마술은 자제해주세요."

"그 정도는 나도 알거든요. 애초 그런 스케일이 큰 트릭이나 장치는 바로 준비도 못 해요."

무심코 그만 본색이 나와버려 말투가 거칠어진다. 그러자 수간호사의 말투도 아들을 나무라는 엄마처럼 허물이 없어졌다.

"그리고 환자분― 후지사키 님이 싫어하시면 바로 그만둬야 해. 아무리 멋진 공연도, 예술도, 보는 쪽의 마음이 동하지 않으면 고문처럼 느껴지거든."

"알겠어요. 알겠어요."

시끄럽다는 듯이 대답하는 하루캄에게 한숨을 지어 보이며 수간호사는 문을 열어준다.

"후지사키 님. 사모님이 보내신 선물이에요."

그리 말하고는 수간호사의 부드러운 손바닥이 하루캄의 등을 밀었다.

그 말에는 뭐야 이거, 하는 생각을 하면서도 하루캄은 방 중앙으로 걸어간다. '특급'이라는 이름에 걸맞은 널찍한 개인 병실로, 인테리어나 침대만 보면 호텔 스위트룸이라고 해도 이상하지 않았다.

목제로 된 중후한 느낌의 침대에 한 노인이 자고 있었다. 아니, 눈을 뜬 채 드러누워 있었다.

머리에 감은 붕대는 애처로워 보였지만 튜브 종류는 일절 달고 있지 않았고, 산소마스크를 하고 있는 것도, 무균실에 들어가 있는 것도 아니었다. 생명의 위기를 넘긴 사람이라는 소리를 듣고 속으로 상상했던 것보다 훨씬 안색이 건강해 보였다. 하루캄은 안도의 한숨을 내쉬며 입을 열었다.

"으음, 저기 안녕하세요. 하루캄이라고 합니다. 마술사예요. 으음, 저기 오늘은 부인 되시는 분한테 의뢰를 받고 후지사키 님에게 마술을 보여주려고—."

후지사키 준페이는 반응하지 않았다. 의식은 있고 하루
캄에게 얼굴도 돌렸지만 그의 눈동자는 텅 비어 있었다.
하루캄은 수간호사에게 도움을 청하려고 했지만 문은 이
미 닫혔고 병실 안에는 하루캄과 준페이 둘만 있었다.

"으음, 저기." 대화를 이어가기 위해 몇 번을 했는지 모
르는 의미 없는 말을 내뱉으며 하루캄은 천 가방을 연다.
무슨 마술을 하면 좋을지 전혀 가늠이 되지 않았다.

―제기랄. 왜 내가 이런 꼴을 당해야 해.

당장이라도 쳇, 혀 차는 소리가 나올 것 같아 펭귄의 얼
굴을 떠올리며 참는다. 펭귄이 엄청 진지한 얼굴로 엉덩방
아를 찧은 모습을 떠올리자 웃기 싫어도 웃음이 나왔다.
그러자 머릿속에서 펭귄의 얼굴이 사부의 얼굴로 점점 변
한다. 사부의 말이 귓속에서 메아리친다.

―하루캄, 네 녀석의 그 화는 대체 어디서 온 거냐? 그
화를 삭이지 않으면 마술 실력도 늘지 않을 게야.

하루캄은 훅, 숨을 내쉬며 호화로운 병실을 빙 둘러보았
다. 마술보다 수다를 떠는 시간이 긴 사부의 공연이 구태
의연하게 느껴져 자기 방식대로 군더더기 없는 멋진 마술
을 찾아다녔다. 하지만 사부의 수다는 마술로부터 도망친
게 아니라는 걸 비로소 깨닫는다. 그 힘이 전혀 안 들어간

유머러스한 수다로 사부는 관객의 마음을 사로잡거나 트릭으로부터 주의를 돌리게 하는 것 말고도 다양한 사연을 안고서 관람석에 앉아 있는 관객의 마음을 풀어주고 있었던 것이다.

그렇게 수다를 떨며 공연하는 쪽은 항상 감정을 일정하게 유지해야만 한다. 무대에 서는 긴장감을 포함해서 부글부글 끓어오르는 화나 슬픔 같은 온갖 부정적인 개인적 감정을 일단 제쳐둘 수 있는 강한 마음이 있다면 분명 마술은 관객에게 센스 오브 원더를 안겨줄 수 있을 것이다.

하루캄은 오랫동안 가슴속을 꽉 막고 있던 무언가가 쑥 내려간 것 같은 기분이 들어 크게 심호흡을 했다. 그러고는 조용히 입을 열었다.

"사실은 저, 이 병원에 온 게 오늘이 처음이 아니에요. 형이 입원한 적이 있거든요."

준페이의 표정은 변함이 없었다. 하지만 귀를 기울이는 기적은 전해져왔다. 하루캄은 바짝 마른 입술을 적시고는 말하기 편한 어투로 바꿔서 단숨에 이야기했다.

"꽤 위중한 병으로 내가 아는 것만 해도 제법 큰 수술을 세 번은 한 것 같아. 위독하다고 해서 가족들이 머리맡에 모인 적도 두 번. 내가 아직 어렸을 때 아프기 시작한 거라 형제가 같이 놀았던 기억은 거의 없어. 형이 입원하고 나서는 나 혼자 할머니 집에 맡겨진 적도 있어. 하지만 역시 형은 형이라고 할까, 가족이었으니까 난 한시라도 빨리 한 지붕 아래에서 다시 같이 살고 싶었어. 가족들이 '형을 도와줘'라고 하면 도와주려고 했어."

하루캄은 자신이 도너로서 적합했기 때문에 원래라면 열여덟 살이 넘는 사람에게만 자격이 주어지는 것을 각 기관의 승인을 얻어 열 살 때 형에게 골수를 이식한 일, 그로 인해 자신이 젊어지게 된 상상을 초월하는 고통에 대해서도 이야기했다.

"정신적으로나 체질적으로나 난 그다지 도너에 적합하지 않았던 것 같아. 장난 아니게 건강한 우량아라서 말이야, 그때까지 감기도 한번 제대로 걸린 적이 없고 뼈가 부러진 적도, 충치로 치아 하나 썩은 적도 없었거든. 그랬던 내 몸이 수술 후에 병원에서 눈을 떴더니 완전히 딴판이 돼서 여기저기 아픈 데다 제대로 움직이지도 못하는 거야. 열 살이었던 내겐 아무 소리도 안 들리고 그냥 딱 무섭고 아프기만 했어. 아무리 너의 고통은 언젠가 사라진다, 형은 더 힘겨운 고통을 참고 있다는 말을 들어도 말이야. 힘든 건 어쩔 수 없었어. 게다가 그 힘든 시간이 허무하게 끝나버렸어."

준페이는 처음으로 분명하게 반응했다. 눈이 조금 커진

것이다. 하루캄은 고개를 끄덕였다.

"골수이식에 성공했는데도 형의 병은 재발해버렸어. 한때는 수치도 안정적이라 이대로 나을 거라고 생각했는데…… 병이 판명되었을 때보다 재발했을 때의 절망감이 깊고 참기 힘들다는 걸 그때 처음 알았어. 본인은 물론 주위 사람들도 할 말을 잃었어. 살을 에는 듯한 고통을 겪으면서 분투했던 사람한테 '한 번만 더 힘내자'고 누가 말할 수 있겠어?"

아마 자신이 지금 처한 상황과 비슷한 구석도 있었으리라. 생각에 잠긴 준페이의 검은자위가 정신없이 흔들렸다.

"내가 힘들었던 건 아버지도 엄마도 담당 선생님조차도 '다른 도너였다면 좀 더 결과가 좋았을지도 모른다'고 생각하는 거였어. 입으로는 말하지 않아도 날 보는 눈이나 작게 내쉬는 한숨으로 알았어. '누구의 잘못도 아니야' 따위의 말은 겉으로 그냥 하는 소리일 뿐, 진짜 절망했을 때는 그게 무슨 의미가 있겠어? 어른들은 모두 무의식적으로 책임의 화살을 돌릴 사람을 찾고 있었어. 그런데 그 대상이 형이 아니라 내가 됐어."

하루캄은 숨을 돌리며 자신이 울고 있지 않은 걸 확인하고 나서 다시 한번 입을 열었다.

"내 한계는 여기서 왔어. 형의 상태가 간신히 안정돼 몇 몇 치료법을 시도했지만 역시 좋은 결과는 나오지 않았고 그래서 2년 뒤에 부모님이 다시 한번 형의 도너가 돼달라고 했을 때 열두 살이었던 난 거절해버렸어. 몸이 다시 엉망이 되는 것도 두려웠고 무엇보다 또다시 실패했을 때 주위 어른들이 책임의 화살을 나한테 돌릴까 봐 무서웠어. 두 번 다시 실망시키고 싶지 않았어. 내 탓 취급 당하고 싶지 않았어. 겁을 먹은 거지. 아무리 부모님이 울며불며 부탁해도, 담당이었던 후타바 선생님이며 니무라 선생님이 따뜻하게 격려해줘도 난 절대로 수용하지 않았고 마지막에는 화를 내며 미친 듯이 날뛰었어…… 최악이지.”

“형은 어떻게 됐나? 살았나?”

준페이가 입을 열었다. 안달을 내며 조급하게 물어오는 통에 옥상에서 흔들리고 있던 빨간 머리가 눈 안에서 되살아났다. 하루캄은 꽉 눈을 감았다.

“결과만 먼저 얘기하면 이제 가망이 없다고 모두가 포기했을 때 나 말고 다른 도너를 찾게 돼 별 탈 없이 상태가 호전됐어. 지금은 완전히 건강해진 것 같아.”

“다행이지 않은가.”

“아아. 하지만 형이 퇴원해 왔을 때 난 집에 없었어.”

준페이의 살짝 움푹 들어간 눈동자가 번득 빛난다. 그 눈동자에 자신이 비치고 있는 걸 확인하고 나서 하루캄은 작은 목소리로 전했다.

"고등학교를 중퇴하고 가출했어, 나."

"형제를 죽게 내버려둘 뻔했다는 죄책감을 견디지 못한 건가?"

"뭐, 그런 거겠지."

정확히 간파당해 오히려 한숨 돌렸다. 하루캄은 사실만을 담담하게 말했다.

"내가 도너를 거절한 뒤에 형은 자살미수 사건을 일으켰어. 몸도 힘든 데다 가족에게 고통을 준 미안함 때문에 발작을 일으키듯 옥상에서 뛰어내리려고 한 모양이야. 그런 형을 구해준 건 가족도 담당 선생님도 아닌, 우연히 옥상에 올라온 낯선 사람이었다고 들었어."

준페이가 꿈지럭꿈지럭 움직인다. 뭔가 할 말이 있는 듯이 하루캄을 봤지만 결국 아무 말도 하지 않은 채, 어서 다음 얘기를 하라고 재촉했다.

"부모님이 말하길 형은 생판 모르는 남의 도움으로 목숨을 보존하게 된 이후 마음과 몸을 천천히 회복시켜나갔던 모양이야. 그 경과를 지켜보는 건 아마 힘들었을 거라 생각되지만, 부모님은 온 힘을 다해 버텼어. 이를 악물고 병원을 계속 다녔어. 하지만 난…… 이제 두 번 다시 병원엔 가지 못했어. 형을 볼 면목이 없었어. 공부할 게 너무 많다는 둥 동아리가 너무 바쁘다는 둥 하는 핑계를 대며 계속 피하다가 형과 동생으로 마주 보는 게 두려워서 끝내 가출 해버렸어."

하루캄은 훅 숨을 내쉬며 천 가방을 쳤다.

"그런 날 거둬준 마술 사부가 말이야, 한마디 하는 거야. '네 녀석의 그 화는 대체 어디서 온 거냐? 그 화를 삭이지 않으면 마술 실력도 늘지 않을 게야'라고. 내내 그 말뜻이 이해가 안 돼서, 난 세상 여러 일에 부글부글 화가 날 뿐이야, 뭐가 나빠? 그리 생각했는데 아니었어. 난 아마 내내—."

"자신한테 화가 났던 거겠지? 두려워했던 자신한테."

준페이가 알아맞히자 하루캄은 "네" 하며 고개를 숙인다. 요란한 겉모습 뒤에 사소한 일에도 겁을 내는 소심한 마음을 감춘 채 사실은 두려움에 떨고 있다는 걸 남들이 알까 봐 내내 화를 내왔음을, 스스로 인정하는 것은 아주 괴로운 일이었다.

"그건 힘들었겠구먼. 나도 오랫동안 자신을 용서할 수 없었던 터라 그 마음 잘 안다네."

준페이가 나직이 중얼거렸다. "예?" 무슨 소리인가 싶어 하루캄이 얼굴을 들었을 때는 이미 딴 데를 보고 있었지만 다시 힘차게 말했다.

"봐주지, 마술."

"그래도 될까요?"

"아아. 이만치나 자네 얘기를 했어. 오늘 밤은 화를 안 내고 마술을 할 수 있지 않겠나?"

"네! 감사합니다."

고맙다는 인사를 한 그 순간 하루캄은 준페이에게 보여주고 싶은 마술이 딱 떠올랐다.

하루캄이 선택한 건 부채 마술이었다. 유일하게 스승에게 배운 대로 할 수 있는 번개처럼 빠른 손동작을 특징으로 하는 '마술'이자, 일본 고유의 기술奇術이다. 쫙 펼친 금색 부채 위에 화지를 올린 뒤, 하나, 둘, 셋에 확 뒤집으면 화지는 나비 모양으로 변하면서 팔랑팔랑 떨어진다. 그걸 부채로 훨훨 공중으로 띄워 마치 의지를 가지고 날고 있는 것처럼 보이게 했다.

준페이의 침대 주위를 나비가 날아다닌다. 굳게 다물고 있던 준페이의 입가에 점점 흐뭇한 미소가 드리워졌다. 감탄의 소리가 작게 새어 나왔다.

"마치 살아 있는 것 같군."

"네, 한겨울에 나는 이 나비는 마술이지만 이제 곧 진짜 나비가 날아다니는 봄도 온답니다, 후지사키 님."

"―아아."

"부인과 같이 봄을 봐야지요."

"아아, 알고 있네."

"그럼, 소원을 빌어볼까요."

"뭐?"

하루캄은 나비를 세차게 부채질하며 빙빙 돌고 있는 나비를 손으로 잡았다. 여기서부터는 자신이 개발한 마술이다. 나비를 잡은 손을 부채로 숨기며 준페이에게 다시 한 번 "소원은?" 하고 물었다. "어서, 어서" 하고 재촉해본다. 준페이는 의외로 아이처럼 순진하게 바짝 조바심을 내며 소원을 말했다.

"퇴, 퇴원해서 홋카이도에 벚꽃을 보러 가고 싶네."

"오케이. 후지사키 님의 소원, 잘 들었습니다."

하루캄은 그리 외치면서 부채 뒤에서 손가락 끝에 온 신경을 집중시켜 화지에서 또 다른 장치로 손을 바꿔 쥔다. 그건 작은 부메랑이었다. 스위치로 부메랑에 달린 전구에 불을 켜 회전 비행을 시키면 오렌지빛을 내는 물체로 변한다. 하루캄이 부채를 획 뒤집자마자 부메랑은 빛을 내며 공중으로 날아올라 방 천장에 닿을락 말락 하게 빙빙 돌다가 하루캄 곁으로 돌아왔다. 이 궤도의 계산이 어려운데 오늘은 성공했다.

빛을 내며 힘차게 날아다니는 장치의 박력과 아름다움에 준페이가 소리를 지른다. 하루캄은 내심 가슴이 두근두근 뛰는 걸 숨긴 채 태연한 얼굴로 부채를 살짝 그 위에 덮었다.

"뭔가, 지금 그건?"

"후지사키 님의 소원을 실은 별똥별이 태어났습니다. 지금부터 우주로 날려 보낼 겁니다."

하루캄은 창문을 열어 다시 한번 부채에서 부메랑을 획 던진다. 오렌지빛을 내는 물체는 기분 좋게 날아올라 밤하늘을 유유히 비행했다.

"좋아. 잘 흘러가네. 후지사키 님의 소원, 꼭 이뤄질 겁니다."

하루캄의 말에 별똥별이 된 부메랑을 넋을 놓고 보던 준페이가 눈길을 던진다. 눈을 부릅뜬 채 노려보듯 하루캄을 응시하는 그 눈동자에는 힘이 담겨 있었다.

"아아, 그럴지도 모르겠네. 대단한 마술이야."

"센스 오브 원더가 느껴지던가요?"

하루캄의 물음에 준페이는 입술을 실룩댄다.

"무슨 소리를 하는지 도통 모르겠지만 어쨌든 대단하구먼. 한 번 보고 마는 건 아까워. 퇴원하면…… 이번엔 아내와 같이 자네의 마술을 다시 보러 가지."

준페이의 따뜻한 말에 하루캄의 등이 쭉 펴진다.

"네! 기다리고 있겠습니다. 계속 기다릴 테니 어서 건강해지세요."

"알겠네. 그때까지 자네는 그 꼬락서니나 어떻게 좀 해둬. 누가 마술사로 보겠나. 딱 친돈야^{요상한 차림을 하고 북이나 징을 치며 가두 광고를 하는 사람}야."

"아하? 친돈야는 뭡니까?"

"친돈야는 그냥 친돈야지, 뭐긴 뭐야. 말뜻과 문화도 모르는 이 풋내기 젊은 녀석아."

준페이의 입은 경쾌하고 거침없어져 독설도 튀어나왔다. 분명 이제 마음의 안정을 되찾은 것이다.

하루캄은 타이머가 설치돼 전구가 꺼진 부메랑을 눈에 띄지 않게 회수하고는 준페이 앞에서 부채를 탁 접었다.

*

병동을 나오자 펭귄과 함께 하루캄을 기다리고 있는 건 노부인이 아니라 소헤이였다.

야마토기타 여객철도 제복을 벗고 다운재킷에 청바지 차림으로 갈아입은 그는 털모자를 쓰고 있는 통에 빨간 머리가 거의 가려져버려 누구인지 알 수가 없었다. 하루캄은 한순간 진심으로 노부인이 남자 대학생으로 둔갑한 게 아닌가 하고 의심했다.

옥외등 불빛에 의지해 자세히 얼굴을 바라봤더니 헤실헤실 웃는 얼굴이 보여 엉겁결에 소리를 친다.

"왜 당신이 여기에 있어?"

"스즈에 님한테 연락을 받았어요. 그리고 회사 일이 끝나서 펭귄을 넘겨받으려고 왔지요."

"스즈에 님이라는 건 후지사키 영감님 부인 이름이야? 그분은 어떻게 됐어?"

"추우니까 먼저 들어가시라고 했어요. 마술사님을 몹시 걱정하고 계셨지만 제가 대신 기다려준다고 잘 설득해서."

하루캄이 병동에서 뭘 하고 왔는지 소헤이는 스즈에에게 사정을 전부 들어 아는 듯했다. 소헤이가 봉투를 공손히 내밀었다.

"후지사키 스즈에 님이 오늘 사례금이라며."

"이런 건 못 받아."

"……라고 마술사님이 말하면 펭귄 먹잇값으로 써달라고 했어요. 그럼, 사양하지 않고 받을게요."

소헤이는 그리 말하며 재빨리 봉투를 품속에 넣어버린다. 하루캄은 엉겁결에 혀를 찼다. 소헤이는 다시 헤실헤실 웃더니 밤하늘을 올려다본다.

"마술 공연은 성황리에 끝났더군요. 여기서 보니 마치 UFO가 날아온 것 같았어요."

"별똥별이라는 설정이었는데 말이지, 어쨌거나."

"후지사키 회장님은 기력을 좀 찾으셨나요?"

"영감님이 별똥별에 빈 소원은 퇴원해서 홋카이도에 벚꽃을 보러 가는 거였어. 훌훌 털고 일어날 마음이 철철 넘치는 거 아니겠어?"

하루캄이 퉁명스럽게 대답하자 소헤이는 밤하늘을 올려다본 채 몇 번이나 고개만 끄덕이더니 갑자기 툭 허물없이 말했다.

"요헤이는 프로 마술사가 됐구나."

하루캄은 "아" 하며 얼굴을 만졌다. 선글라스가 부러져 계속 벗고 있었다는 사실을 까맣게 잊고 있었다. 목소리도 원래 톤대로 높게 말하고 있었다. 통한의 실수였다. 하루캄은 더 이상은 안 되겠다 싶어 솔직하게 고개를 끄덕였다.

"―마술사로 일할 땐 하루캄이라는 이름을 쓰고 있어. 요헤이遥平의 '요遥'를 훈독대로 발음한 Haruka에다 모리야스의 이니셜 M을 붙여 HarukaM."

"그렇구나."

말이 끊어진다. 프로 마술사에 뜻을 둔 이유는 마술이

친숙했기 때문이다. 친숙해진 이유는 어릴 적 입원 중이던 형 소헤이에게 보여주고 싶어 연습했기 때문이다. 하지만 결국 한 번도 보여줄 기회를 갖지 못한 채 하루캄은 집을 나왔다. 그런 지난 추억이 되살아났지만 지금 여기서 제일 먼저 털어놓을 얘기는 아니리라. 오랫동안 만나지 않았던 형제는 서로 뭐부터 얘기해야 할지 생각하다 지쳐버린 듯했다. 이건 기회일지도 모른다는 생각에 하루캄은 각오를 정하고 말을 꺼냈다.

"저기, 나, 두 번째 도너가 되어주지 못해서 정말로 미안—."

하루캄의 말이 끝나기도 전에 소헤이가 시선을 내리며 온화하게 말했다.

"후지사키 준페이 회장님 말이야. 내 자살을 막아준 은인이야."

"뭐? 그럼, 그날 우연히 옥상에서 만난 사람이."

"후지사키 회장님이야" 하고 말하며 소헤이는 웃었다.

"어쩜 이런 운명이 다 있지. 날 도와준 사람을 요헤이가 오늘 밤 도와줬어."

"아니, 난 부인한테 부탁받고 마술을 한 것뿐인데."

"그럼, 그냥 평범한 마술이 아니네. 원더매직이야."

소헤이는 조용히 속삭이며 긴 앞머리에 곧잘 가려지는

눈을 깜박거렸다. 원더매직. 말 그대로의 의미인지 아니면 뭔가 특별한 의미를 가지고 있는지, 신비한 울림이 있는 단어다.

정말 그럴지도 모르겠다고 하루캄은 생각했다. 후지사키뿐 아니라 오늘은 아침부터 여러 우연이 겹쳐져 여러 사람과 만났고, 그 모든 일들이 서로 딱딱 잘 맞물려서 하루캄의 얼어붙어 있던 시간이 움직이기 시작한 기분이 든다. 마치 멋진 마술처럼.

자신의 기분을 소헤이에게 어떻게 설명하면 좋을지 하루캄이 망설이고 있는데, 두 사람 사이에 조용히 서 있던 펭귄이 갑자기 소리 내 울었다.

"까아아악아아."

형제 사이에 남아 있던 긴장감이 단숨에 사라지고 하루캄의 입이 거침없이 움직인다.

"모든 게 펭귄을 찾으면서 시작됐으니까 펭귄 매직이네."

"펭귄 매직이라고. 그거 좋은데."

소헤이는 척 입꼬리를 올리며 펭귄의 자그마한 머리에 살며시 손을 얹는다.

"펭귄 찾느라고 온종일 시간을 내줘서 고마워."

"뭐, 딱히. 교환 조건이었으니까. ……그건 그렇고 결국 펭귄은 후지사키 영감님 상태를 걱정하고 있었다는 건 가?"

하루캄은 풍성하게 잘 자란 깃털이 바람에 나부끼고 있는 펭귄을 내려다보았다. 소헤이는 검지로 펭귄의 이마 부근을 뿌두둑뿌두둑 긁어주면서 "그렇겠지" 하며 고개를 끄덕였다.

"떨어져 있어도 후지사키 회장님과 스즈에 님이 펭귄의 주인…… 가족이니까 말이야. 걱정이 됐겠지."

그 말에 비아냥거리는 느낌은 담겨 있지 않았지만 하루캄은 제 혼자 기분이 거북해졌다.

"―나, 제대로 임무 수행한 거지?"

"물론이지" 하며 고개를 끄덕이더니 소헤이는 등 뒤에 들고 있던 유니언잭이 그려진 토트백을 내밀었다.

"수고했어. 약속한 물건이야, 어서 받아."

"오. 들고 와줬구나? 살았어."

토트백 안에 사부의 옛날 우산과 사준 지 얼마 안 되는 문고본이 제대로 들어 있는지 확인한 뒤, 하루캄은 문득 고개를 갸우뚱한다.

"하지만 이거, 돌려받아도 되는 거야?"

"뭐?"

"분실물이 펭귄 말고 하나 더 있다고 했잖아? 안 찾아도 돼?"

"응. 다른 하나도 무사히 찾은 것 같으니까."

척 입꼬리를 올리며 헤실헤실 웃더니 소헤이는 하루캄을 꼭 껴안았다. 신장은 하루캄 쪽이 꽤 큰 편이라 형이 동생의 목덜미에 매달리는 자세가 되고 말았다.

"어서 와, 요헤이."

"형아ㅡ."

털모자에서 삐져나온 빨간 머리가 하루캄의 코끝을 간질인다. 말로 형언할 수 없는 안도감이 가슴속에 퍼져 하루캄은 쉰 목소리로 중얼거렸다.

"다녀왔습니다."

펭귄이 자박자박 형제 주위를 돌아다니며 몇 번이나 들여다본다. 끝내는 두 사람 사이에 억지로 머리통을 쑤셔 넣었다. 비릿한 냄새가 확 퍼진다.

하루캄이 코를 킁킁대며 웃음을 터뜨리자 소헤이가 펭귄의 날개 아래에 팔을 둘러 몽실몽실한 배 위에 손을 얹으면서 번쩍 안아 올리더니 웃었다.

"요헤이, 다음에 나한테도 마술 보여줄래?"

"그러지 뭐. 팁 듬뿍 줘야 해."

"물론이지. 아버지도 엄마도 보고 싶어 할 거야. 내내 기다렸으니까."

"······알아. 조만간 꼭 집에 얼굴을 내밀게. 할머니 집에
도."

하루캄은 고개를 끄덕이며 형이 안고 있는 펭귄 등을 쭈
뼛쭈뼛 쓰다듬는다. 고르게 잘 자란 깃털이 부드럽게 나부
껴 따뜻했다. 펭귄은 기분이 좋은지 가만히 눈을 감고 있
었다. 행복이 담겨 있는 곳에 생명을 불어넣으면 펭귄이
될지도 모르겠다—. 그런 생각을 하루캄은 진심으로 했다.

갑자기 코안이 찡해져 하루캄은 허둥지둥 티 없이 맑은
겨울 밤하늘을 올려다보았다. 소헤이가 빨간 머리를 바람
에 날리며 걱정스레 물었다.

"요헤이, 무슨 일 있어?"

"어, 아무것도 아냐. 이렇게나 별이 많으면 펭귄 자리가
있어도 좋은데 싶어서."

"아아, 그건 그래." 소헤이도 하얀 입김을 토하며 얼굴을
들어 하늘을 본다.

형제가 나란히 올려다보는 하늘 위로 별이 포물선을 그
리며 흘러갔다.

펭귄이 물고 온 또 다른 감동
내 안으로의 여행은 계속된다

우리는 가끔 평온해 보이는 일상 속에서 헛헛함을 느낄 때가 있다.

지금 내가 있는 이 자리보다는 먼 곳에, 내 주변보다는 다른 곳에, 내 마음을 충족시켜줄 뭔가가 있다는 생각에 사로잡혀 끊임없이 시선을 밖으로만 돌리다 문득 깨닫게 될 때가 있다. 어느 틈엔가 내 마음속에서 빠져나가버린 빈자리가 있다는 걸.『펭귄철도 분실물센터』시리즈는 이렇게 이제는 분실물이 돼버린 마음속의 빈자리를 찾아 나서는 사람들의 이야기이다.

전편『펭귄철도 분실물센터』는 전철 분실물센터를 찾아왔다가 펭귄을 보게 되면서 잃어버린 물건과 함께 잃어버린 마음의 분실물을 찾아가는 네 편의 각기 다른 이야기를 들려주었다. 퍼즐 조각처럼 한 구역 한 구역 맞춰지는 이야기들은 마지막 장에서 모든 퍼즐이 한데 아우러지는 반전과 함께 독자들에게 진한 감동을 선사해줬다.

그리고 4년 뒤에 나온『펭귄철도 분실물센터 리턴즈』는 그 뒷이야기로, 꼬인 실타래처럼 관계가 어긋나버린 형제자매가 분실물센터를 찾으면서 이야기가 시작된다.

부모님의 재혼으로 의붓남매가 돼버린 같은 학교 동급생 남녀, 학교 짱에게 찍혀 괴로운 학교생활을 보내는 심약한 초등학생 오빠와 축구 동아리의 에이스로 활동하며 학교에서 인기가 많은 여동생, 집으로 돌아가기 싫어 치료도 마다하는 젊은 환자와 기를 쓰고 그녀를 살리려는 의사, 그리고 마음속의 화를 다스리지 못해 버럭버럭 소리를 질러대기 일쑤인 모히칸 머리의 남자. 이들은 소헤이가 있는 우미하자마역 분실물센터를 찾았다가 펭귄과 얽히게 되면서 이상한 힘에 이끌려 자기 안으로의 여행을 떠나게 된다.

추운 겨울날, 간절한 마음을 안고 잃어버린 물건과 잃어버린 무언가를 찾아다니는 사람들.

그들의 발걸음을 쫓아가다 보면 전편에서 준페이의 가슴 아픈 사연이 펭귄철도 이야기의 마지막 반전이라 생각하고 책장을 덮었던 독자는 작가가 꼭꼭 숨겨두었던 반전이 하나 더 있음을 알게 된다. 게다가 이번 편에서는 독립적으로 구성된 각 장에 모히칸 머리를 한 불량해 보이는 젊은 남자가 비중 있게 등장해, 마치 추리소설처럼 전개되어가다 마지막 장에 이르러서야 그의 사연을 들려주며 전편과 속편을 아우르는 반전과 함께 감동적인 이야기로 시리즈를 마무리하고 있다.

우리는 살다 보면 이 이야기에 나오는 사람들처럼 중요한 무언가를 잃어버리기도 한다.

특히 가족, 그중에서도 형제자매는 영원히 내 편이 돼줄 수도 있지만, 자칫하면 남보다 더 못한 사이가 되기도 해 그 빈자리는 훨씬 크고 깊을 수 있다. 그래서 꼬인 실타래를 푸는 것처럼 관계를 회복하기 어려운지도 모르겠다.

이 이야기에서는 그렇게 사람들이 풀지 못하고 들고만 있는 꼬인 실타래를 펭귄이 냅다 물고 뛰어가면서 풀어주는 역할을 하고 있다.

하지만 우리가 일상에서 펭귄을 볼 확률은 그리 높지 않

으니까 혹 꼬인 실타래를 들고만 있는 사람이 있다면 이
책이 펭귄의 역할을 대신해주길(해주었길) 바란다.

　그리고 속편을 먼저 읽은 독자라면, 꼭 전편도 찾아보고
이 이야기의 전체 퍼즐을 완성하는 경험을 해보시기를 바
란다.

**펭귄철도
분실물센터
리턴즈**

초판 1쇄 펴낸날 2022년 3월 22일

지은이 나토리 사와코
옮긴이 이윤희
펴낸이 김영정

펴낸곳 (주)현대문학
등록번호 제1-452호
주소 06532 서울시 서초구 신반포로 321(잠원동, 미래엔)
전화 02-2017-0280
팩스 02-516-5433
홈페이지 www.hdmh.co.kr

ISBN 979-11-6790-095-1 03830

* 책값은 뒤표지에 있습니다.
* 파본은 구입처에서 교환해드립니다.